EVA IBBOTSON

Sommerglanz

Buch

An ein Leben in Luxus gewöhnt, treffen Gräfin Anna Gratzinsky die Folgen der Russischen Revolution besonders schwer. Doch sie beschließt, sich nicht unterkriegen zu lassen und ihren Lebensunterhalt von Stund an selbst zu verdienen. Sie erhält eine Stelle als Dienstmädchen auf dem wunderschönen, aber ziemlich verwahrlosten Landsitz einer englischen Adelsfamilie. Nicht nur die Dienerschaft ahnt jedoch, eine Frau von ungewöhnlicher Herkunft vor sich zu haben. Auch der junge Graf kann sich Annas liebenswürdigem Wesen nicht verschließen. Doch da gibt es immer noch seine Verlobte ...

Erneut ist Eva Ibbotson eine außergewöhnliche Liebesgeschichte voll Wärme, Nostalgie und Humor gelungen, mit der sie sich – wie schon mit ihrem Bestseller »Die Morgengabe« – wieder in die Herzen ihrer Leserinnen geschrieben hat.

Autorin

Eva Ibbotson, geboren in Wien, kam 1933 nach England. Sie arbeitete lange Jahre als Naturwissenschaftlerin. Heute lebt sie als Schriftstellerin in Newcastle-upon-Tyne.

Als Taschenbuch von Eva Ibbotson bereits lieferbar:

Die Morgengabe (35007)
Die Vertraute (35729)
Ein Hauch von Jasmin (35072)
Das Lied eines Sommers (35109)
Sternenmelodie (35158)
Die kleine Komtess (35159)

Eva Ibbotson
Sommerglanz

Roman

Aus dem Englischen
von Ursula Ibler

BLANVALET

Die Originalausgabe erschien unter dem Titel
»A Countess Below Stairs«
bei MacDonald Futura Publishers, London.
Einzig berechtigte Übersetzung aus dem Englischen von
Ursula Ibler

Umwelthinweis:
Alle bedruckten Materialien dieses Taschenbuches
sind chlorfrei und umweltschonend.

Blanvalet Taschenbücher erscheinen im Goldmann Verlag,
einem Unternehmen der Verlagsgruppe Random House.

Einmalige Sonderausgabe Mai 2003
(Lizenzausgabe mit Genehmigung des Scherz Verlags,
Bern, München, Wien)

Umschlaggestaltung: Design Team München
Umschlagfoto: TIB
Druck: Elsnerdruck, Berlin
Verlagsnummer: 35941
MD · Herstellung: Heidrun Nawrot
Made in Germany
ISBN 3-442-35941-4
www.blanvalet-verlag.de

1 3 5 7 9 10 8 6 4 2

Prolog

In der glanzvollen, guten alten Zeit vor dem Ersten Weltkrieg lebte in St. Petersburg in einem eisblauen an der Newa gelegenen Palais eine Familie, welche die Götter geradezu verschwenderisch mit ihren Gaben überschüttet zu haben schienen.

Außer dem prächtig ausgestatteten Palais am Admiralitätskai mit seinen achtzig Zimmern und einem von hundert böhmischen Kristallüstern erhellten Ballsaal besaßen der Graf und die Gräfin Gratzinsky noch Güter auf der Krim, am Don und in Polen. Dem Grafen, der Adjutant des Zaren war, gehörten außerdem eine Papierfabrik, ein Bergwerk sowie eine Ölraffinerie. Die Gräfin, die nur widerwillig Hofdame der ihr verhaßten Zarin war, konnte zu ihren Juwelen unter anderem den Anhänger aus Diamanten und Saphiren zählen, den Potemkin für Katharina die Große entworfen hatte. Ihre Garderobe ließ sie in Paris anfertigen, ihre Schuhe in London, und obwohl sie sicherlich imstande gewesen wäre, sich ihre Strümpfe selber anzuziehen, war sie ihr Lebtag noch nie in diese Verlegenheit geraten.

Der wahre Schatz der Gratzinskys aber war ein zierliches, dunkelhaariges kleines Mädchen, ihre Tochter Anna. Von ihrem sie anbetenden Vater wurde die winzige Komtesse mit all den Kosenamen überschüttet, die den Russen so leicht von den Lippen kommen. Natürlich bedachte er sie mit dem zärtlichsten aller Namen, *duschenka,* mein Seelchen; aber noch öfter war sie sein »Sonnenschein«, sein »Sternchen«, was besonders gut zu der eigenartigen Ausstrahlung dieses Kindes paßte, das so gar nichts von der blonden, üppigen

Schönheit seiner Mutter oder dem herkömmlichen guten Aussehen seines Vaters hatte. Diese Kleine mit dem seidigen schwarzen Haar schien es kaum erwarten zu können, am vollen Menschenleben teilzuhaben.

Wie die meisten Angehörigen des Petersburger Adels waren auch die Gratzinskys gebildete, weltoffene Menschen, die mehrere Sprachen beherrschten. Miteinander unterhielten der Graf und die Gräfin sich auf französisch. Russisch war dem Umgang mit der Dienerschaft und den Kindern vorbehalten – und den Zärtlichkeiten der Intimität. Englisch und Deutsch sprach man nur im Notfall. Im Alter von fünf Jahren hatte Anna bereits drei Gouvernanten: Mademoiselle Leblanc aus Paris, Fräulein Schneider, eine fromme, sanftmütige Lutheranerin aus Hamburg, und Miss Winifred Pinfold aus London.

Unerklärlicherweise war es diese letztere, eine hagere, knochige Jungfer mit einer spitzen Nase, der Anna ihre ganze Liebe schenkte. Geduldig ertrug sie nicht nur, daß die Engländerin sie kalt badete, mit Glyzerinseife abschrubbte, die festverschlossenen Schlafzimmerfenster aufriß; sie nahm auch die größte aller Martern auf sich, den Nachmittagsspaziergang. »Eine sehr gute Abhärtung«, pflegte Miss Pinfold zu bemerken, wenn sie die Schritte der in ein Zobelmäntelchen gehüllten kleinen Komtesse den eiskalten Newakai entlang oder über einen der riesigen Plätze von St. Petersburg lenkte.

Auf diesen Spaziergängen begegnete Anna auch anderen Kindern, die dasselbe Martyrium erlitten wie sie, zum Beispiel ihrem drei Jahre älteren Vetter Sergei. Die Klappen seiner *schapka* tief über die Ohren gezogen, trabte er, in seinem männlichen Stolz verletzt, mit blassem, verfrorenem Gesicht hinter seiner Miss King her. Manchmal trafen sie auch Annas blauäugige Kusine Kira, die ihre Stupsnase in einen viel zu großen Hermelinmuff vergraben hielt.

Doch war es gerade auf diesen arktischen Nachmittagsausflügen, daß sich aus den spärlichen Bemerkungen der gegen den Wind ankämpfenden Miss Pinfold in Anna das Bild eines Landes voller sonnenbeschienener kleiner Felder und immergrüner Parks festsetzte; eines lieblichen, mit Blumen übersäten Landes, in welchem eine lächelnde Königin ihren dankbaren Untertanen auf der Straße Ansteckrosen schenkte – eines Landes ohne Winter und ohne Anarchisten, das England hieß.

Anna wuchs heran, und nichts war zu gut für sie. Zu ihrem siebten Namenstag schenkte der Vater ihr ein goldenes Boot mit einem roten, mit Quasten geschmückten Baldachin. Vier livrierte Diener ruderten sie darin zu Picknicken auf die Inseln. Zu jedem Weihnachtsfest schuf einer der Juweliere von Fabergé für sie ein entzückendes kleines Tier aus Lapislazuli oder Jade mit Augen aus Rubinen. Um ihren Schlitten durch den Park des am Don gelegenen Guts zu ziehen, hatte der Graf zwei sibirische Yaks mit seidigem Fell herbeigezaubert.

»Sie verwöhnen sie zu sehr«, sagte die besorgte Miss Pinfold zum Grafen.

»Das mag schon sein«, antwortete er, »aber hat es ihr geschadet?«

Seltsamerweise war Anna kein verzogenes Kind. Das kleine Mädchen, das auf einem wackeligen Kissenstapel auf dem Klavierschemel brav ihre Etüden übte, sich in der Tanzstunde gehorsam mit ihrem Vetter Sergei zum Takt einer Polonaise drehte und vor Mademoiselle Leblanc »Die Grille und die Ameise« von La Fontaine auf französisch aufsagte, zeigte nicht die geringste Spur von Selbstsucht oder Einbildung. Es war, als hätten alle Hätschelei der Mutter, die Beflissenheit der Dienerschaft, die grenzenlose Liebe des Vaters in Anna nur so etwas wie verwunderte Bescheidenheit hervorgerufen. Miss Pinfold, die ihren Schützling mit Habichtsaugen beobachtete, mußte sich geschlagen geben.

Als Anna acht war, schütteten die Götter abermals ihr Füllhorn über den Gratzinskys aus. Im Frühjahr 1907 brachte die Gräfin einen Sohn zur Welt, der auf den Namen Peter getauft wurde. Die Eltern, die sich sehnlichst einen Sohn gewünscht hatten, waren überglücklich, Verwandte und Freunde strömten herbei, um zu gratulieren, und die alte Njanka, die grimmige georgische Amme des Grafen mit ihrem Lederbeutel, der den mumifizierten Zeigefinger des heiligen Nino enthielt, erfüllte das Haus mit frohlockendem Gemurmel.

Besorgt rückte Miss Pinfold näher an die Komtesse Anna heran, genau wie auch Mademoiselle Leblanc und Fräulein Schneider und der ganze Trupp der Hauslehrer und Diener, die sich um das kleine Mädchen scharten und auf ihre Wut- und Eifersuchtsanfälle warteten. Vergeblich. Für Anna war das Baby ein Wunder, dessen sie nie müde wurde.

Liebe erzeugt Gegenliebe. Als er größer wurde, folgte Petja seiner Schwester auf Schritt und Tritt, und sein »Annuschka, wart auf mich!«, das er auf russisch lispelte, auf englisch flehte oder auf französisch radebrechte, hallte durch die Räume des Petersburger Palais. Und natürlich wartete Anna auf ihn – wie sie es auch viele Jahre später noch tun sollte.

Es schien keinen Grund zu geben, warum dieses wundervolle Leben je ein Ende haben sollte. 1913 war man damit beschäftigt, das dreihundertjährige Jubiläum der Herrschaft der Romanows zu feiern. In Gegenwart des Zaren und der Zarin, der hübschen Großfürstinnen und des zarten kleinen Zarewitsch, der gerade wunderbarerweise von einer schweren Krankheit genesen war, wohnte Anna, die ihren zappeligen kleinen Bruder festhielt, im Frühling dieses Jahres einem Dankgottesdienst in der Kasan-Kathedrale bei. Doch es sollte nur noch ein weiteres Jahr der Picknicke, Schlittschuhgesellschaften und Theatervorstellungen zusammen mit Sergei, der jetzt in der letzten Klasse der exklusiven Kadettenanstalt war, der hübschen, lebenslustigen Kira und allen anderen

Freunden geben. Dann wurden in Sarajevo der österreichische Thronfolger, Erzherzog Franz-Ferdinand, und seine Frau ermordet, und die schöne Welt fiel zusammen.

Über Nacht wurde das sanftmütige, treu ergebene Fräulein Schneider zur »Feindin« und mußte unter Bewachung zum Warschauer Bahnhof gebracht werden. Mademoiselle Leblanc kehrte von sich aus nach Frankreich zurück. Miss Pinfold blieb auf ihrem Posten.

»Gott behüte dich, mein Sternchen«, flüsterte der Graf seiner Tochter, während er sie umarmt hielt, zu. »Kümmere dich um deine Mutter und um deinen Bruder.« Damit ritt er den Newski-Prospekt hinunter, unbeschreiblich gut aussehend in seiner Uniform der berittenen Garde. Drei Monate später lag er tot in einem sumpfigen ostpreußischen Waldgebiet.

Für seine Familie ging das Leben weiter. Die um zehn Jahre gealterte Gräfin sorgte für Suppenküchen und rüstete auf ihre Kosten eine ganze Flotte von Sanitätswagen aus. Obgleich Anna noch zu jung war, um sich offiziell als Hilfsschwester zu melden, verbrachte sie doch jeden Tag in einem Krankenhaus, wo sie Bandagen aufrollte und Verbände vorbereitete. Als die Lebensmittel knapper und die Entbehrungen immer größer wurden, übernahm Miss Pinfold die Führung des Haushalts, kümmerte sich um das Anstehen nach Brot und die Beschaffung von Heizmaterial.

Als die Revolution ausbrach, erging es den Gratzinskys schlecht. Sie hatten dem Zarenhof zu nahe gestanden, und da sie niemanden hatten, der ihnen Ratschläge gab, zögerten sie zu lange in den beiden Räumen ihres geplünderten Palais, deren Benutzung die Behörden ihnen noch gestattet hatten. Erst als Petja auf dem Heimweg von der Schule mit Steinen beworfen wurde, entschlossen sie sich endlich zum Handeln und reihten sich in den Strom der Flüchtlinge ein, der sich in alle vier Himmelsrichtungen ergoß.

Die Gratzinskys schlugen den Weg nach Süden ein in Richtung Schwarzes Meer und Türkei. Den Hauptteil ihres Schmucks hatte die Gräfin der alten Njanka, der ehemaligen Amme ihres Mannes, anvertraut und sie mit einem in ihrem schäbigen Gepäck versteckten Vermögen an Perlen, Saphiren, Smaragden und Rubinen vorausgeschickt.

Die alte Frau erschien nie am vereinbarten Treffpunkt. Sie warteten auf sie, so lange sie es wagen konnten, unfähig zu glauben, daß sie betrogen worden waren. Schließlich mußten sie erschöpft weiterziehen. Im März 1919 trafen sie in Sebastopol ein, wo Miss Pinfold sich hinter eine Palme begab, um aus der Tasche ihrer grünen warmen Unterhosen das letzte noch verbliebene Schmuckstück herauszuholen, den Orlow-Diamanten, mit dem sie den Kapitän eines griechischen Frachters dazu bewog, sie nach Konstantinopel mitzunehmen.

Einen Monat später erreichten sie England.

1

Du kannst wirklich keine Hausangestellte sein«, sagte Miss Pinfold mit Bestimmtheit. »Es ist völlig abwegig. Es kommt überhaupt nicht in Frage!«

»Doch, Pinny, ich kann es. Ich muß es sogar. Es ist die einzige Stelle, die das Vermittlungsbüro zu vergeben hatte. Mersham ist ein sehr schönes Haus, wie die Dame mir dort sagte, und es liegt auf dem Land und ist bestimmt gesund. Viel frische Luft!«

Annas Augen glühten vor Eifer. Miss Pinfold ließ das letzte Paar Seidenstrümpfe der Gräfin, das sie gerade geflickt hatte, in den Schoß sinken.

»Sieh mal, mein Liebes, englische Haushalte sind nicht so frei und ungezwungen wie russische. Es gibt eine strenge Hierarchie unter den Angestellten, höher und niederer gestellte, alles ist genau geregelt. Und einem Außenseiter gegenüber können sie sehr grausam sein.«

»Pinny, ich kann nicht einfach hierbleiben und deine Gastfreundschaft ausnutzen. Das ist furchtbar!« Anna begann das R stark zu rollen, was immer ein Zeichen von heftiger Erregung war. »Natürlich wäre ich viel lieber Taxifahrer wie Fürst Socharin oder Oberst Terek. Oder Portier im ›Ritz‹ wie Onkel Kolja. Aber ich glaube, das erlaubt man Frauen nicht.«

»Nein, das glaube ich auch nicht«, beeilte Pinny sich zuzugeben, um Anna von einem stets wiederkehrenden Klagelied abzulenken. »Und was das Ausnutzen meiner Gastfreundschaft betrifft, so habe ich noch nie einen solchen Unsinn gehört. Wenn du und deine Mutter euer ganzes Leben lang hierbleibt, hätte ich damit noch lange nicht all das Gute vergolten, das deine Familie mir erwiesen hat.«

Sie saßen in dem kleinen Wohnzimmer des hübschen Reihenhäuschens in Paddington, das Pinny sich von ihren regelmäßig nach Hause geschickten Ersparnissen für ihre alten Tage hatte leisten können. Ihre Schwester, die bisher darin gewohnt hatte, war taktvoll zu einer Kusine gezogen. Dennoch war das kleine Haus unbestreitbar überfüllt.

»Das mag für Mama gelten, Pinny. Sie fühlt sich nicht gut, und sie ist nicht mehr jung. Aber ich muß arbeiten.«

»Ja, Anna, das verstehe ich gut. Aber doch nicht als Hausmädchen! Es muß noch etwas anderes geben.«

Doch das gab es im Sommer 1919 nicht. Aus dem Krieg heimgekehrte Soldaten, aus den Munitionsfabriken und dem Landdienst entlassene Frauen, sie alle belagerten die Stellenvermittlungsbüros auf der Suche nach Arbeit. Für ein junges Mädchen, das keinen Beruf erlernt hatte und dazu noch Ausländerin war, gab es kaum Aussichten.

Vor zwei Monaten waren die Gratzinskys praktisch mittellos in London eingetroffen. Ihre erste Sorge galt Petja. Die Gräfin, die sich in dem schmutzigen Durchgangslager in Konstantinopel Fleckfieber zugezogen hatte, war zu schwach und ruhebedürftig, um irgend etwas zu unternehmen. So hatte Anna sich mutig an den Hof zur Großfürstin Xenia begeben und diese alte Freundin ihres Vaters dazu gebracht, Petjas Schulgeld für eine berühmte Internatsschule in Yorkshire zu übernehmen.

Für sich selber aber wollte Anna nichts annehmen.

»Du wirst sehen, Pinny, es wird alles gutgehen. Ich habe im Zimmer deiner Schwester schon ein ganz wundervolles Buch gefunden: ›Das große Lehrbuch für Hausangestellte‹ von Selina Strickland. Es hat mehr als zweitausend Seiten, und ich werde einfach alles daraus lernen.«

»Trotzdem kannst du kein Hausmädchen werden«, beharrte Pinny. »Deine Mutter würde es niemals zulassen.«

»Ich werde meiner Mutter nichts davon sagen. Ich werde behaupten, ich sei als Gast dorthin eingeladen worden. Es ist ja keine Dauerstelle. Sie brauchen zusätzliche Hilfen, um das Haus für den neuen Hausherrn herzurichten. Ich werde wieder hiersein, ehe Petja in den Schulferien nach Hause kommt. Mama wird gar nichts merken. Du weißt ja, wie sie geworden ist.«

Pinny nickte; ihr Gesicht verdüsterte sich. Im vergangenen Jahr war die Gräfin gealtert und verwirrt geworden. Sie verbrachte jetzt die Tage im russischen Klub, spielte Karten und tauschte mit den anderen Emigranten die absurdesten Ideen aus, wie man Geld sparen könnte.

»Du solltest besser auch Petja nichts sagen«, bemerkte Pinny trocken. »Sonst wird er umgehend die Schule verlassen und sich als Laufbursche verdingen. Er war mit dem Internat nur einverstanden, weil er damit rechnet, euch ein luxuriöses Leben bieten zu können, sobald er sein Abschlußzeugnis hat.«

»Natürlich werde ich Petja nichts sagen.« Annas Gesicht nahm den zärtlichen Ausdruck an wie immer, wenn sie von ihrem Bruder sprach. Dann warf sie ihrer Gouvernante einen vorsichtigen Blick zu, um zu sehen, ob sie die versöhnliche Stimmung noch ein bißchen weiter zu ihren Gunsten ausnutzen könnte. »Ich denke, es wäre vielleicht vernünftig, wenn ich meine Haare abschneiden ließe. Kurzes Haar paßt leichter unter ein Häubchen, und Kira hat geschrieben, daß es sehr in Mode kommt.«

Kira, die mit ihrer Familie nach Paris geflohen war und dort eine Stelle in einem Kosmetiksalon hatte, galt bei Anna als höchste Instanz in Geschmacksfragen.

Aber jetzt hatte Pinny genug. »Nur über meine Leiche wirst du dir die Haare abschneiden lassen!« sagte Winifred Pinfold.

Drei Tage später schleppte Anna einen geborgten Pappkoffer die berühmte Lindenallee entlang, die zur Westseite von Mersham führte, das eine sanfte Hügelkette noch vor ihrem Blick verbarg.

Es war ein heißer Tag, und der Koffer war schwer, da er nicht nur Annas wenige Kleidungsstücke enthielt, sondern auch alle drei Bände von Selina Stricklands großem Lehrbuch.

»Schwarze Wichse für Kamingitter stellt man aus einer Mischung von Asphalt, Leinöl und Terpentin her«, sagte sie auswendig vor sich hin und betrachtete dabei voller Freude die liebliche Landschaft. »Vor dem Butler werde ich wohl einen Knicks machen«, beschloß sie. »Und auch vor der Hausdame. Ja, vor der Hausdame ganz bestimmt.«

Einen Augenblick setzte Anna ihren Koffer ab. Mit jedem Schritt nahm ihre Nervosität zu.

»Ausgezeichnete Silberputztücher erhält man, wenn man den oberen Teil von alten Baumwollsocken in einer Mischung aus frischer Milch und Hirschhornsalz kocht«, wiederholte sie für sich, da sie festgestellt hatte, daß das Zitieren aus der Haushaltsfibel ihr Lampenfieber beruhigte. »Eine Hausangestellte darf niemals knarrende Schuhe tragen und –« Sie brach ab. »Oh!«

Die Allee hatte einen weiten Bogen nach rechts gemacht. So plötzlich, wie William Kent, der Landschaftsgestalter, es beabsichtigt hatte, erblickte Anna das Haus vor sich.

Mersham war honiggelb, hell und elegant. Das Haus hatte einen Mittelteil mit Säulen und einer Vorhalle wie ein Tempel. Eine breite Freitreppe führte von beiden Seiten zur mächtigen Eingangstür. Rechts und links von dieser Mitte erstreckten sich zwei niedrigere Flügel, deren bis zum Boden reichende Fenster auf eine Terrasse mit Springbrunnen hinausgingen.

Anna stand staunend da und genoß lächelnd den Anblick. Im nächsten Moment rannte ein riesiger löwenfarbener Hund die Stufen hinunter und kam in großen Sprüngen wütend bellend auf sie zu. Ein englischer Mastiff mit einer schwarzen Wamme und blutunterlaufenen Augen, der das Heim seines Herrn verteidigte.

»Schön ruhig«, sagte Anna, die nicht von der Stelle wich und sanft in ihrer Muttersprache auf das Tier einredete. »Schon gut. Du siehst doch, daß ich kein Einbrecher bin.«

Ihre Stimme, die seltsamen, leisen Worte mit ihrem schmeichelnden Tonfall bewirkten, daß der Hund plötzlich stehenblieb, und während er vorne noch weiter knurrte, fing er am hinteren Ende ganz langsam an, versöhnlich mit dem Schwanz zu wedeln. Vorsichtig streckte Anna die Hand nach seiner Schnauze aus und begann ihn hinter dem Ohr zu kraulen, dort, wo bei großen Hunden die Seele sitzt.

Eine Weile fuhr sie fort, den Hund zu kraulen, der vor Wonne stöhnte. Als sie ihren Koffer wieder aufnahm, folgte er ihr und stieß liebevoll mit seinem großen Kopf gegen ihren Rock. Erst als er sah, daß sie an der Vorderseite des Hauses vorbei auf den Torbogen zuging, der zum Angestelltenflügel führte, blieb er mit einem ungläubigen Aufjaulen stehen. Immerhin gab es Orte, wohin ein herrschaftlicher Hund sich nicht begeben konnte.

»Snob«, sagte Anna und ließ ihn mit einem Achselzucken stehen.

Sie ging quer über einen grasbewachsenen Hof und kam zu einer Treppe, die zur Küche zu führen schien.

»Ich werde vor jedermann einen Knicks machen«, entschied sie und ging tapfer vorwärts, um sich ihrem Schicksal zu stellen.

Mrs. Bassenthwaite, die Hausdame, und Mr. Proom, der Butler, waren schon neugierig darauf zu sehen, wen ihnen die Londoner Stellenvermittlung diesmal geschickt hatte.

Sie hegten keine allzu großen Erwartungen. Von derselben Agentur hatten sie bereits einen Hilfsgärtner bekommen, der schon am ersten Tag stockbetrunken in einen Gurkenkasten gefallen war; ferner einen Diener, der versucht hatte, eine Platte mit Hammelkoteletts ohne Handschuhe und von rechts zu servieren. Aber es war sowieso gegen jegliche Tradition und bloß eine weitere unliebsame Folge des schrecklichen Krieges, Personal über eine Agentur suchen zu müssen.

Mrs. Bassenthwaite war eine gesundheitlich angegriffene weißhaarige Frau, die sich schon vor Jahren hätte zur Ruhe setzen sollen, jedoch der leidgeprüften alten Gräfin von Westerholme zuliebe geblieben war, die binnen eines Jahres zwei Schicksalsschläge erlitten hatte: den Tod ihres Ehemannes und den ihres ältesten Sohns. Die Hausdame war ein Überbleibsel aus den glanzvollen Tagen von Mersham, als eine Schar von Küchenmädchen, Wäscherinnen, Näherinnen und Hausmädchen dem leisesten Wink von ihr gehorchten. Damals war sie mit Adlerblicken durch die großen Räume gegangen, ob sie irgendwo noch ein Stäubchen oder ein nicht aufgeschütteltes Kissen erspähte, hatte angstbleiche Untergebene verhört und bestraft, die daraufhin weinend in ihre Dachkammern geflohen waren.

Doch jetzt war sie alt. Die Entbehrungen des Krieges, die Formlosigkeit des modernen Lebens mit seinen Motoren und Telefonen verwirrten sie, so daß sie die Führung von Mersham mehr und mehr dem Butler, Mr. Proom, überließ.

Niemand hätte dieser Aufgabe würdiger sein können als Cyril Proom, dieser kahlköpfige Mann in den Fünfzigern mit der hohen Stirn und den blauen Augen, die hinter goldgefaßten Brillengläsern mit beeindruckender Intelligenz die Welt betrachteten. Er war ein eifriger Leser von Enzyklopädien und anderen lehrreichen Werken und hatte, genau wie Mrs. Bassenthwaite, einst einer langen Reihe perfekt gedrillter Gefolgsleute vorgestanden: Unterbutler, Diener, Lakaien, Lampenputzer und andere Hilfskräfte, die sich in absteigender Linie von Unterwürfigkeit und Unwichtigkeit von ihm entfernten.

Dieser Epoche hatte der Krieg ein Ende gesetzt. Mersham hatte dem Krieg mehr Opfer gebracht als die meisten großen Häuser. Von den Herrschaften hatte er den Erben, Lord George, gefordert, der bei Ypern gefallen war, ein halbes Jahr, nachdem sein Vater einem zweiten Herzanfall erlegen war. Von der Dienerschaft waren fast alle wehrfähigen Männer eingezogen worden, und nur wenige von denen, die fortgingen, sollten zurückkehren. Während die Männer ins Feld zogen, mußten die Frauen in Munitionsfabriken, Büros oder auf Bauernhöfen arbeiten, was für die wenigen zurückbleibenden Dienstboten eine immer größere Belastung bedeutete.

Während dieser Jahre hatte Proom allmählich seinen im Laufe eines ganzen Lebens erworbenen Rang geopfert, die Ärmel hochgekrempelt und Seite an Seite mit dem Geringsten seiner Untergebenen tatkräftig zugepackt. Da somit das strenge Protokoll auf der Angestelltenebene preisgegeben war, konnte man sogar Jean Park, das sanftmütige Erste Küchenmädchen, dazu bewegen, in die Fußstapfen des Kochs, Signor Manottis, zu treten, der in sein Heimatland zurückgekehrt war.

Lady Westerholme hatte getan, was sie konnte, um den Druck auf ihr zusammengeschrumpftes Personal zu verringern. Sie schloß den Hauptteil des Hauses und zog sich mit dem alten Onkel ihres Mannes, Mr. Sebastian Frayne, in den Ostflügel zurück, wo sie versuchte, inmitten eines Wirrwarrs von Planchettes und Ouija-Brettern mit ihren Lieben im dämmrigen Jenseits in Verbindung zu treten.

Die ganze Hoffnung der Westerholmes ruhte jetzt auf dem einen überlebenden Sohn, Lord Georges jüngerem Bruder Rupert. Der junge Graf hatte vier Jahre im königlichen Fliegerkorps gedient. Obwohl sein Flugzeug abgeschossen und er schwer verwundet worden war, hatte Rupert überlebt. Er sollte demnächst aus dem Krankenhaus entlassen werden und nach Hause kommen.

Aber würde es für immer sein? Oder gerade lange genug, um sein Haus zum Verkauf auszuschreiben? Die Dienerschaft, die sich an den ruhigen, bescheidenen Jungen erinnerte, der so ganz anders war als sein gutaussehender, unbekümmerter älterer Bruder, konnte sich nur Fragen stellen und abwarten. Aus den Anweisungen, die der Graf von seinem Krankenbett aus nach Hause geschickt hatte, ließen sich auch keine Rückschlüsse ziehen. Die Prunkzimmer sollten wieder geöffnet, ja überhaupt alles getan werden, um Mersham den alten Glanz zurückzugeben – doch alle zu diesem Zweck neu engagierten dienstbaren Geister sollten unter allen Umständen nur für eine begrenzte Dauer eingestellt werden.

Daher hatte man die Londoner Agentur beauftragt, die sich bisher nur als großer Reinfall erwiesen hatte und deren neuestes Angebot soeben in das Zimmer der Hausdame eingelassen worden war.

Anna hatte einen Knicks gemacht – einen sehr tiefen Knicks –, und jetzt stand sie mit gefalteten Händen vor ihnen und wartete auf den Schicksalsspruch. Der Butler und die Hausdame seufzten tief auf, während sie sie betrachteten.

Keinem von beiden wäre es leichtgefallen, die für ein Hausmädchen erforderlichen Eigenschaften zu beschreiben, aber auf Anhieb spürten sie, daß dieses Mädchen trotz ihres marineblauen Mantels und Rocks, der hochgeschlossenen Bluse und des gelblichgrauen Strohhuts keine davon besaß.

»Sie heißen Anna Gratzinsky?« sagte Proom und blickte prüfend auf das Schreiben der Agentur. Er war sich bewußt, daß er nur Zeit zu gewinnen suchte. »Und Sie sind Russin?«

»Ja, Sir.«

»Soviel ich sehe, haben Sie keinerlei Erfahrung als Hausangestellte.«

»Nein, Sir, aber ich werde hart arbeiten und dabei lernen.«

Proom seufzte und blickte kurz zu Mrs. Bassenthwaite

hinüber, die leicht den Kopf schüttelte. Denn die Aussprache des Mädchens mit dem rollenden R und ihr melodischer Tonfall konnten nicht darüber hinwegtäuschen, daß sie gebildet war; noch verbarg die Schäbigkeit ihres Mantels und des Rocks die Anmut ihrer Bewegungen. »Unerfahren« war schlimm, »Ausländerin« noch schlimmer – aber eine *Dame*! Diesmal war die Agentur zu weit gegangen.

»Ich fürchte, Sie verstehen nicht ganz, *wie* hart die Arbeit ist, die man von Ihnen erwartet«, sagte Proom, der noch immer hoffte, seinem Schicksal irgendwie zu entgehen. »Wir stellen nur Aushilfskräfte ein, um das Haus gründlich zu putzen und wieder instand zu setzen, ehe der Graf von Westerholme zurückkehrt. In dieser Zeit wird niemand angelernt, vielmehr wird erwartet, daß Sie sich überall nützlich machen: in der Küche, in sämtlichen Nebenräumen, selbst draußen im Freien.«

»Ich glaube wirklich, Miss Gratzinsky«, schaltete sich jetzt Mrs. Bassenthwaite ein, »daß Sie sich doch lieber nach einer anderen Tätigkeit umsehen sollten, vielleicht als Erzieherin.«

Anna stand da und schwieg. Es war jedoch kein passives Schweigen, sondern erinnerte Proom unerbittlich an einen jungen Hund, den er einmal besessen hatte und der auch nicht ausdrücklich verlangte, spazierengeführt zu werden.

»Ich verspreche, daß ich arbeiten werde«, sagte sie endlich. »Ganz aufrichtig. Ich verspreche es.«

Der Butler und die Hausdame blieben unerbittlich. Wenn es etwas gibt, das alle erfahrenen Hausangestellten fürchten, dann ist es eine weibliche Angestellte von besserer Herkunft in ihrer Mitte.

Doch dann brachte Anna Gratzinsky ein einziges Wort hervor. »Bitte!« sagte sie.

Mrs. Bassenthwaite sah Proom an. Schließlich wäre ihre Anstellung ja nur eine zeitlich begrenzte Maßnahme. So nickte sie, und Proom sagte: »Also gut. Sie können einen

Monat Probezeit bekommen. Ihr Gehalt ist zwölf Pfund sechs Shilling pro Woche – und im übrigen ist es nicht nötig, daß Sie weiterhin einen Knicks machen.«

Anna hatte befürchtet, einen Schlafsaal mit den anderen Hausmädchen teilen zu müssen, die sie sicher verachteten; aber man wies ihr eine kleine Mansarde zu, oben unter den Kuppeln, Statuen und Schornsteinen, die das Dach von Mersham zierten. Da sie nur ein einziges Fenster hatte, war sie stickig, aber blitzsauber, und sie enthielt ein eisernes Bett, einen Stuhl, eine Tannenholzkommode und auf dem Boden einen Flickenteppich. Ein braunes Kattunkleid und zwei gestärkte Schürzen waren für sie bereitgelegt, zusammen mit einer weißen Morgenhaube. Eine weitere Uniform aus schwarzem Alpaka mit einem gekräuselten Musselinhäubchen und einer Musselinschürze für den Sonntag hing hinter der Tür.

Sie packte rasch ihre Sachen aus und legte Selina Stricklands Wälzer auf den Stuhl neben ihrem Bett. Es war sehr heiß hier unter dem Dach und sehr still. Als sie jetzt, abgeschnitten vom Rest des Hauses und von der ihr vertrauten Welt, in dem winzigen Zimmer stand, fühlte sie sich plötzlich so verlassen, daß ihr vor Heimweh die Tränen in die Augen traten.

Die Stimme ihres Vaters, an die sie sich so gut erinnerte, kam ihr zu Hilfe. »Wenn du traurig bist, mein Sternchen, geh hinaus. Unter freiem Himmel ist immer alles besser.«

Sie trat ans Fenster und stieß es auf. Wenn sie sich emporzöge, könnte sie auf das Sims hinausklettern, das hinter dem Geländer durchlief.

Gleich darauf stand sie schon dort, einen Arm um einen steinernen Krieger gelegt, und sie fühlte sich wirklich besser, sie fühlte sich sogar gut . . . Das in der Sonne glänzende Dach von Mersham war eine fröhliche, unbeschwerte Welt für sich mit den kupfernen Kuppeln und Wetterfahnen, den in Stein gehauenen Rittern. Der Blick von hier oben war atemberaubend. Vor ihr lagen die lange Lindenallee, das Pförtnerhaus und dahinter das Dorf mit seiner schlichten grauen Kirche und den schmucken Häusern, die den mit Gras bewachsenen Dorfplatz umstanden. Zu ihrer Linken waren die von Mauern eingeschlossenen Gärten mit ihren kunstvoll geschnittenen Bäumen und Büschen. Und wenn sie den Kopf hinter ihrem Krieger hervorstreckte, konnte sie zur Rechten eine italienische Traumlandschaft erblicken: einen Teich, der sich in weitem Bogen hinter dem Haus verlor, einen grünen von einem weißen Tempel gekrönten Hügel, einen über den Bäumen schwebenden Obelisken ... Sie roch frisch gemähtes Gras, die blühenden Linden und hörte ganz in der Ferne eine Frau, die ihre Hühner rief. Hier könnte man glücklich sein, dachte Anna.

Dann kletterte sie ins Zimmer zurück, nahm das braune Kalikokleid und hielt es an sich. Es war zu weit, aber die Schürze würde es zusammenhalten, und fürs erste konnte sie zurechtkommen. Die Haube war allerdings ein Problem. Wie sie sie auch aufsetzte, sie rutschte ihr höchst unkleidsam über die Ohren.

Zuerst werde ich mich einmal waschen gehen, beschloß Anna, da ihr auf dem Dach warm geworden war und sie sich schmutzig fühlte. Sie machte sich auf die Suche nach einem Badezimmer.

Es war ein törichtes und erfolgloses Unternehmen. Seit dem Baujahr 1712 hatte das schöne palladianische Haus viele Verbesserungen erfahren – aber ein Badezimmer im Dienstbotentrakt gehörte nicht dazu.

Als Anna in die Küche hinunterkam, hatten sich dort weitaus mehr Angestellte als sonst zu einer raschen Tasse Tee eingefunden. Denn die Nachricht von einer Ausländerin und ihrer gänzlich fehlenden Eignung hatte sich wie ein Lauffeuer verbreitet.

Die Küche in Mersham war ein riesiger Raum, hoch und gewölbt, mit einem Schlachtschiff von Herd, einem gigantischen Schrank voll glänzendem Zinn und einem Holztisch von der Größe einer Eisbahn. Vor dem Tisch stand Mrs. Park, die sanftmütige, einfache Frau aus der Gegend, die den Chefkoch, Signor Manotti, ersetzt hatte. Mit ihren dicken Fingern knetete sie geschickt einen Pastetenteig zusammen. Sie war bei jedermann beliebt und hatte ihre Küche nicht zu einer gegen jeden Eindringling verteidigten Festung gemacht, wie dies so oft der Fall war, sondern zu einem Ort, wohin alle Hausangestellten kamen, um sich eine Ruhepause zu gönnen.

Neben Mrs. Park saß James, der Erste Diener, einer der wenigen, die aus dem Krieg zurückgekehrt waren. Unter der Anleitung des von ihm verehrten Mr. Proom hatte James sich vom einfachen Lampenputzer zu seiner jetzigen höheren Stellung emporgearbeitet. Mr. Proom war es auch gewesen, der in dem schmächtigen Londoner Proletarierjungen die Anlagen zur Weiterentwicklung erkannt und ihm eine Broschüre gegeben hatte, die die Bodybuilding-Übungen beschrieb, mit denen der gegenwärtige Mister Universum trainierte. Von da an war James zielstrebig vorgegangen, und sein Brustkorb sowie sein so erstaunlich anschwellender Bizeps waren für die Hausmädchen zum Gegenstand ihrer heimlichen Bewunderung geworden.

Neben James saß Luise, das Erste Hausmädchen, dann kamen die ihr unterstellten Stubenmädchen, die dralle, kichernde Peggy und ihre Schwester Pearl. James gegenüber saß Sid, der Zweite Diener, während Florence, die ehemalige Scheuermagd, gerade einen Eimer voll Wasser aus dem Boiler zapfte. Fast am Ende des Tisches hockte bescheiden das etwas zurückgebliebene Küchenmädchen Win, das jedoch auf das leiseste Wort von Mrs. Park gehorchte. Selbst Proom, der für gewöhnlich seinen Tee im Zimmer der Hausdame trank, machte sich mit einer Liste am Küchenschrank zu schaffen.

Jetzt vernahm man auf dem mit Fliesen belegten Korridor leichte, sich nähernde Schritte, und dann erschien Anna in der Tür.

Die vorwitzige, gestrenge Luise sah sie als erste. »Da ist sie!« verkündete sie.

Mrs. Park nahm ihre Hände aus der Teigschüssel und sagte freundlich: »Kommen Sie rein, meine Liebe, und trinken Sie eine Tasse Tee.«

Anna lächelte erfreut, trat näher, um Mrs. Park mit einer leichten Verbeugung zu begrüßen, und nahm, als sie zum Sitzen aufgefordert wurde, ganz am Ende des Tisches neben Win Platz.

Die Angestellten tauschten Blicke aus. Was auch immer an dem neuen Mädchen nicht in Ordnung sein mochte, hochmütig war sie jedenfalls nicht.

Am nächsten Tag fing Anna an zu arbeiten. Es war eine Arbeit, wie sie sie bisher nie kennengelernt hatte, weder als Hilfsschwester im Krankenhaus in St. Petersburg noch als Kellnerin im Durchgangslager in Konstantinopel. Zwischen den unzähligen dumpfen Dachkammern der Angestellten und den Küchen, Vorratskammern und Kellerräumen, die sich im Untergeschoß des Hauses aneinanderreihten, lag eine andere Welt. Hier befanden sich die großen Prachträume: die berühmte Bibliothek, die Gemäldegalerie, der goldene Salon und das Musikzimmer. Anna war von Mr. Proom für die Frühjahrsreinigung dieser Räume eingeteilt worden, deren Fensterläden während des Krieges geschlossen und deren Möbel mit Tüchern verhüllt gewesen waren.

»Die hält keine zwei Tage durch!« prophezeite Luise. »Ihr werdet sehen, noch vor Ende der Woche ist sie mit eingezogenem Schwanz wieder in London.«

Doch Peggy und ihre Schwester Pearl waren da nicht so sicher. Irgendwie hatte die Russin nach etwas Besonderem ausgesehen.

An diesem ersten Tag stand Anna schon um halb sechs Uhr auf, nahm sich hastig ein Stück Brot mit Marmelade im Angestelltenzimmer und befand sich um sechs Uhr mit ihren Utensilien hinter Peggy, Luise und James, die beladen waren mit Eimern, Trittleitern, Schrubbern und Scheuerlappen, auf dem Weg in die Bibliothek.

»Was für ein wunderschönes Zimmer!« entfuhr es Anna, was ihr einen mürrischen Blick von Luise eintrug, die energisch Sodapulver in einen Eimer schüttete.

»Hier«, sagte sie und reichte Anna den Eimer mit dem dampfenden Spülwasser und einen Lappen. »Fang mit dem Kerl da an! Und spritz nicht daneben!«

»Der Kerl da« war der greise Milton, dessen Marmorbüste gedankenvoll und ein bißchen herausfordernd von einer Konsole zwischen den Fenstern herunterstarrte. Nachdem Anna das Antlitz des Dichters, die Locken seiner Perücke und seinen puritanischen Spitzenkragen feucht abgewischt und getrocknet hatte, begab sie sich weiter zu Herkules, der auf einem erschlagenen Löwen ruhte, dessen Mähne fingerdick mit Staub bedeckt war. Danach war der Kaminaufsatz an der Reihe, der Szenen aus Dantes »Inferno« darstellte.

»Für die solltest du deinen Lappen etwas stärker auswringen«, riet ihr Luise, die angewidert die sich im Todeskampf windenden Verdammten über dem Kaminsims betrachtete. »Die dämlichen Figuren. Ich hasse das Zeug!«

Mittlerweile war Annas Wasser schwarz vor Schmutz, und sie mußte ihren Eimer vorsichtig den ganzen langen Weg über das Parkett des Korridors, den blauen Kachelboden der großen Halle und die Angestelltentreppe hinunter bis in die Spülküche tragen, wo Florence, die ehemalige Scheuermagd, ihn neu füllte. Sie durchquerte gerade wieder die große Halle, als das Schicksal ihr in der Gestalt Baskervilles einen unverdienten Schlag versetzte. Er hatte sie entdeckt, sich mit freudigem Jaulen auf sie gestürzt und blieb ihr bis in die Bibliothek eifrig auf den Fersen. Weder James, der gerade versuchte, den Kronleuchter auseinanderzunehmen, noch Luise, die Fenster putzte, konnten den Hund davon abhalten, sich wie ein zusammengesackter Ochse am Fuß der Trittleiter niederzulegen, auf der Anna sich mit ihrem Eimer mühsam im Gleichgewicht hielt, um Plato, Aristoteles und Cicero in einer Nische über der Tür abzuschrubben.

Als es Mittag wurde, hatte Anna Rückenweh, und ihre Hände brannten, aber sie ließ nicht locker und arbeitete schweigend weiter. Es war am späteren Nachmittag, als sie auf einer Fotografie in einem Silberrahmen, die sie vorsorglich in Sicherheit brachte, zum erstenmal den lange erwarteten jungen Grafen erblickte.

Das Bild, das kurz vor dem Krieg aufgenommen war, zeigte zwei junge Männer auf der Freitreppe vor dem Haupteingang. Der ältere war auffallend gut aussehend mit seinen regelmäßigen Gesichtszügen, dem vollen Haarschopf und dem einnehmenden Lächeln. Der andere, eigentlich fast noch ein Junge, war schmächtiger, dunkler und hatte den Kopf halb abgewandt, als blicke er in eine Landschaft, die nur er allein sehen konnte.

»Das ist Lord George, der, der gefallen ist«, sagte Peggy, die zu ihr getreten war und auf den älteren der beiden zeigte. »Ein richtiger Draufgänger! Du liebe Zeit, wir mußten uns fast in Sicherheit bringen, wenn er hier war.«

»Und dies ist der junge Graf, sein Bruder?« erkundigte sich Anna.

»Richtig. Damals war er noch Mr. Rupert. Er ist viel ruhiger, hat aber ein sehr liebes Lächeln.«

»Er sieht nett aus, finde ich«, sagte Anna und stieg über den breit daliegenden Baskerville, um sich an die Reinigung des kalten, hervorstehenden Bauchs von Friedrich dem Großen zu begeben.

Kurz bevor es Zeit wurde, mit der Arbeit Schluß zu machen, tauchte Mr. Proom leise auf und nahm Luise beiseite.

»Irgendwelche Schwierigkeiten?« fragte er und machte eine kleine Kopfbewegung in Annas Richtung.

»Eigentlich nicht«, antwortete Luise zögernd, »außer daß der vermaledeite Hund ihr überallhin folgt. Natürlich ist sie völlig unerfahren, aber sie hat nicht eine Minute aufgehört zu arbeiten. Und ich muß zugeben: Man braucht ihr nichts zweimal zu sagen.«

Am dritten Tag ihres Aufenthalts in Mersham entdeckte Anna, daß der im Angestelltenzimmer so unnahbare und autoritäre Butler unter einer bettlägerigen, äußerst exzentrischen Mutter zu leiden hatte, mit der er ein Häuschen zwischen den Stallungen bewohnte.

Sie hatte den ganzen Tag in der fensterlosen Spülküche zugebracht, wo sie Stück für Stück das erlesene Meißener Tafelservice gewaschen hatte – eine langweilige, aber beängstigend verantwortungsvolle Aufgabe, die Mr. Proom ihr zu ihrer eigenen Überraschung anvertraut hatte. Als Mrs. Park ihre Blässe und die Ringe unter ihren Augen sah, hatte sie sie mit einer Nachricht hinaus in den Küchengarten zum Gärtnergehilfen Ted geschickt.

Als sie auf dem Rückweg über den Hof der Stallungen ging, fiel plötzlich aus einem der Fenster im oberen Stock ein Geranientopf und zerschellte vor ihren Füßen. Sie sammelte die Scherben zusammen und machte sich auf die Suche nach dem Besitzer, als sie plötzlich eine hochbetagte, grimmige alte Dame vor sich hatte, die sie wie ein in die Enge getriebenes Frettchen vom Kopfende eines hohen Messingbetts her anstarrte. Auf einem Regal über Mrs. Prooms Kopf stand in einem Weckglas ihr vor zehn Jahren herausgenommener Blinddarm; verschiedene Ausbuchtungen in ihrer Steppdecke deuteten darauf hin, daß sie das Tafelsilber im Bett vor Einbrechern in Sicherheit gebracht hatte.

»Wer sind Sie? Wieso sind Sie so angezogen? Wo ist Cyril? Ich will meinen Tee haben«, begann sie.

»Ich bin so angezogen, weil ich ein Hausmädchen bin. Mr. Proom dekantiert gerade den Wein, und wenn Sie gestatten, werde ich Ihnen Ihren Tee bringen«, antwortete Anna.

Eine halbe Stunde später stieg Mr. Proom, dem beim Anblick der Reste des zerbrochenen Blumentopfs nichts Gutes schwante, müde die Treppe zum Zimmer seiner Mutter hinauf und fand diese völlig vertieft in ein Dominospiel, bei welchem das neue Hausmädchen mit einer ihn restlos erschütternden Geschicklichkeit mogelte, um die alte Dame gewinnen zu lassen.

»Es tut mir leid, daß ich mich verspätet habe, Mutter«, begann er.

»Pscht! Ruhig, Cyril. Ich brauche dich nicht«, sagte die alte Dame und legte frischfröhlich einen Stein um.

Erst als Anna hinausgegangen war, fragte sie erneut: »Wer ist dieses Mädchen? Wieso ist sie so angezogen?«

»Ich hab es dir doch schon gesagt, Mutter. Sie ist das neue Hausmädchen.«

»Unsinn!« entgegnete Mrs. Proom.

Anna war bereits seit einer Woche in Mersham, ehe sie dem ersten Mitglied der Familie begegnete. Außer für Lady Mary Westerholme, die verwitwete Gräfin, war Mersham seit vielen Jahren auch Wohnort und Zuflucht des Onkels ihres verstorbenen Mannes, des ehrenwerten Mr. Sebastian Frayne. Da Luise ihren freien Tag hatte, wurde Anna angewiesen, ihm seinen Tee hinaufzubringen.

»Du mußt erst mal an der Tür horchen«, erklärte ihr Peggy. »Irgendwelche Musik kommt immer aus dem Grammophon. Wenn es das laute Gejammer ist und Frauen, die kreischen, und so wildes Zeug, dann mußt du das Tablett zwischen dir und ihm halten und es abstellen und schnell weglaufen. Wenn er aber das andere Zeug spielt, das wie in der Kirche klingt, du weißt schon, alles so eintönig und gar keine richtige Melodie, dann kannst du dich ohne weiteres mit ihm unterhalten. Eigentlich geht er auch nie weiter als ein bißchen kneifen und grabschen, aber da du das nicht gewöhnt bist . . .«

Es war also mit sinkendem Herzen, daß Anna, als sie einen Augenblick vor der Tür von Mr. Sebastian wartete, den unverwechselbaren Klang von »Isoldes Liebestod« herausdringen hörte. Isolde starb, und sie starb eine ganze Weile. Anna nahm sich zusammen, klopfte und trat ein.

Mr. Sebastian Frayne saß zurückgelehnt auf einem breiten Chesterfield-Sofa, mit verzückt geschlossenen Augen und über dem Bauch gefalteten Händen. Er ging auf die Achtzig zu und verließ nur noch selten sein Zimmer, das dem Bau eines musikliebenden Dachses glich, voller Notenblätter, Aschenbecher, Notenständer und Bücher. Sein Morgenmantel war mit Ei bekleckert, sein Haar mit Zigarettenasche bestreut, doch die Augen, die er auf die Tür richtete, waren so blau und offen wie die eines Kindes.

»Ich habe Ihnen Ihren Tee gebracht, Sir«, sagte Anna und mußte ihre Stimme über die aus dem großen Trichter schallende des Soprans erheben.

Mr. Sebastians Augen leuchteten auf. Ein neues Mädchen! Auf den ersten Blick zwar wegen der fehlenden Rundungen nicht besonders vielversprechend, doch bei näherer Besichtigung eigentlich doch nicht ohne Reiz. Irgendwie rätselhaft. Wie kam sie bei einem so schmalen Gesicht zu einem Grübchen?

»Stellen Sie das Tablett hierher«, sagte Mr. Sebastian verschmitzt, rückte näher an den Rand des Sofas und klopfte mit der flachen Hand auf das niedrige Tischchen neben sich.

Anna trat einen Schritt vor. Plötzlich schwoll die Musik zu voller Lautstärke an, während das Leitmotiv sich in einem von Wagners brillanten Tonartwechseln verklärte, und als die des Geliebten beraubte Sopranistin sich anschickte, sich auf seine Leiche zu werfen, entfuhr Anna ein tiefer Seufzer.

»Ach, man kann sagen, was man will, aber es ist einfach wundervoll!«

Mr. Sebastian guckte sie verdutzt an und vergaß augenblicklich seine Verführungsabsichten.

Anna stand mitten im Zimmer, hielt das Tablett an sich gepreßt, und ihre weit offenen Augen leuchteten. »Wer singt das? Nicht die Tetrazzini, glaube ich.«

»Johanna Gadski«, antwortete Mr. Sebastian. »Die beste Isolde der Welt. Ohne Zweifel.«

»Mein Vater hatte nicht viel übrig für Wagner. Er fand ihn zu exaltiert.« Die Musik hatte Anna in die Gefahr gebracht, ihren Hausangestelltenstatus zu vergessen. »Er lag sich darüber immer mit Schaljapin in den Haaren.«

»Kommen Sie her!« sagte Mr. Sebastian. Seine Augen unter den buschigen weißen Brauen blickten messerscharf.

Sie trat näher und stellte das Tablett ab. Gebannt hörte sie der Musik zu. Wie eine Pflanze dem Licht, so hatte sie sich dem Grammophon zugewandt und stand jetzt genau neben dem alten Mann. Er hätte seinen Arm um ihre Taille legen, sie zu sich aufs Sofa ziehen und sie küssen können ...

»Bleiben Sie da und hören Sie zu«, sagte Mr. Sebastian, ohne sie anzurühren. »Es ist gleich zu Ende. Setzen Sie sich!«

»Ich darf mich nicht setzen«, erwiderte Anna. »Ich bin doch das Hausmädchen.« Aber die Musik ließ sie nicht los, und ganz den Klängen hingegeben, ging sie einen Kompromiß ein. Sie kniete neben dem Sofa nieder und stützte den Ellbogen auf die Armlehne.

Als das Grammophon verstummte, seufzte sie tief auf und hob den Kopf, und ihr Gesicht hatte den Ausdruck eines Menschen, der aus anderen Welten zurückkehrt. »Es war sehr freundlich von Ihnen, daß ich zuhören durfte«, sagte sie. »Es ist schwer, ohne Musik zu leben.«

»Dazu besteht für Sie keinerlei Notwendigkeit«, sagte Mr. Sebastian. »Ich habe eine reiche Plattensammlung, und es wäre mir ein Vergnügen zu spielen, was immer Sie möchten.«

Anna schüttelte den Kopf. »Waren Sie von Beruf Musiker?« fragte sie.

»Ich wäre es gerne gewesen«, antwortete er. »Ich habe Klavier und Cello gespielt und ein bißchen komponiert. Ich glaube, daß der junge Rupert seine Musikliebe von mir geerbt hat. Leider hat man mir nicht gestattet, Musiker zu werden. Zu meiner Zeit haben die Aristokraten ihre Söhne nicht etwas Vernünftiges tun lassen, und ich war zu schwach, um mich dagegen aufzulehnen.«

»Ach, ich weiß, das ist ganz schrecklich«, sagte Anna. »Ich habe dasselbe durchgemacht. Ich wollte *so* gerne Ballettänzerin werden, aber das durfte ich nicht. Allerdings wäre es sowieso nicht möglich gewesen«, setzte sie, um gerecht zu sein, hinzu, »weil meine Zehen nämlich nicht gleich lang sind.«

»Ich habe auch ein bißchen Ballettmusik«, sagte Mr. Sebastian augenzwinkernd. »Die ›Nußknackersuite‹ und ›Dornröschen‹.«

Als Anna nach einer halben Stunde mit glühenden Wangen hinunterkam, auf Vorwürfe gefaßt, fand sie einen ganzen Kreis von neugierig gespannten Gesichtern vor.

»Er hat dich also doch gepackt«, sagte Peggy. »Ich hatte dich ja gewarnt.«

»Nein, nein, er hat mich nicht berührt«, sagte Anna geistesabwesend und setzte dann, als ihr die ganze Bedeutung dessen, was sie soeben geäußert hatte, bewußt wurde, bekümmert hinzu: »Weil ich ja überhaupt nicht hübsch bin.«

Worauf Mrs. Park, die in weniger als vierundzwanzig Stunden schon vergessen hatte, daß Anna eine Ausländerin und eine Lady war, sagte: »Reden Sie kein dummes Zeug, Kindchen. Trinken Sie jetzt Ihren Tee!«

Für die verwitwete Gräfin von Westerholme hätte Mr. Proom, der schon als ganz junger Diener hinter ihrem Stuhl gestanden hatte, als sie nach Mersham kam, wahrscheinlich sein Leben hingegeben. Dennoch war er ganz und gar nicht erbaut, als etwa zehn Tage nach Annas Ankunft eines Morgens Alice, die Zofe der Gräfin, mit dem Auftrag zu ihm kam, er solle jemanden ins Dorf zu Mr. Firkin, dem Kirchendiener, schicken und diesem mitteilen lassen, seine verstorbene Frau wolle nicht, daß er seinen Zylinder verschenkte.

Die Gräfin war eine zierliche, unscheinbare Frau in den Fünfzigern mit großen grauen Augen und einer Vorliebe für eine gewisse Art von Nachmittagskleidern und wehende Chiffonschals, die oft zusammen mit spiritistischen Neigungen aufzutreten scheinen. Obgleich sie ein wenig einfältig war, war sie doch ein zutiefst gütiger, mitfühlender Mensch, der es mit Fassung trug, daß keine der so entmutigend belanglosen Botschaften aus dem Jenseits, die sie gehorsam automatisch niederschrieb, von ihrem verehrten Gatten oder von ihrem angebeteten ältesten Sohn kam. Dafür war in letzter Zeit ihr Salon gewissermaßen zur »Zentrale« geworden, über welche die Dahingeschiedenen, die ein so aufnahmebereites Sprachrohr nicht umgehen konnten, ihre Wünsche mitteilten. Und diese hatten meistens zur Folge, daß dem Pfarrer oder dem Krämer oder dem Leichenbestatter ein Brief zugestellt werden mußte, der in der großzügigen Handschrift der Gräfin als DRINGEND bezeichnet war.

»Ich kann heute niemanden von meinen Leuten entbehren«, sagte Proom zu Alice. »Wir müssen noch alle Gemälde in der langen Galerie wieder aufhängen. Und im Musikzimmer haben wir noch nicht einmal angefangen.«

»Aber irgend jemand muß gehen«, entgegnete Alice.

»Warum schicken Sie nicht die kleine Russin?« fragte Luise, die gerade in der gegenüberliegenden Kammer Möbelpolitur mischte. »Sie ist versessen auf frische Luft, und wir wären für eine Weile den lästigen Köter los.«

Als Anna eine halbe Stunde später das Wohnzimmer der Gräfin betrat, fand sie sich in einer vertrauten Welt wieder. Auch in den Räumen ihrer eigenen Mutter hatten sich so viele verschiedene Tische, Topfpflanzen, gestickte Paravents und Stapel von Zeitschriften befunden. Der einzige Unterschied waren die Planchettes und die Horoskopzeichnungen.

»Kommen Sie herein, meine Liebe. Sie sind das russische Mädchen, nicht wahr? Hören Sie, ich möchte, daß Sie eine wichtige Botschaft überbringen. Sie ist für Mr. Firkin, den Kirchendiener. Glauben Sie, daß Sie sein Haus finden werden? Es liegt genau gegenüber der Kirche, mit dem Nußbaum im Garten.«

»Ja, Mylady, das finde ich ganz bestimmt.«

»Gut. Ich möchte, daß Sie ihm ausrichten, daß gerade eine Botschaft von seiner Frau angekommen ist. Ich nehme jedenfalls an, daß sie von seiner Frau kommt. Sie sagte, sie heiße Hilda, und ich bin sicher, daß Mr. Firkins Frau Hilda hieß. Ganz bestimmt, weil nämlich –«

Sie brach ab und begann ihre Schreibmappe zu durchsuchen.

»Also, bei was war ich gerade?«

»Sie wollten mir einen Brief geben, Mylady.«

»Ach ja, hier ist er. Die arme Frau klang wirklich ganz verzweifelt. Aus irgendeinem Grund erträgt sie die Vorstellung nicht, ihr Mann könnte seinen Zylinder verschenken. Es ist doch seltsam, daß solche Dinge nach wie vor von Bedeutung sind, selbst im Jenseits.«

Anna nahm den Brief entgegen und bückte sich, um den Schal aufzuheben, der der Gräfin von den Schultern geglitten war. Sie wurde mit einem reizenden Lächeln bedacht, das sich unvermittelt in einen intensiv forschenden Blick verwandelte.

»Du meine Güte! Wirklich, das ist *überaus* bedeutsam! Stellen Sie sich dort drüben hin, wo ich Sie richtig sehen kann.«

Verwirrt stellte Anna sich neben das Fenster.

»Höchst ungewöhnlich, wirklich erstaunlich. Sie können sehr, sehr stolz sein.«

»Stolz auf was, Mylady?«

»Auf Ihre Aura. Sie ist eine der reinsten und schönsten, die ich je gesehen habe. Besonders das Orange. Aber es ist kein richtiges Orange, eher ein Flammenton. Ja, ein sehr sanfter Flammenton, wie Kerzenlicht. Sogar wie Sternenlicht.« Sie unterbrach sich. »Oh, was ist los, meine Liebe? Was habe ich denn gesagt?«

»Es ist nichts«, sagte Anna und wischte sich die Tränen aus den Augen. »Es tut mir leid. Mein Vater hat manchmal so etwas von mir gesagt. Ich werde jetzt gehen und gleich Mr. Firkin aufsuchen.«

Für einmal vergaß Anna, einen Knicks zu machen, und eilte davon.

2

Er kam mit dem Wagen, fuhr selber den alten schwarzen Daimler, der seinem Vater gehört hatte, und je vertrauter ihm die Gegend wurde, um so mehr wuchs seine innere Unruhe.

Rupert hatte nie damit gerechnet, Mersham einmal zu erben. Sein Bruder George hatte alle Eigenschaften eines Großgrundbesitzers und Landedelmanns besessen. Rupert sah in seinem schönen Elternhaus eher einen Zufluchtsort, an den er ab und zu zurückkehren konnte; sein Leben hatte anderswo gelegen: in wissenschaftlichen Studien, in der Musik – vor allem in Entdeckungsreisen.

Drei Jahre in Cambridge schienen ihn aufs beste für ein solches Leben vorbereitet zu haben. Er bestand sein Geschichtsexamen mit Auszeichnung und wurde von seinem Mentor, einem brillanten, etwas verrückten Gelehrten, dessen Spezialgebiet die Unsterblichkeitsriten der asiatischen Steppenvölker war, dazu aufgefordert, ihn auf einer Forschungsreise in den Karakorum zu begleiten.

Statt in Asien befand sich Rupert im Herbst 1914 im Königlichen Fliegerkorps, und zwei Jahre später, als George bei Ypern fiel, war er Kommandeur einer Schwadron, die gegen die Helden der Lüfte des Deutschen Reichs eingesetzt wurde. Die Aussicht, daß er überleben und Mersham erben würde, schien so gering, daß er nie darüber nachdachte.

Dann geschah es, daß er im Sommer 1918 bei der Rückkehr von einem Aufklärungsflug von einer Staffel Fokker verfolgt wurde. Obgleich es ihm gelang, zwei feindliche Jäger abzuschießen, wurde seine Maschine auch getroffen. Der darauf folgende Absturz brachte ihn ins Lazarett, zuerst in

St. Omer und später in London. Und während dieser Zeit endete der Krieg, und Rupert war noch am Leben.

Er war am Leben und jetzt der Besitzer von Mersham mit all seinen Feldern und Wäldern, seinen Obstgärten und Stallungen. Besitzer aber auch des erdrückenden Schuldenbergs, der erschreckenden Unterhaltskosten und der Hypothek auf den landwirtschaftlichen Gebäuden.

Was Rupert davon abhielt, sofort seinen Verwalter zu beauftragen, den ganzen Besitz unverzüglich zu verkaufen, war die Erinnerung an den letzten gemeinsam mit seinem Bruder in Paris verbrachten Urlaub. Nach einem feuchtfröhlichen Abend im »Maxim« war George plötzlich ernst geworden. »Wenn mir etwas geschieht, Rupert«, hatte er mit glänzenden Augen und aufgeknöpfter Uniformjacke gesagt, »versuch an Mersham festzuhalten. Tu dein Möglichstes.« Und als Rupert schwieg, hatte er ein einziges, seinem jüngeren Bruder gegenüber selten gebrauchtes Wort hinzugefügt: »Bitte!«

Also hatte Rupert sein Versprechen gegeben. Doch als er sich in die Papiere vertiefte, die man ihm ins Krankenhaus brachte, sah er keine Möglichkeit, den hoffnungslos verschuldeten Besitz zu sanieren. Und dann war auf einmal dieses Wunder geschehen, hatte sich unverhofft die nie erträumte Chance gezeigt, Mersham wieder zu dem zu machen, was es einmal gewesen war, und damit auch allen von ihm abhängigen Angestellten Sicherheit zu geben.

Dankbarkeit wallte in ihm auf, als er an den Menschen dachte, der dies möglich gemacht hatte. Seine Besorgnis war verschwunden, und er trat aufs Gas, bog beim leerstehenden Pförtnerhaus in die Zufahrt ein und fuhr schwungvoll auf den breiten gekiesten Platz, wo er anhielt und sich auf den Ansturm des löwenartigen Schattens gefaßt machte, der die Treppe herunter auf den Wagen zusauste.

Er war zu Hause.

»Willkommen daheim, Mylord«, sagte Proom, der auf ihn zutrat, um ihn zu begrüßen. »Ich hoffe, Sie hatten eine angenehme Reise.«

»Danke, Proom, sehr angenehm«, sagte Rupert und rief dann unvermittelt aus: »Du meine Güte!«

Proom sah in die Richtung, in die sein Herr blickte. Auf beiden Seiten der großen Freitreppe standen aufgereiht Ruperts livrierte Diener, die braun gekleideten Hausmädchen, die blauen Kuchenmädchen, die Scheuermägde, die Hausdame und die Köchin. Im Vergleich zu Vorkriegszeiten war es nur eine Handvoll Leute, aber für Rupert, der an die spartanische Einfachheit der Kriegszeit gewöhnt war, schienen sie sich ins Unendliche zu erstrecken.

»Wie Sie sehen, Mylord, habe ich sämtliche Hausangestellten zusammengerufen«, erklärte Proom unnötigerweise. »Sie hatten den Wunsch geäußert, Sie persönlich willkommen zu heißen nach allem, was Sie durchgemacht haben.«

Falls Ruperts Mut sank, ließ er es sich jedenfalls nicht anmerken. Sein Gesicht zeigte nur Freude und Interesse, als er mit ausgestreckter Hand auf sie zuging.

»Mrs. Bassenthwaite, wie gut Sie aussehen! . . . Und auch Sie, Mrs. Park! Nun, wenn Sie noch immer das Regiment in der Küche führen, hat sich die Heimkehr gelohnt.«

Langsam ging er weiter, begrüßte alle alten Angestellten mit Namen, machte bei Luise einen Scherz, erkundigte sich bei James nach dessen Brustmuskeln und fragte den Zweiten Diener, ob die Narbe ihm noch weh täte.

Er war beim Absatz in der Mitte der Treppe angekommen, wo Proom, der neben ihm ging, sich anschickte – ganz Majordomus! –, ihm ein neues Mädchen vorzustellen.

»Das ist Anna, Mylord. Sie kommt aus Rußland und ist vorübergehend bei uns.«

Rupert konnte gerade noch zwei große dunkle Augen wahrnehmen, die ihn aus einem schmalen, nachdenklichen Gesicht anblickten, als das neue Mädchen vor ihm knickste.

Alle Mädchen hatten einen Knicks gemacht, als er an ihnen vorbeiging, doch nun sollte Rupert zum erstenmal erleben, wie diese Waffe des gesellschaftlichen Umgangs von Anna Gratzinsky gehandhabt wurde. Ein Arm schwang sich anmutig nach vorne und dann empor wie eine auffliegende Taube, der rechte elegant gestreckte Fuß beschrieb einen weiten Kreis, und dann sank sie langsam tiefer und immer tiefer bis auf den Boden.

Rupert wurde von Panik ergriffen. Selbst Proom, der bereits an Annas Verbeugungen gewöhnt war, trat einen Schritt zurück. Instinktiv blickte Rupert um sich, ob es rote Rosen vom Balkon regnen würde, denn im Unterschied zu Proom, der bloß verständnislos litt, begriff Rupert, woher der Knicks des neuen Hausmädchens stammte.

»Ich sehe, daß Sie Ballettunterricht genossen haben«, sagte er ernst.

Anna war entzückt, daß jemand ihr Talent richtig erkannte. Sie hob den Kopf und lächelte. »Ja, Mylord.«

Der Hausherr gefiel ihr. Aufgrund der Fotografie wie auch seines Hundes hatte sie sich schon gedacht, daß er nett sein müßte, und er war es tatsächlich. Ein kluges, empfindsames Gesicht mit großen grauen Augen, eine hohe, leicht gewölbte Stirn und ein Schopf rostbrauner Haare. Sie mochte auch die in sein Gesicht gegrabenen Linien, Zeichen von Reife und Stärke, und die höfliche Art, wie er sprach. Darum lächelte sie ihn an.

Rupert mußte sich zusammenreißen, um die routinemäßige Begegnung mit der neuen Hausangestellten in normale Bahnen zu lenken. »Ich hoffe, daß Ihre Familie Rußland unbeschadet verlassen konnte«, sagte er.

»Ja, danke. Meine Mutter und mein Bruder sind wohlauf. Mein Vater ist bei Tannenberg gefallen.«

Erst jetzt, als bei der Erwähnung ihres Vaters das Leuchten in ihren Augen erlosch, wurde Rupert bewußt, wie hell es gestrahlt hatte.

»Das tut mir aufrichtig leid«, sagte er. »Es war eine schreckliche Schlacht. Wir haben leider sehr lange gebraucht, bis uns klar wurde, wie entsetzlich hoch die russischen Verluste waren. Ich hoffe aber, daß Sie sich hier wohl fühlen.«

»O ja, sehr sogar«, sagte sie und fügte hastig »Mylord« hinzu, als sie, etwas verspätet, ein Blick von Proom traf. »Alle sind sehr nett zu mir, nur wegen der Badezimmer bin ich nicht zufrieden.« In der wachsenden Aufregung begann sie das R wieder zu rollen.

»Was ist denn nicht in Ordnung mit den Badezimmern?« erkundigte sich Rupert erstaunt.

»Nicht in Ordnung ist«, antwortete das neue Hausmädchen, »daß es überhaupt keine gibt. Im ganzen Dachstock nicht. Vielleicht wußten Sie das gar nicht?«

Rupert runzelte die Stirn. Hatte er es gewußt? War er jemals im Dachstock gewesen, wo seine Angestellten schliefen? Nun, das war genau eines jener Probleme, die vom nächsten Monat an sachkundig angegangen würden.

Auf einmal fiel ihm wieder die gute Nachricht ein, die er seiner Mutter bringen wollte, und er eilte die Treppe hinauf ins Haus.

»Ach, mein Lieber, ich bin ja so froh für dich. So schrecklich froh!« Mit Tränen in den Augen sah die Gräfin ihren Sohn an. »Genau das hatte ich mir für dich gewünscht, jemanden, der dein Leben teilt.« Mutter und Sohn tranken zusammen Tee in der Bibliothek.

»Das weiß ich, Mutter«, sagte Rupert lächelnd und versuchte zum x-tenmal, Baskerville von seinen Füßen zu schubsen. »Und ich weiß, daß du Muriel bestimmt leiden magst. Ich könnte mir keine passendere Herrin für Mersham vorstellen. Aber natürlich will sie dich nicht von hier vertreiben.« Er streckte seiner Mutter eine Hand entgegen. »Mersham ist weiß Gott groß genug für euch beide.«

»Nein, mein Junge.« Die Gräfin schüttelte den Kopf.

»Kein Haus auf der Welt ist groß genug für zwei Frauen. Aber weißt du, ich hatte mir immer vorgenommen, ins Dorf zu ziehen, wenn einer von euch ... wenn du heiraten würdest. Colonel Forster hat versprochen, mir Mill House zu vermieten, und dort werde ich mich sehr wohl fühlen. Und jetzt erzähl mir von Muriel. Alles. Wie sieht sie aus? Wo hast du sie kennengelernt?«

»Im Krankenhaus. Sie war im freiwilligen Sanitätsdienst, und ehrlich gesagt, Mutter, ich glaube, sie hat mir das Leben gerettet. Die anderen Krankenschwestern waren auch reizend, aber sie kamen mir alle so unerfahren vor. Muriel war immer ruhig und tüchtig und Herr der Lage. Du kannst dir nicht vorstellen, wieviel mir das bedeutete.«

»Oh, doch.«

»Ich hätte mir ja nicht träumen lassen, daß sie sich für mich interessieren könnte«, fuhr er fort, und die Gräfin mußte lächeln, denn Rupert war sich nie bewußt gewesen, wie anziehend er auf Frauen wirkte. »Nicht nur, weil ich wußte, daß sie eine reiche Erbin war – du kannst dir denken, wie die Leute in einem Krankenhaus klatschen –, sondern weil sie auch bildschön ist mit ihrem goldblonden Haar und den tiefblauen Augen. Und dazu gebildet. Sie interessiert sich brennend für Eugenik. Ich weiß nicht, ob ich je den Mut gehabt hätte, ihr einen Antrag zu machen, zumal doch Mersham in einer wirklich desolaten Lage ist. Aber sie machte es mir so leicht.« Rupert runzelte die Stirn, als er sich zu erinnern versuchte, denn sein ganzes Werben um Muriel vom Krankenbett aus hatte sich geradezu traumartig abgespielt, so daß er tatsächlich nicht genau wußte, wie ihre Verlobung zustande gekommen war. Er war aus einem unruhigen, von Schmerzen gestörten Schlaf aufgewacht, und sie hatte neben ihm gestanden und seine Hand gehalten und ihm versprochen, für ihn dazusein und sein wunderschönes Heim zu einem Ort zu machen, auf den er zutiefst stolz sein könne. »Sie ist so großzügig. Sie möchte schon jetzt für die Unterhaltskosten des Hauses sorgen und nicht erst bis nach der Hochzeit warten. Deshalb hatte ich gebeten, die Leute nur provisorisch einzustellen.«

»Das klingt alles ganz wunderbar«, sagte die Gräfin. »Und erklärt auch vollkommen, warum die Frau des Kirchendieners nicht wollte, daß er seinen Zylinder weggibt. Und nun sag mir, mein Junge, wann die Hochzeit stattfinden soll. Und wo, denn ich muß mich sofort aufmachen und ihre Eltern besuchen.«

»Siehst du, Mutter, das ist der springende Punkt. Muriel ist nämlich Waise.«

»Oje! Das arme Kind!«

»Ja, ihr Leben war sehr einsam. Und jetzt ist die Sache die ... aber bitte, Mutter, sage, ob es dir ungelegen käme oder zuviel würde ... wir haben uns nämlich gefragt, ob wir hier heiraten könnten. In der Dorfkirche.«

Die Augen der Gräfin leuchteten. »Aber natürlich! Wie wunderbar! Ach, Rupert, nichts auf der Welt wäre mir lieber. Du kannst dir gar nicht vorstellen, wie sehr sich alle freuen werden. Auch die Angestellten. Sie haben so schwer gearbeitet.«

»Du sollst dich natürlich nicht überanstrengen – ich weiß, daß Muriel dir soviel Arbeit wie möglich ersparen möchte. Aber wir sind uns einig, daß wir eine ruhige, ländliche Hochzeit haben möchten, und das sehr bald. Es gibt hier so viel zu tun, das nicht länger warten sollte. Ehrlich gesagt, hatten wir gehofft, wir könnten nächste Woche das Aufgebot bestellen und Ende Juli heiraten.«

»Schon so rasch?« Die Gräfin war etwas erschrocken. »Aber warum eigentlich nicht?«

»Muriel hat sich gefragt, ob sie wohl sofort herkommen dürfte. Falls es unpassend wäre, daß ich im selben Haus wie sie wohne, könnte ich nach Heslop gehen und bei Tom bleiben. Ich wollte ihn sowieso als Trauzeugen haben.«

»Nein, das ist bestimmt nicht nötig. Höchstens am Vorabend der Trauung. Mein Gott, wie aufregend das alles ist! Wir müssen sofort eine Verlobungsparty geben, damit Muriel ihre neuen Nachbarn kennenlernt. Hat sie sich schon entschieden, wer Brautjungfer sein soll?«

»Sie wollte Lavinia Nettleford bitten. Sie hat, glaube ich, mit ihr im Krankenhaus gearbeitet. Du kennst sie doch sicher?«

Die Gräfin runzelte die Stirn und versuchte, sich ein deutlicheres Bild zu machen, welche aus der Töchterschar, die der Herzog von Nettleford zu seinem Kummer in Northumberland gezeugt hatte, Lavinia sein könnte.

»Ist sie die Älteste?«

»Ich glaube, ja. Es gibt auch noch eine Schulfreundin von Muriel, Cynthia Smythe. Muriel hat aber gesagt, daß es ihr ebenso recht wäre, wenn wir auch noch jemanden aussuchten – vielleicht ein kleines Mädchen, das Blumen streuen und die Schleppe tragen könnte.«

Die Gräfin lächelte. »Nun, da brauchen wir ja nicht sehr weit zu suchen.«

»Natürlich nicht!« Rupert war begeistert. »*Ollie*! Mutter, du bist genial!«

Es war beinahe elf Uhr, als die Gräfin überglücklich zu Bett ging.

»Komm«, sagte Rupert, der mit seinem Hund allein geblieben war, und Baskerville, der noch immer nicht recht glauben konnte, daß die schlechten Zeiten vorüber waren, folgte seinem Herrn freudig durch die Terrassentür ins Freie.

Es war eine traumhafte Nacht, windstill, mild und voller Düfte. Rupert ging die Stufen der Terrasse hinunter und nahm den Weg quer über den Rasen, durch ein Gartentor und dann einen moosbewachsenen Pfad entlang, der rund um den Teich führte.

Baskerville verließ den Pfad, um Kaninchen aufzuscheuchen, kehrte mit triefenden Lefzen zurück, um sich zu vergewissern, daß sein Herr nicht verschwunden war, und rannte gleich darauf ins Gehölz zurück. Rupert ging am Floratempel und an dem gotischen Prunkbau vorbei, der weiß in der Dunkelheit schimmerte und von dem es hieß, es ginge dort der Geist seines schuldbeladenen Vorfahren Sir Montague Frayne um. Und dann blieb er abrupt stehen.

Er war zu einer kleinen Bucht gelangt, deren Ufer nicht wie auf der anderen Seite mit Schilf bestanden, sondern mit Gras bewachsen war. Am Rand des Teichs, bis zu den Knien im Wasser, stand ein Mädchen. Sie kehrte ihm den Rücken zu, und ihr offenes dunkles Haar fiel ihr wie ein Mantel bis zu den Hüften. Während er sie beobachtete, beugte sie sich vor, tauchte ihre Arme ins Wasser und begann mit einem seltsamen Ritual. Mit einer Hand hielt sie ihre Haarfülle zurück, während sie mit der anderen ihren Hals, die Schultern und den schmalen Rücken rieb . . .

Vollführte hier eine Göttin einen Beschwörungsritus? Bereitete eine Zigeunerin irgendeinen unverständlichen Zauber vor? Doch dann, als seine Augen sich an die Dunkelheit gewöhnt hatten, sah er in der rechten Hand des Mädchens einen sehr prosaischen, vertrauten Gegenstand, und gleichzeitig schlug ihm ein Geruch entgegen, an den er sich gut erinnerte – der beruhigende Duft von Glyzerinseife.

Das Mädchen im Teich war dabei, sich gründlich und hingebungsvoll zu waschen. Als ihm dies klar wurde, wußte er sofort, wer sie war.

Die Ritterlichkeit hätte verlangt, daß Rupert sich abwandte und leise fortging. Statt dessen trat er nur zurück hinter den schützenden Stamm einer Blutbuche und wartete.

Anna war jetzt fertig mit Waschen, drehte, nachdem sie die Seife abgelegt hatte, ihr Haar zu einem Knoten, den sie auf den Kopf türmte, und begann langsam ins Wasser zu gehen.

»Sie könnte in Schwierigkeiten geraten«, redete Rupert sich ein, denn es gab dort eine Stelle, an der die Baumwurzeln bis tief in den Teich hineinreichten. »Ich bleibe lieber da.«

Es konnte jedoch keine Rede davon sein, daß sie in Schwierigkeiten geriete, und das wußte er selber nur allzugut. Sie schwamm leicht und mit einem Wohlgefühl, das sich über das Wasser hinweg gewissermaßen auf ihn übertrug. Sie fühlte sich eins mit den dunklen Fluten und der Nacht.

Erst als sie schließlich wieder dem Ufer zustrebte, ereilte sie die gerechte Strafe in Gestalt von Baskerville, der mit ohrenbetäubendem Gebell auf sie zugesprungen kam.

»Durak! Spokoino! Sadiss!« Sie begann den Hund in ihrer eigenen Sprache zu schelten, mit gedämpfter, tiefer und ein wenig ängstlicher Stimme, während sie danach trachtete, ein Handtuch um sich zu wickeln. Baskerville, der sie auf einmal erkannte, machte die Sache nur noch schlimmer, indem er an ihr hochsprang, um ihr Gesicht abzuschlecken.

Ruperts schneidende, gebieterische Stimme zerstörte das wirkungsvolle Bild augenblicklich.

»Hierher!« befahl er. »Sofort! Sitz!«

Baskerville schlich mit eingezogenem Schwanz zu ihm, rollte sich auf den Rücken und streckte alle viere in die Luft. Rupert ließ ihn liegen, holte das Kleiderbündel, das sie auf einem flachen Stein zurückgelassen hatte, und ging zu dem Mädchen hinüber.

»Sie haben gewonnen«, sagte er. »Ich werde Badezimmer einbauen lassen.«

Sie nahm die Kleider, während sie das Handtuch weiter fest an sich hielt. »Sind Sie jetzt verärgert?« fragte sie. »Das sollten Sie nicht, denn im Buch von Selina Strickland steht nirgends, daß man sich nach der Arbeit nicht im Teich seines Arbeitgebers waschen dürfte.« Und als Rupert nichts erwiderte, fuhr sie ängstlich fort: »Sie werden mich doch nicht entlassen?«

»Nein, das werde ich nicht. Aber ziehen Sie sich jetzt an. Es wird kalt. Ich drehe mich um.«

Sie brauchte nur einen Augenblick, um in ihr braunes Hausmädchenkleid zu schlüpfen. Als sie auf ihn zukam, noch immer barfuß und mit nassem, lang herabwallendem Haar, glich sie der Tochter des armen Holzhackers aus dem Märchen. Rupert nahm sie bei der Hand, die eiskalt und rauh von der Hausarbeit war. Dann zog er sein Jackett aus und legte es ihr um die Schultern.

»Nein, tun Sie das nicht!« Anna war zutiefst erschrocken. »Es ist sehr freundlich von Ihnen, aber es geht nicht an«, sagte sie und setzte dann mit umwerfender Wirkung hinzu: »Mylord.«

Rupert wurde von leichter Panik ergriffen, sie könnte gleich einen Knicks machen. »Kommen Sie öfter nachts hierher?« fragte er.

Anna nickte. »Hausarbeit ist ja nicht gerade uninteressant, aber sie ist sehr schmutzig. Und ich verstehe nicht ... ich meine, in Rußland hat meine Gouver- ... in Rußland wurden wir immer gebadet. Aber hier ...«

Sein neues Hausmädchen hatte also eine Gouvernante gehabt. Das überraschte ihn nicht. Er spürte auf einmal, daß eine neue, stärkere Angst sie gepackt hatte.

»Sind Sie schon lange hier?« fragte sie vorsichtig. »Haben Sie mich im Wasser ... schwimmen gesehen?«

Rupert schwieg. Er wartete auf Tränen der Entrüstung oder die Wut der verletzten Unschuld.

Anna bedeckte das Gesicht mit ihren schlanken Händen; dann hob sie den Kopf und blickte ihn durch ihre gespreizten Finger an.

»Ich bin sicher zu mager?« fragte sie.

Rupert war selber erstaunt über die Heftigkeit, mit der er log. »NEIN!« sagte er.

Die Nachricht von Ruperts Verlobung, die sich unter den Angestellten innerhalb und außerhalb des Hauses und weiter bis ins Dorf verbreitete, wurde allerseits mit Freuden aufgenommen. Miss Tonks und Miss Mortimer, die beiden alten Jungfern mit Spitzenhäubchen, die sich seit Menschengedenken um den Blumenschmuck in der Kirche kümmerten, steckten die Köpfe zusammen und überlegten, welche Blumenarrangements wohl einem solchen Anlaß angemessen wären. Mrs. Bunford, die Dorfschneiderin, kaufte drei neue Bücher mit Schnittmustern, um über die neueste Mode auf dem laufenden zu sein, falls sie ins Herrenhaus bestellt würde, und der Pfarrer, der gelehrte Mr. Morland, der Rupert schon getauft hatte, war gerührt und glücklich bei dem Gedanken, daß er ihn auch trauen sollte.

Was die Angestellten von Mersham betraf, so merkten sie erst, wie schwer die Befürchtungen auf ihnen gelastet hatten, als diese weggefallen waren. Proom war insgeheim davon überzeugt gewesen, daß sie nur deshalb das Haus auf Hochglanz zu polieren hatten, damit es zum Verkauf ausgeschrieben werden konnte, und daß er selber nur anzudeuten brauchte, daß seine Dienste zu haben wären, damit er eine Flut von Angeboten erhielte, wobei seine Mutter allerdings keine erstrebenswerte Errungenschaft sein würde. Mrs. Parks Sorge hatte Win gegolten, dem geistig zurückgebliebenen Küchenmädchen. Luise war, obgleich sie selten darüber sprach, die einzige Unterstützung eines invaliden, im Dorf wohnenden Bruders. Nun aber, da sie mit dem Champagner des Hausherrn auf das Wohl von Miss Muriel Hardwicke anstießen, schlugen die Wogen der Erleichterung und Dienstbereitschaft hoch.

»Wenn die Hochzeit schon Ende Juli stattfinden soll, bin ich noch hier«, sagte Anna, deren Anstellung bis zum Ende des besagten Monats verlängert worden war. »Das wird mir sehr gefallen, denn ich war noch nie bei einer englischen Hochzeit dabei.«

Die alte Gräfin ließ ihre Planchettes und ihr Ouija-Brett liegen, zog die Vorhänge in ihrem halbdunklen Salon zurück und begann Listen aufzustellen. Sie machte Listen für Mrs.

Bassenthwaite mit allen Speisen und Getränken, die zu besorgen waren, und Listen für Proom über die Verteilung der Hausgäste. Sie machte Listen aller Verwandten, die sie zur Hochzeit einladen, und aller Bekannten, die sie lediglich darüber informieren wollte, und sobald sie die Listen aufgestellt hatte, verlor sie sie schon wieder. Und trotzdem entstand aus ihrem leicht umwölkten Hirn und dem Durcheinander ihres Salons der Plan einer Hochzeit auf dem Land im Hochsommer, so meisterhaft und elegant wie Mersham selber. Eine Hochzeit, an der jedermann im Haus und im Dorf freudig teilhaben würde.

Der erste, der Rupert besuchte und ihm gratulierte, war sein Freund und Trauzeuge, Tom Byrne, der mit dem Auto von Heslop Hall herübergekommen war.

Heslop war nicht einmal fünfzehn Kilometer von Mersham entfernt, ein großer elisabethanischer Steinklotz, luxuriös und von fragwürdigem Geschmack, der seit Jahrhunderten Horden von lärmenden jungen Byrnes beherbergt hatte. Tom und seine Brüder hatten als Kinder mit George und Rupert gespielt, mit ihnen an denselben Reitsportveranstaltungen teilgenommen, dieselben Parties besucht. Es war ganz natürlich, daß Tom, der wunderbarerweise vier Jahre in der Infanterie ohne einen Kratzer überlebt hatte, Ruperts Trauzeuge sein würde, und nun kam er herüber, um auch noch die Hilfe seiner Familie bei Muriels Empfang anzubieten. Doch sowohl Rupert, der ihm zur Begrüßung entgegeneilte, als auch die Angestellten, die im Erdgeschoß neugierig aus dem Fenster spähten, vergaßen die Hochzeit und alles Drum und Dran, denn sie sahen, daß Tom niemand Geringeres mitgebracht hatte als seine kleine Schwester Olivia.

Ollie Byrne war gerade acht Jahre alt, und jedermann im Umkreis von fünfzig Kilometern, der etwas Schlechtes über sie gesagt hätte, wäre ganz sicher mit einer blutigen Nase im Straßengraben gelandet. Die Byrnes hatten schon drei kräftige, gesunde rothaarige Söhne – Tom, den ältesten, Geoffrey und Hugh –, als Lady Byrne trotz ihrer angegriffenen Gesundheit erneut schwanger wurde. Sie konnte gerade noch ein unendlich zartes Töchterchen zur Welt bringen, bei deren Frühgeburt sie starb. Das Baby, das in einer Nottaufe den Namen Olivia Jane erhielt, verbrachte das erste Lebensjahr in der Säuglingsstation eines berühmten Krankenhauses, und das mitleiderregende, schrumpelige kleine Wesen schien kaum eine Chance zu haben, am Leben zu bleiben. Unterdessen sah sich Ollies Vater, Viscount Byrne, der jetzt drei Söhne großzuziehen und für ein winziges Töchterchen in London zu sorgen hatte, nach einer neuen Frau um, mit einem Feuereifer, den er nicht im geringsten zu verbergen suchte.

Seine Wahl fiel auf eine Amerikanerin, Minna Creswell, die Tochter eines New Yorker Reeders. Als Tom, Geoffrey und Hugh sich kaum ein Jahr nach dem Tod ihrer Mutter einer neuen Stiefmutter gegenübersahen, starrten sie sie finster an und schworen ihr ewige Feindschaft. Minna war klein, still und unscheinbar und schien außer ihrem Vermögen nichts zu haben, das für sie gesprochen hätte.

Die neue Lady Byrne unternahm nichts, um sich bei den Jungen beliebt zu machen. Sie verlangte nicht, daß sie sie »Mutter« nannten; sie wurden in keiner Weise geheißen, sie gerne zu haben, und sie machte ihnen auch keine teuren Geschenke. Sie beschränkte ihre praktische Tätigkeit darauf, in aller Ruhe die Teile von Heslop zu modernisieren, die einzustürzen drohten, und auch dies tat sie so unauffällig, daß neue Badezimmer und Heizungen wie durch Zauberhand erschienen, ohne daß dadurch die Jagden oder die Mahlzeiten ihres Gatten gestört wurden. Und jede Woche fuhr sie mit dem Auto nach London, um dem winzigen, gelbsüchtigen Häufchen Elend ihren Lebenswillen einzuhauchen.

Binnen Jahresfrist kamen die Jungen ins Haus gerannt und

riefen: »Mutter!«, noch ehe sie die Mäntel ausgezogen hatten. Wenn sie fort war, schlich der Viscount unruhig in seinem großen Herrenhaus herum wie ein seiner Beute beraubter Jagdhund – und Ollie, die endlich dem Krankenhaus entronnen war, hatte sich entschlossen zu leben. Nicht nur das, sondern das Leben zu erobern. Mit drei Jahren begab sich die Kleine mit der großen runden Brille auf dem sommersprossigen Näschen schon tapfer zu den typisch englischen Wochenendbesuchen; mit vier lernte sie, obwohl immer noch winzig, zu reiten.

Als sie im Alter von fünf Jahren eine Hüfttuberkulose bekam, war dies ein niederschmetternder Rückschlag. Wieder mußte Ollie von zu Hause fort, um zwei unendlich lange Jahre in einem schottischen Sanatorium eingesperrt zu sein. Eingezwängt in eine Reihe teuflischer Geräte, lag sie unbeweglich auf eiskalten Balkons, und nur ihr kleines verfrorenes Gesicht schaute aus den Wolldecken heraus. Und in diesem Sanatorium gaben ihr die Krankenschwestern, die mit ansahen, wie tapfer das Kind die immer wiederkehrenden, schwächenden Fieberanfälle und die Schmerzen der Knochenmarkentzündung ertrug, den Ehrennamen »das gnädige Fräuleinchen«, der zugleich ihre Hochachtung und ihre liebevolle Verehrung ausdrückte.

Abermals bannte Minna sämtliche uralten Gespenster der bösen Stiefmutter. Sie reiste nach Schottland, um dem Kind vorzulesen und vorzusingen, und kehrte nach Heslop zurück, um Tom und seinem Bruder Geoffrey Lebewohl zu sagen, die in den Krieg zogen.

Als Geoffrey bei Paschendale fiel, verlor Minna für immer ihre Jugendlichkeit. Doch die Götter hatten ein Einsehen. Ollie wurde gesund und kehrte nach Heslop zurück. Zwar war ein Bein kürzer, so daß sie eine Schiene tragen mußte, doch war dies ein geringer Preis. Sie lebte ja.

Während Rupert sie aus dem Crossley hob und auf den Kiesplatz stellte, erfuhr er, daß Muriel sich gleich nach seinem

Anruf von gestern abend mit ihr in Verbindung gesetzt hatte. Denn Ollie, deren Augen hinter den runden Brillengläsern leuchteten, war ganz aus dem Häuschen vor freudiger Erregung.

»Rupert, sie hat mit meiner Mutter telefoniert! Muriel hat Mami angerufen und gesagt, daß du mich als Brautjungfer haben willst, und sie möchte das auch. Das stimmt doch? Ich soll eure Brautjungfer sein? Ist das wirklich wahr?«

»Ja, Stöpsel, es ist wahr«, sagte Rupert und nahm sie bei der Hand, machte aber sonst keine Anstalten, ihr die Treppe zur Haustür hinaufzuhelfen. Dem gnädigen Fräuleinchen bei den einfacheren Lebensaufgaben zu helfen hätte niemand ein zweites Mal versucht.

»Ich war noch nie Brautjungfer. Noch gar nie«, fuhr Ollie fort. »Mami sagt, es gibt noch zwei andere. Zwei Erwachsene. Und mich. Und weißt du, was ich anziehe?«

»Nein, Ollie, aber ich wüßte es liebend gern. Oder ist es ein Geheimnis?«

Ollie seufzte verzückt. »Muriel hat's mir gesagt. Rosaroten Satin. Und dazu einen rosa Samtmuff, mit Perlen bestickt.« Überwältigt hielt sie einen Augenblick inne. »Und im Haar – ehrlich, Rupert – einen Kranz aus Rosen und noch was, was weiß ist und schön riecht. Und für die Kirche ein weißes Cape mit Schwanenflaum besetzt.«

Rupert blickte hinunter auf das ihm zugewandte Gesicht mit den vielen Sommersprossen und auf die goldblonden Locken, und er wurde von einer Woge der Zärtlichkeit für Muriel ergriffen. Wie leicht hätte sie auch jemand aus ihrem Bekanntenkreis nehmen können.

»Ich glaube, du wirst einfach wunderschön aussehen«, sagte er.

Ollie, die vollkommen mit ihm einverstanden war, nickte. »Darf ich zu Proom und James gehen und es ihnen erzählen, solange du mit Tom sprichst? Und zu Peggy und Luise?«

»Aber natürlich. Und Anna kannst du es auch erzählen«,

setzte er nachdenklich hinzu. »Sie ist ein neues Mädchen, und sie ist eine Russin.«

Ollie war beeindruckt. »Wie die vom Ballett?« fragte sie. »Mami mag das Ballett sehr gern. Sie will es zu uns einladen.«

»Genau wie die vom Ballett«, setzte Rupert ernst hinzu.

Zum Glück hatte Peggy, die gerade die Messingbeschläge in der Halle putzte, die Unterhaltung gehört, so daß jedermann schon entsprechend vorbereitet war, als das gnädige Fräuleinchen in der Küche eintraf und auf ihrem Lieblingsplatz neben Mrs. Park gesetzt wurde.

»Ratet mal, was ich mache«, sagte Ollie, nachdem sie den gewohnten Löffel Pflaumenmus bekommen, James' Bizeps befühlt und mit Anna Bekanntschaft geschlossen hatte.

Die Angestellten blickten sich in gespieltem Erstaunen an.

»Du gehst zu einer Geburtstagsparty?« meinte Mrs. Park.

»Nein!« antwortete das gnädige Fräuleinchen mit wichtiger Miene.

»Du verreist in die Ferien«, schlug Luise vor.

»Aber nein!« sagte Ollie und zappelte vor Aufregung. »Was viel Besseres.«

»Du gehst wohl ins Theater«, probierte Proom zu raten.

»Nein!!« So intensiv war ihr Entzücken, daß sie fast vom Stuhl gerutscht wäre. »Ich soll *Brautjungfer* sein!«

»Das gibt's doch nicht!« rief Mrs. Park.

»Aber nicht bei der Hochzeit unseres Lords?« sagte James ehrfürchtig.

»Doch! Und ratet mal, aus was mein Kleid gemacht wird.«

Wieder schüttelten die Angestellten verwirrt die Köpfe.

»Aus rosarotem Satin. Und ich krieg einen rosa Muff mit Perlen und einen Kranz aus Rosen und ein Cape mit Schwanenflaum dran.« Sie hielt plötzlich inne. »Ihr kommt doch auch, nicht wahr?« fragte sie besorgt. »Dann könnt ihr mich alle sehen.«

»Natürlich kommen wir auch«, sagte Mrs. Park und gab ihr noch einen Löffel Marmelade. »Das läßt sich doch keiner von uns entgehen!«

Während Ollie in der Küche hofhielt, bot Tom Byrne bei Muriels Einführung in die neue Nachbarschaft die Hilfe seiner Stiefmutter an.

»Sie möchte zu Ehren von Muriel in Heslop einen Ball geben, am besten ein paar Tage vor der Trauung, damit die Hausgäste für beide Anlässe dableiben können. Meinst du, daß Muriel einverstanden wäre?«

»Davon bin ich überzeugt. Ich könnte mir kein größeres Kompliment vorstellen.« Rupert war geschmeichelt und gerührt, denn Minna war, wie viele bescheidene, zurückhaltende Frauen, eine wundervolle Gastgeberin.

»Sie wäre heute selber rübergekommen, um das mit deiner Mutter zu besprechen, aber sie ist nach Craigston gefahren, um Hugh zu besuchen.«

»Wie geht es denn Hugh? Fühlt er sich inzwischen etwas glücklicher?«

Toms jüngster Bruder hatte mit unerträglichen Anfällen von Heimweh reagiert, als er zum erstenmal ins Internat kam. Rupert konnte sich nur noch an einen rothaarigen, kreuzunglücklichen kleinen Jungen in einer nagelneuen Schuluniform erinnern, der sich hinter dem Bahnhof von Mersham in einen Unkrauthaufen erbrach.

»Oh, es geht ihm jetzt gut. Er hat sich endlich eingelebt. Seit diesem Trimester hat er einen neuen Freund, der ein Ausbund an Tugend zu sein scheint. Er bringt ihn mit, wenn die Ferien beginnen. Falls die Hochzeit am achtundzwanzigsten stattfindet, sollte er rechtzeitig hier sein – auch schon für den Ball.«

»Meinst du, daß er in diesem Fall gerne Platzanweiser wäre?«

»Das würde er bestimmt liebend gerne sein. Dreizehn ist

genau das richtige Alter für solch eine ehrenvolle Aufgabe. Nun sag mir einmal genau, was ich denn für dich tun soll. Lavinia Nettleford wird die Erste Brautjungfer sein, nehme ich an . . .«

Die Unterhaltung ging jetzt zu praktischen Dingen über. Erst als Tom aufstand, um zu gehen, sagte er plötzlich mit ernster Miene: »Ich hab dir noch gar nicht gesagt, wie sehr ich mich für dich freue. Wirklich, wir alle in Heslop finden, daß nichts und niemand gut genug für dich sein kann.«

Rupert wurde rot vor Freude. »Danke, Tom. Ehrlich gesagt, kann ich selber kaum an mein Glück glauben. Vor allem weiß ich, daß es nicht nur mich selbst betrifft, sondern daß dank Muriel für alle Leute hier gesorgt sein wird.«

»Hättest du sonst verkaufen müssen?«

»Ich glaube, ja. Ich hatte George versprochen, daß ich an dem Besitz festhalten würde, aber eigentlich sah ich keine Hoffnung.«

»Und es wäre dir schwergefallen?«

»Nicht meinetwegen«, sagte Rupert, der erst kürzlich zu seinem Bedauern eine Einladung seines ehemaligen Mentors, Professor Marcus Fitzroy, ausgeschlagen hatte, ihn auf einer Forschungsreise zu den Höhlenklöstern von Achalciche am Schwarzen Meer zu begleiten. »Auch nicht Mutters wegen. Sie hat immer betont, sie würde sich auch in einem Häuschen wohl fühlen. Aber es ging mir um alle Angestellten hier, die ich nicht im Stich lassen wollte.«

»Ja, das verstehe ich. Du wirst ein guter Herr für Mersham sein, Rupert. Ein besserer als George, obwohl du mir das sicher übelnehmen wirst. Aber jetzt laß uns Ollie suchen.«

Das gnädige Fräuleinchen wartete schon im Auto auf sie und hielt glückstrahlend einen Pappkarton auf den Knien.

»Da ist ein junger Igel drin. Anna hat ihn gefunden und mir geschenkt. Sie hat ihm Milch aus einer Untertasse zu trinken gegeben, und er ist jetzt groß genug, um in die Welt hinauszugehen, sagt sie. Sie ist sehr nett, nicht wahr? Ich finde sie wunderschön.«

»Schön?« sagte Rupert, und etwas in seiner Stimme ließ Ollie aufblicken und die Brauen runzeln.

»Ja, schön. Und mir gefällt auch, wie sie spricht, und sie hat mir ein russisches Gedicht aufgesagt, weil ich sie darum gebeten habe. Es handelt von einem Krokodil, das den Newski oder so was hinunterspaziert. Nächstes Mal will sie es mir beibringen.«

»Wer ist denn dieses Mädchen?« fragte Tom und warf Rupert einen neugierigen Blick zu.

»Eine neue Hausangestellte«, erwiderte Rupert schroff.

»Der würde ich gerne begegnen.«

»Das wirst du«, sagte Rupert. »Es ist fast unmöglich, Anna *nicht* irgendwo in diesem Haus zu begegnen.«

3

Am anderen Tag kehrte Rupert nach London zurück, um seine Braut abzuholen, und Anna wurde zusammen mit Peggy in den oberen Stock geschickt, um dort das Schlafgemach von Queen Caroline vorzubereiten, das bis zur Hochzeit Miss Hardwicke zugedacht worden war.

Mitten in diesen Vorbereitungsarbeiten erhielt Anna einen Brief von ihrer geliebten Pinny.

»Meine liebe Anna,
die Nachricht, die ich Dir heute schreibe, wird Dich gewiß sehr freuen. Dein Vetter, Prinz Sergei Tschirkowsky, ist in Sicherheit! Als die Weiße Armee bei Zarizin geschlagen wurde, gelang es ihm zu fliehen und über Odessa schließlich bis nach London zu kommen. Er ist letzte Woche eingetroffen, natürlich sehr erschöpft, aber sonst wohlbehalten. Wie Du weißt, sind seine Eltern noch immer bei Miss King, und Du wirst Dir ihre Freude vorstellen können, als er zur Tür hereinkam. Sergei wollte nicht länger als ein paar Tage bleiben, denn Miss Kings Wohnung ist wahrhaftig schon überfüllt, und deshalb hat er sich auf die Suche nach irgendeiner Arbeit gemacht – möglichst außerhalb von London, da die Großfürstin offenbar ihren Plan noch nicht aufgegeben hat, ihn mit ihrer pummeligen Hofdame zu verheiraten. Er hat uns besucht und wollte vor allem wissen, wie es Dir geht. Ich habe ihm erzählt, wo Du bist, aber nicht, was Du dort machst. Du weißt, wie sehr er sich immer als Dein Beschützer

gefühlt hat, und ich sah ihn im Geiste schon nach Mersham eilen, um Deinen Arbeitgeber zum Duell zu fordern.
Ich lege einen Brief von Petja bei. Du siehst, daß er sich gut eingelebt und einen Freund gefunden hat, der ihn am Ende des Trimesters zu sich einlädt. Du brauchst Dich also nicht zu sorgen, daß Du ihn bei seiner Heimkehr verpaßt. Was Deine Mutter angeht, so ist sie einigermaßen wohlauf.
Ich hoffe, daß Dir Deine neuen Pflichten nicht allzu schwerfallen, und freue mich sehr auf Deine Rückkehr.
Herzlich grüßt Dich
Deine Winifred Pinfold.«

»Was ist denn jetzt mit Anna los?« erkundigte sich James, als er mittags ins Angestelltenzimmer kam.

»Sie ist glücklich«, brummte Luise.

»Weil ihr Vetter in Sicherheit ist«, sagte Mrs. Park. »Sie glaubte schon, die Bolschewiken hätten ihn gekriegt, aber das stimmt nicht.«

»Also, nach dem Mittagessen könnt ihr jemand anders mit ihr raufschicken«, sagte Peggy. »Sie fegt wie ein Wirbelwind herum, um Miss Hardwickes Zimmer in Ordnung zu bringen. Sie ist keine Sekunde zu bremsen.«

Der ehrenwerte Mr. Sebastian Frayne wurde, als er an der Tür des Schlafgemachs von Queen Caroline vorbeischlurfte, von einer jugendlichen, verzückten Stimme, die Mozarts »Halleluja« trällerte, zum Stehenbleiben veranlaßt.

»Sie scheinen heute morgen ja sehr guter Laune zu sein«, sagte er.

Anna wandte sich um, sprang vom Stuhl herunter und machte im selben Schwung auch noch einen Knicks.

»Es tut mir leid, ich glaube, ich sollte nicht singen, obwohl bei Selina Strickland nichts darüber steht, ob man es darf oder nicht. Ich bin aber so glücklich«, sprudelte Anna hervor und fügte rasch noch ein »Sir« hinzu, verdarb dann aber die Wirkung gänzlich, indem sie die Arme ausbreitete, dem alten Herrn um den Hals fiel und ihn auf die Wange küßte.

»Na, na«, sagte Onkel Sebastian, der rot wurde und ganz hingerissen war von dem ersten Kuß, den er in zwanzig Jahren unaufgefordert bekommen hatte. »Was ist denn geschehen, das Sie so glücklich macht?«

»Mein Vetter Sergei ist in Sicherheit! Wir hatten so lange keine Nachricht von ihm, daß wir glaubten, er sei umgekommen. Er war genau wie ein Bruder für mich und für Petja, und jetzt werde ich, weil ich so glücklich bin, Miss Hardwickes Zimmer so schön zurechtmachen, daß sie ganz erstaunt sein wird.«

Als Proom sie eine Weile später im Treppenhaus mit einem Eimer voll Seifenlauge antraf, sprach er sie auf eine Weise an, wie eine so hochgestellte Person sich sonst nicht an ein Hausmädchen gewandt hätte. »Mrs. Proom läßt fragen, ob Sie wohl heute nach dem Abendessen einen Augenblick Zeit hätten, zu ihr zu kommen. Natürlich nur, falls Sie nichts anderes zu tun haben.«

Anna, der er endlich beigebracht hatte, nicht jedesmal zu Boden zu sinken, wenn sie ihm begegnete, lächelte scheu. »Oh, ich werde sogar sehr gerne kommen. Bloß –« Sie brach ab und blickte die erhabene Gestalt des Butlers an. »Ich weiß nicht, ob es erlaubt ist, aber heute nachmittag muß ich in Miss Hardwickes Zimmer die silberne Frisiergarnitur putzen und auch die Kerzenhalter und das Tintenfaß . . . noch viele Dinge. Und ich habe gesehen, daß Mrs. Proom noch sehr starke Hände hat, und sie hat mir erzählt, daß sie auch einmal Hausangestellte war. Glauben Sie, daß ich die Sachen vielleicht mitbringen dürfte und auch das Putzmittel und viele Zeitungen, damit nichts schmutzig wird und wir sie zusammen putzen könnten? Sie wäre mir wirklich eine Hilfe, meine ich, und es würde auch nicht länger dauern.«

Anna hielt ein; sie deutete Prooms Schweigen fälschlicherweise als Mißbilligung. Es war töricht von ihr gewesen, das Silber war viel zu kostbar ...

Proom unterdrückte verschiedene Gefühle. Dankbarkeit diesem jungen Mädchen gegenüber, das hinter den Verrücktheiten und Wutausbrüchen seiner Mutter den verzweifelten Wunsch erkannt hatte, sich noch nützlich machen zu können. Scham, daß er selber ihr dies nur so selten ermöglicht hatte.

Proom räusperte sich, da seine Kehle ein bißchen zugeschnürt war. Dann sagte er gebieterisch: »Also gut, Sie haben meine Erlaubnis. Achten Sie darauf, daß nichts verlegt wird.«

Als Mrs. Bassenthwaite das Schlafgemach von Queen Caroline inspizierte, nachdem Anna mit der Arbeit fertig war, konnte sie sich nur lobend äußern.

»Das haben Sie sehr schön gemacht, meine Liebe.«

»Aber wer wird sich um die Blumen kümmern?« fragte Anna, die wußte, daß hiervon alles abhing.

Mrs. Bassenthwaite zögerte. Für den Blumenschmuck war immer sie selber zuständig gewesen, aber sie war in letzter Zeit sehr müde und spürte einen ständigen Schmerz in der Seite, der nie ganz verschwinden wollte.

»Sie werden das tun«, sagte sie. »Gehen Sie zu Mr. Cameron und sagen Sie ihm, ich hätte Sie geschickt.«

So entschied sich Anna wie jeder, der sich eine Braut im Juli vorstellt, für Rosen. Sie verkürzte ihre Mittagspause, um den tauben, unwirschen alten Schotten aufzusuchen, der seit dreißig Jahren über die Gärten von Mersham herrschte.

In freudiger Erwartung lief sie zwischen vielen langen Reihen von Gemüsebeeten hindurch, bis sie zu einer grünen Tür in einer hohen Mauer kam. Sie stieß die Tür auf – und blieb verzaubert stehen.

Der größte Teil des Gartens von Mersham, obwohl von unzerstörbarer Schönheit, litt unter Vernachlässigung und dem durch den Krieg verursachten Mangel an Personal.

Aber der Rosengarten war ein Wunder an Gestaltung und Pflege. Es gab alle nur erdenklichen Arten von Rosen. Während Anna voller Entzücken von einer Blüte zur nächsten ging und dabei tief deren Duft einatmete, begann Mr. Cameron, der sie ahnungsvoll hatte eintreten sehen, nach seinem Hörrohr zu suchen, bis er es schließlich in einer Gießkanne fand und es sich durch seinen Backenbart ins Ohr stopfte, ein seltenes Zeichen, daß er willens war, sich mit jemand zu unterhalten.

»Ich dachte mir, daß die Rosen sehr blaß und zart sein müßten, wie in einem Traum«, sagte Anna, nachdem sie den Zweck ihres Kommens erklärt hatte. »Ich möchte, daß alles sehr sanft und einladend und locker wirkt.«

Mr. Cameron nickte. »Sie wollen also die altmodischen Sorten . . .«

Sie spazierten in gänzlichem Einvernehmen herum, wählten aus, diskutierten, rochen hingebungsvoll, und Annas Augen leuchteten vor Zufriedenheit.

Als sie zu einem einzelnen Strauch kamen, der ganz allein in der Mitte eines frisch gemulchten Beetes wuchs, blieb Anna wie angewurzelt stehen.

»Ah!« rief sie. »Wie wunder-, wunderschön! Solch eine Rose habe ich noch nie gesehen.«

Die Augen des alten Mannes strahlten vor Stolz. »Sie ist neu«, sagte er. »Ich habe sie selbst gezüchtet.«

Auf den ersten Blick schien die neue Rose von einem reinen, makellosen Weiß zu sein, aber dann schimmerte wunderbarerweise aus dem Innern der Blüte ein Anflug von Rosa, der wie ein Erröten war.

»Ich brauche einen Namen für sie«, sagte er. »Eine schwierige Sache.«

»Sie ist wie der Schnee in Rußland. Schnee am Abend, wissen Sie, wenn die Sonne untergeht und es wie Alpenglühen aussieht. Und wenn Schnee einen Duft hätte, dann röche er so rein und doch so stark wie diese Rose.«

Mr. Cameron kratzte sich am Kopf. »So könnte ich sie nennen«, sagte er. »Russischer Schnee. Das wäre ein guter Name.«

Annas Gesicht verdüsterte sich. »Die Leute würden ihn nicht mögen. Sie sind böse auf uns, weil wir zu früh Frieden geschlossen haben.« Plötzlich erhellte sich ihre Miene. »Jetzt ist mir eine gute Idee gekommen!« rief sie aus. »Warum geben Sie ihr nicht den Namen der Verlobten seiner Lordschaft? Nennen Sie sie Muriel Hardwicke. Oder einfach Muriel. Denken Sie nur, was Sie ihr für eine Ehre erwiesen!«

»Hm.« Mr. Cameron mußte es sich zuerst richtig vorstellen. »Falls es Seiner Lordschaft genehm wäre . . .«

Nachdem Anna gegangen war mit der Anweisung, sie solle die von ihr gewünschten Blumen früh am Morgen holen, wenn sie noch taufrisch waren, rammte der Gärtner sein Hörrohr in einen Rosenbogen zum Zeichen, daß die Unterhaltung für heute beendet war; dann blieb er lange in Gedanken versunken vor seiner neuen geliebten Rose stehen.

Irgendwie sah sie einfach nicht nach einer Murmel aus. Nur warum eigentlich nicht?

Etwas später an diesem Abend wurde Anna ins Zimmer der alten Gräfin gerufen.

Im Untergeschoß war die Lage gerade gespannt. Mrs. Park plante nämlich für die Verlobungsfeier einen ganz neuartigen Nachtisch. Bei dieser Schöpfung, die ihr seit Bekanntgabe der Verlobung im Kopf herumgegangen war, handelte es sich um nichts Geringeres als um einen aus Meringuemasse hergestellten Schwan, dessen Inneres sie mit einer *Crème Bavaroise* füllen wollte. Und hierzu benötigte sie eine Tasse voll Tokaier – doch beileibe nicht irgendeinen Tokaier, sondern einen *Aszú puttonyos* des Jahrgangs 1904, denn nur dieser verband die nötige Freiheit des Aromas mit einem Hauch von Erdigkeit. Proom war nicht gerade willens, diesen wahrhaft unbezahlbaren Dessertwein herauszurücken, und erklärte, es sei absurd, eine ganze Flasche nur wegen ein paar Löffel voll zu öffnen.

Mrs. Park schmollte zwar nie, wenn sie gezwungen war, mit weniger guten Zutaten auszukommen, aber sie litt darunter, was sich auf die allgemeine Stimmung auswirkte.

Doch als Anna nach oben gerufen wurde, schob die gutherzige Köchin ihre eigenen Sorgen einen Augenblick beiseite.

»Nun machen Sie nicht so ein Gesicht, mein Kind«, sagte sie ermutigend. »Es ist bestimmt kein Grund zur Beunruhigung.«

Mrs. Park hatte recht. Die Gräfin hatte Anna zu sich kommen lassen, um ihr mitzuteilen, daß sie Ruperts Verlobter zur Verfügung stehen sollte, bis eine neue Zofe engagiert würde.

»Aber dafür habe ich doch nicht genug Erfahrung, Mylady.«

»Unsinn, meine Liebe. Ich bin sicher, Sie werden es glänzend machen. Mrs. Bassenthwaite hat sich sehr lobend über Ihre Arbeit geäußert. Außerdem wird meine Zofe, Alice, Ihnen noch so gerne mit Rat beistehen. Sie sollen Miss Hardwicke nur beim Ankleiden helfen, ihr Zimmer in Ordnung halten und ihr das Frühstückstablett bringen. Proom wird Ihnen Ihre Pflichten erklären, aber ich kann Ihnen versichern, daß es gar nichts besonders Schwieriges gibt.«

Trotzdem war Anna nicht leicht zu trösten, und es brauchte bei ihrer Rückkehr in die Küche die vereinten Bemühungen von Mrs. Park, James und Luise, um sie aus ihrer Niedergeschlagenheit wieder aufzurichten.

»Kann ich denn immer noch meine Mahlzeiten hier unten essen?« fragte Anna mit erstickter Stimme.

Proom höchstpersönlich zerstreute ihre Befürchtungen, daß sie in Zukunft in einer Art Niemandsland leben müßte, und machte ihr klar, daß sie nach wie vor eine Hausangestellte war, von der man erwartete, daß sie ihre normalen

Pflichten erfüllte, und daß sie außerdem, wenn nötig, Miss Hardwicke zur Verfügung stand. Dann fügte er hinzu, sie möge doch, falls sie jetzt nichts Besseres zu tun hätte, hingehen und die Fensterläden schließen, da es zu regnen begonnen hätte.

Nicht nur im Haus und im Garten wurden Vorbereitungen getroffen, um die Braut zu empfangen. Auch Potter, dem Oberstallmeister, war von Seiner Lordschaft eine Aufgabe übertragen worden, die seinen Schritt beflügelte und ihn pfeifend im Stall herumgehen ließ. Er sollte eine Stute für Miss Hardwicke kaufen, und zwar eins von Major Kingstons weißen Araberpferden aus dem Cheltenhamschen Gestüt, um das alle Welt sie beneiden würde.

»Zahlen Sie, was Sie wollen, Potter«, hatte der Graf gesagt, ehe er nach London abreiste. »Es ist das Geschenk des Bräutigams an seine Braut, und da pfeif ich auf die Vernunft. Wir mögen zwar pleite sein, aber in diesem Fall halten wir den Kopf hoch!«

Darum war Potter, als er sich nach Gloucestershire aufmachte, ein glücklicher Mensch. Von dem ganzen Stall voll schöner Pferde, der vor dem Krieg bestanden hatte, waren nur noch Saturn, das alte Jagdpferd von Ruperts Vater, und die Kutschpferde der Gräfin übriggeblieben. Potter selbst war so klug gewesen, sich nicht auf den traditionellen Kampf von Stallmeister gegen Chauffeur einzulassen. Er hatte Auto fahren gelernt und war ebenso bereit, die Gräfin im Rolls zum Bahnhof zu chauffieren, wie er sie auch mit dem Landauer kutschierte, was sie vorzog, wenn sie im Dorf Besuche machte. Doch jetzt sah er gute Zeiten kommen, denn der junge Graf war trotz seines ruhigen Wesens ein glänzender Reiter. Als Potter in die Küche kam, um sich zu verabschieden, war Stolz in seiner Haltung und ein Leuchten in seinen Augen.

»Es ist wie ein Märchen«, sagte Anna, die inzwischen den

Schock ihrer Beförderung überwunden hatte. »Drei Geschenke für die Braut: eine weiße Rose, eine Apfelschimmelstute, ein schneeweißer Schwan ... und nun kommt sie selber!«

»Dann wollen wir hoffen, daß sie eine echte Prinzessin ist«, sagte Luise, deren Füße schmerzten. »Sonst gibt's Rabatz!«

4

Muriel Hardwicke war ganz einfach ein vollkommenes Baby gewesen. Mit ihren rundlichen rosigen Ärmchen und Beinchen, den goldenen Locken und den hyazinthenblauen Augen wurde die kleine Tochter der durch den erfreulichen Absatz von Hardwicke-Suppen, Hardwicke-Würsten und ähnlichen Dosenkonserven reich gewordenen Eltern von jedermann, der sie sah, bewundert. Ihre Mutter, eine unscheinbare, ziemlich nervöse Frau, konnte sich nie genug über die perfekte Schönheit ihres Kindes wundern; Muriels Vater dagegen schien sich des von ihm gezeugten Sprosses würdig erweisen zu wollen und verdoppelte seine Anstrengungen durch den Zusammenschluß mit alten und die Gründung neuer Firmen, so daß er rasch zum Millionär wurde.

Nur Muriel selber, die es in der feudalen Villa in Mayfair, in der sie aufwuchs, von einem Spiegel zum anderen zog, war nicht erstaunt über die Makellosigkeit des eigenen Anblicks. Ihr schien von Anfang an bewußt zu sein, daß sie nicht wie andere Kinder war. Sie haßte es, schmutzig zu sein, konnte Unordnung oder zerrissene Kleider nicht ertragen und schloß sich einmal, als ein herrenloses, von der Köchin mitgebrachtes Kätzchen ihre Hände zerkratzte, so lange im Kinderzimmer ein, bis das Tier wieder entfernt war.

Als sie zu einem jungen Mädchen mit vollen Brüsten und einem Pfirsichteint herangereift war, zog sich ihre Mutter, gleichsam als wüßte sie, daß sie nichts mehr für ihre schöne Tochter tun konnte, eine Lungenentzündung zu und starb. Fünf Jahre danach brach ihr Vater während einer Aufsichtsratssitzung mit einem perforierten Magengeschwür zusammen, und so stand Muriel mit zweiundzwanzig Jahren plötzlich als alleinige Erbin eines Millionenunternehmens da.

Sie ließ es sich nicht zu Kopf steigen. Sie behielt das Haus in Mayfair, engagierte eine Hausdame und meldete sich – man schrieb das Jahr 1916 – zum freiwilligen Sanitätsdienst. Ihren Abscheu vor Krankheiten und ihren Widerwillen gegen Schmutz schob sie im Interesse eines größeren Plans beiseite; denn jetzt bot sich ihr die Chance, die hohe Schranke zwischen Neureichen und Aristokraten zu überwinden. Sie war sicher, daß sie im ständigen Strom verwundeter Offiziere, die im Kriegslazarett durch ihre Hände gingen, einen angemessenen Gatten finden würde.

Es dauerte letzten Endes zwei Jahre; doch als man den Grafen von Westerholme im Rollstuhl zu ihr brachte, wußte sie, daß ihre Suche zu Ende war. Der Titel war ausgezeichnet, der junge Mann unbestreitbar gutaussehend, und seine Verwundung, obgleich schwer, entstellte ihn nicht. Auch mißfiel ihr die Tatsache, daß Mersham verarmt war, keineswegs. Sie konnte ihre eigene Stellung nur festigen, denn seine Familie würde eine Braut, die ihnen den Wohnsitz erhielt, willkommen heißen.

Muriel hätte der Sinn zwar nach einer großen Trauung in einer Londoner Kirche gestanden, doch willigte sie gerne ein, als Rupert ihr eine ländliche Hochzeit in Mersham vorschlug. Es gab nämlich in Yorkshire verstreut, in irgendwelchen unmöglichen Hütten, die sie nie verlassen wollten, noch einige alte, gänzlich unpassende Verwandte von seiten ihres Vaters. Grandma Hardwicke mit ihrem rostroten Häubchen und dem klappernden Gebiß hätte sich vermutlich noch in eine Londoner Kirche hineingetraut, aber in Mersham würde sie schwerlich uneingeladen auftauchen. Und schließlich konnte auch eine einfache Hochzeit auf dem Lande in Sitte und Anstand und mit Stil abgehalten werden.

Eingedenk dieser Tatsache war Muriel entschlossen, ganz neu anzufangen. Sie wollte ihr Haus verkaufen, ihre Angestellten entlassen. Nur ihre Hausdame, Mrs. Finch-Heron, würde noch mit ihr nach Mersham reisen und dort ebenfalls weggeschickt werden.

Doch zuallererst wollte sie sich von dem Menschen verabschieden, der ihr alle ihre Wunschvorstellungen klargemacht hatte, jenem Mann, dessen Ideen ihr so eingegangen waren, als hätte ihr ganzes Leben nur auf dieses Ziel zugesteuert. Dr. Lightbody sollte am Abend in der Convey Hall einen Vortrag halten. Sie würde hingehen, sich sozusagen den Segen für ihr neues Leben geben lassen. Und morgen ginge es dann nach Mersham.

Als Muriel sich auf ihren Platz setzte, bemerkte sie zu ihrem Ärger, daß der Saal halb leer war. Sie fand es wahrhaft schlimm, was dieser begabte, stattliche Mann an Verleumdungen und an Gleichgültigkeit zu erdulden hatte. Von seiner schwedischen Großmutter hatte Dr. Lightbody das blonde Haar und die blauen Seheraugen geerbt. Als anhänglicher Enkel hatte der Doktor sich ganz selbstverständlich entschlossen, die alte Dame auf ihrem Bauernhof in der Nähe von Lund zu besuchen. Daß seine Abreise nach Schweden nur zwei Tage vor Ausbruch des Krieges erfolgte, war offensichtlich ein reiner Zufall, und doch waren die Leute so gemein, ihn der Feigheit zu bezichtigen. Die Schweden hatten ihrerseits so wenig Verständnis für die Tragweite seiner Neuen Eugenik gezeigt, daß der arme Mann sich sofort nach dem Waffenstillstand von seinen Verwandten losreißen und nach England zurückkehren mußte.

Die Erbgesundheitslehre des Doktors besagte, daß es möglich sei, mittels Diät, Gymnastik und verschiedener Arten von Läuterung den idealen menschlichen Körper zu erschaffen. Doch das war noch nicht alles. Wenn seine Anhänger aus ihrem Körper einen angemessenen »Tempel des Geistes« gemacht hatten, war es auch ihre Pflicht, sich mit ebensolchen Körpern zu paaren. Kurzum, Dr. Lightbody wollte genau jene Gesetze auf menschliche Wesen übertragen, welche Bauern und Pferdezüchter seit Generationen anwandten.

Mit halb geöffneten Lippen, den bewundernden Blick auf den blonden Kopf des Doktors gerichtet, seufzte Muriel vor Befriedigung, als dieser die ihr geläufigen Punkte wiederholte. Für sie klang all das sehr vernünftig. Es gab Menschen, die ihrem Äußeren und ihrer Erziehung nach den anderen überlegen waren, und es wäre töricht von ihr gewesen, sich selbst nicht zu diesen zu zählen. Für sie war es klar, daß diese Menschen eine Verpflichtung gegenüber der menschlichen Rasse hatten. Es war ihr sehr ernst mit ihrer Überzeugung, und wenn Rupert irgendeinen Mangel, körperlich oder geistig, gehabt hätte oder in seiner Familie irgendein Fall von Irrsinn vorgekommen wäre, so hätte sie ihre Zuneigung begraben und sich nicht auf eine Verlobung eingelassen. Zum Glück hatte Rupert den Test bestanden, so daß sie als Gräfin von Westerholme das Privileg und die Pflicht haben würde, dafür zu sorgen, daß Dr. Lightbodys Ideen in die Tat umgesetzt würden.

»Ruf uns ein Taxi, Geraldine«, sagte Muriel zu ihrer Begleiterin, als der Redner seinen Vortrag beendet hatte. »Ich gehe noch nach hinten, um dem Doktor zu gratulieren und ihm auf Wiedersehen zu sagen.«

Dr. Lightbody verließ das Gebäude in ausgezeichneter Stimmung. Der Vortrag war gut angekommen; die Zuhörer hatten sich anerkennend gezeigt und mehr von den Blättern mit seinen Diätvorschriften gekauft als gewöhnlich. Ganz besonders gefreut hatte er sich über den Besuch von Miss Hardwicke im Anschluß an den Vortrag. Das war wirklich eine Schülerin, die zu haben sich lohnte. Noch ein paar solcher Anhängerinnen, und er würde aus diesem entmutigenden Land ein Mekka und einen Ort der Freude machen können! Sie hatte ihn zur Hochzeit eingeladen. Ob sich dort wohl etwas für ihn finden würde? Vielleicht die Chance, unter einer reichen Gönnerin zu arbeiten? In Mersham ein Institut für Eugenik zu gründen, frei von allen finanziellen Sorgen, die ihm zusetzten? Ja, er mußte das genau im Auge behalten.

Seine gehobene Stimmung hielt an, bis er in die verwahrloste Straße in Ealing einbog, in der er wohnte. Kaum hatte er seine Mietwohnung betreten, verflog seine gute Laune, als eine weinerliche, erschöpfte Stimme fragte: »Ronnie, bist du das?«

»Ja, Doreen, ich bin's«, sagte Dr. Lightbody in dem vorsichtigen Ton eines Lehrers gegenüber einem zurückgebliebenen Kind, den er immer anschlug, wenn er mit seiner Frau sprach.

Die Brille vorn auf der Nasenspitze saß Doreen mit hochgezogenen Schultern in einem schäbigen Lehnstuhl und stopfte seine Socken. Sie sah blaß und müde aus in ihrer üblichen resignierten Haltung von Erschöpfung. Ärgerlich wartete er darauf, daß sie zu husten anfinge, und tatsächlich kam nach einem kurzen Versuch, den Atem anzuhalten, der trockene Husten, der sie in letzter Zeit ständig überfiel und ihn zur Raserei brachte.

»Es steht noch Kaffee auf dem Herd«, sagte sie, als sie wieder sprechen konnte. »Und ein Stück Schokoladentorte, falls du sie magst. Sie ist frisch gebacken.«

Dr. Lightbody ging hinüber in die winzige Küche. Wie hatte es geschehen können, daß er mit seiner Vorstellung dessen, was der menschliche Körper sein konnte, in die Falle dieser fürchterlichen Ehe geraten war? Warum war er so schwach gewesen, auf seine Eltern zu hören, als sie darauf bestanden, daß er das Mädchen heiratete, und warum hatte er sie dann nicht zwei Monate später verlassen, als sie eine Fehlgeburt hatte? Sie war ihm ja nicht nur gesellschaftlich unterlegen – die Tochter eines kleinen Bankangestellten, bei dem er im letzten Studienjahr zur Miete gewohnt hatte –, sondern sie war von Anfang an seinen Ideen feindselig gegenübergestanden. Zuerst hatte sie ihn nicht nach Schweden begleiten wollen und irgendeinen Unsinn gefaselt von »das Schicksal ihrer Landsleute zu teilen«. Dann, als er in der Reinheit der schwedischen Luft und ohne den Zwang, Militärdienst zu leisten, seine Ideen auszuarbeiten begann, hatte Doreen stumm und hartnäckig alles mißverstanden, was er zu tun versuchte. Und hatte sie ihn später, als sie nach England zurückgekehrt waren und seine Lehre endlich an Boden gewann, vielleicht unterstützt, ihm geholfen, sein Image aufzubauen? Mitnichten!

Es war daher auch kein Wunder, daß sie, als sie seine Ernährungsvorschriften halbherzig befolgte, diese nicht vertrug. Doreens Körper war nicht nur kein Tempel, er war eine Katastrophe. Seit einiger Zeit forderte er sie nicht einmal mehr auf, zu seinen Vorträgen zu kommen. Es war besser, wenn die Leute nicht wußten, daß er, den sie um Rat und Hilfe angingen, sein Leben mit jemandem teilen mußte, dessen äußere Erscheinung schon all das leugnete, worauf er hinarbeitete.

Voll tiefem Selbstmitleid biß Dr. Lightbody seufzend in ein großes Stück von Doreens federleichter Schokoladentorte.

5

Im Unterschied zu Rupert blieb Muriel der Empfang durch die auf der Freitreppe versammelten Angestellten erspart. Dies bedeutete jedoch nicht, daß man ihre Ankunft nicht aufmerksam verfolgt hätte. Von verschiedenen strategisch plazierten Trittleitern und anderen günstigen Beobachtungsposten aus blickte das gesamte Personal neugierig dem Daimler entgegen und sah, wie der Graf einer vollbusigen, üppigen Dame in fleischfarbenem Staubmantel aus dem Wagen half.

Und sogleich ging ein befriedigtes Lächeln über alle Gesichter, angefangen bei Sid, der im Westflügel auf einer Leiter stand, bis zu Luise und Mrs. Park, die auf wackeligen Stühlen postiert aus der Speisekammer lugten. Nicht nur war die neue Gräfin wunderschön, sie war auch von beachtlicher Statur, so daß James, der Mr. Sebastians Fernrohr auf eine römische Vase gestützt hielt, den allgemeinen Eindruck in dem schlichten, herzhaften Ausruf »Menschenskind!« zusammenfaßte.

»Dies ist Ihr Zimmer, meine Liebe«, sagte die verwitwete Gräfin, als sie Muriel in das Schlafgemach von Queen Caroline führte. »Wir dachten, es würde Ihnen gefallen. Es hat eine so schöne Aussicht auf den Teich.«

Muriel betrachtete wohlgefällig das hübsche, geräumige Zimmer, die flachen Schalen mit Rosen. »Es ist einfach reizend! Ganz entzückend. Ich habe noch kein schöneres Zimmer gesehen.«

Die Gräfin lächelte ihrer künftigen Schwiegertochter liebevoll zu. »Das hier ist Anna. Sie steht Ihnen zur Verfügung, bis Sie Ihre eigene Zofe engagiert haben.«

Anna machte einen Knicks. Der tiefe, hingebungsvolle Knicks, der den Grafen und seinen Butler so aus der Fassung gebracht hatte, machte auf Muriel keinen sonderlichen Eindruck. Sie hielt ihn einfach für angemessen. »Die Gäste sind, glaube ich, auf acht Uhr eingeladen«, wandte sie sich erneut an die Gräfin. »Sagten Sie das nicht?«

»Sehr richtig. Es ist nur eine kleine Gesellschaft unserer engsten Freunde, die Sie willkommen heißen und auf Ihr Wohl anstoßen möchten. Da die Hochzeit schon so bald stattfindet, wollten wir Sie doch unverzüglich mit den Nachbarn bekannt machen. Sie haben noch den ganzen Nachmittag, um sich auszuruhen.«

»Danke, aber ich bin selten müde«, antwortete Muriel förmlich.

Das klang sehr glaubwürdig. Noch nie hatte die Gräfin ein so großartiges Geschöpf gesehen. Sie wollte schon gehen, doch an der Tür blieb sie einen Moment stehen und sagte zu Anna: »Die Blumen sind sehr schön. Sie haben das richtige Gefühl dafür. Mrs. Bassenthwaite sagte mir schon, wieviel Mühe Sie sich gegeben haben.«

Muriel runzelte ganz leicht die Stirn. Es war das erstemal, daß sie jemanden mit einer Angestellten so familiär und liebenswürdig sprechen hörte.

»Sie können meine Sachen auspacken, Anna«, sagte sie. »In der Krokodilledertasche werden Sie ein Bild in einem Silberrahmen finden. Das möchte ich auf dem Nachttisch haben.«

»Jawohl, Miss«, sagte Anna und machte sich an die Arbeit.

Es stellte sich heraus, daß die Fotografie im Silberrahmen nicht, wie Anna erwartet hatte, ein Porträt des Grafen war, sondern einen blonden Mann mit Bürstenhaar und Seheraugen zeigte. Die Unterschrift »Von Dr. Ronald Lightbody herzlich zugeeignet« sagte Anna nichts; gehorsam stellte sie das Bild auf den Nachttisch.

»Ich werde heute abend das orangefarbene Crêpe-de-Chine-Kleid anziehen«, sagte Muriel von der Chaiselongue aus, auf der sie mit geschlossenen Augen lag und gleichmäßige, tiefe Atemzüge in ihre Lunge sog. »Das mit der Kristallperlenstickerei. Sorgen Sie dafür, daß es gebügelt ist. Dazu will ich das passende Stirnband tragen und den Fächer aus Straußenfedern ...«

»Nun?«

Anna, die im Angestelltenzimmer auf ihren Platz schlüpfte, um vor Beginn der Party rasch etwas zu essen, sah sich einer Reihe erwartungsvoller Gesichter gegenüber.

Sie enttäuschte sie nicht. »Also«, begann sie im schönsten Ton eines Verkündigungsengels. »Sie ist von Kopf bis Fuß wunderschön. Das kann ich euch versichern, weil ich sie im Bad gesehen habe. Sie wollte nämlich, daß ich ihr den Rücken waschen und sie auch mit einer Creme von Dr. Lightbody einreiben sollte, und ich kann euch nur sagen, sie ist wie eine Göttin.« Anna war glücklich, daß sie allen so gute Nachricht überbringen konnte.

»Wer ist denn Dr. Lightbody?« erkundigte sich Luise.

»Ein sehr wichtiger Mann, den Miss Hardwicke bewundert. Er hat einen Bürstenschnitt und ist Präsident der Gesellschaft für Neue Eugenik.«

»Von was?« fragte Sid.

»Eugenik«, schaltete sich Proom im Ton eines Fachmanns ein, »ist die Wissenschaft von der Erbgesundheit und ein wichtiges Forschungsgebiet zur Verhütung erbschädigender Einflüsse. Es spricht sehr für Miss Hardwicke, daß sie sich für dieses Gebiet interessiert ...«

In diesem Augenblick erschien Mrs. Park, die sich noch in der Küche aufgehalten hatte, an der Tür, scheu und errötend wie eine Braut, und sagte schlicht und einfach: »Könnt ihr alle mal kommen und es euch ansehen ...?«

Neben anderen Befürchtungen litt Mrs. Park auch an der Überzeugung, daß die Gäste in Mersham Gefahr liefen zu verhungern. Für die fünfzehn oder sechzehn engen Freunde, die für den Abend eingeladen waren, um die Verlobung des jungen Grafen zu feiern, hatte sie das reichhaltigste und köstlichste Büfett vorbereitet.

Aber nicht die wunderschön garnierten Fleisch- und Fischplatten zogen die Aufmerksamkeit der Angestellten auf sich, sondern die Mitte des Tisches, wo das Dessert aufgebaut war, das Mrs. Park sich zu Ehren von Miss Hardwicke ausgedacht hatte. Aus Meringuemasse hatte sie den weißen Schwan von Mersham nachgebildet, das Wappentier der Familie.

Einen Augenblick standen die Angestellten stumm vor Bewunderung. Dann sagte Proom: »Dafür wird man Sie nach dem Essen rufen, Mrs. Park. Halten Sie sich also bereit, nach oben zu gehen. Zweifellos wird Miss Hardwicke Sie zu sehen wünschen.«

»Ach nein, das sicher nicht«, wehrte Mrs. Park errötend ab. Doch insgeheim hoffte sie trotz all ihrer Bescheidenheit, daß man sie rufen würde. Der Schwan hatte sie und ihre Helferin Win den größten Teil der Woche gar nicht zu Bett kommen lassen, und für einmal schien es ihr, daß ihr etwas gelungen war, dessen sich auch Signor Manotti, ihr Lehrmeister, nicht hätte zu schämen brauchen.

In Heslop Hall sagte Lady Byrne, die sich bereits für die Abendgesellschaft angezogen hatte, Ollie gute Nacht. Wie eine Sonnenblume saß die Kleine in ihrem weißen Himmelbett.

»Du siehst wunderschön aus, Mami«, sagte Ollie.

Minna lächelte. Sie zog sich immer sehr schlicht an und hatte das Quäker-Aussehen aus ihrer Jugend in Neuengland beibehalten. Für Muriel Hardwicke allerdings, die Mersham vor dem Ruin bewahrt und Ollie als Brautjungfer ausersehen hatte, hatte sie ihrem cremefarbenen Seidenkleid noch die

Perlen der Familie Byrne hinzugefügt und die Brillantohrringe angezogen.

»Ich käme auch gerne mit«, sagte Ollie wehmütig. »Ich hab Muriel noch nicht gesehen.«

»Ich weiß, mein Herz. Aber die Party ist wirklich zu spät.« Während Minna Ollie in jeder Hinsicht unterstützte, selbständig zu werden, schützte sie sie insgeheim doch wie eine Löwin vor zu ermüdenden Anstrengungen. »Du wirst Muriel nächste Woche kennenlernen, wenn du zur Anprobe deines Kleides gehst.«

»Oh, ja!« Ollie seufzte befriedigt.

Tom Byrne, auch schon im Abendanzug, kam herein, um seiner Schwester übers Haar zu streichen und ihre Komplimente über sein Aussehen zu hören.

»Du scheinst ja sehr guter Laune zu sein«, sagte Minna lächelnd zu ihrem ältesten Stiefsohn.

Tom strahlte. »Das bin ich auch. Ich kann es kaum erwarten, Ruperts Wunderbraut kennenzulernen. Schön *und* treu ergeben *und* seine Lebensretterin *und* eine Waise, so daß die Hochzeit zu unserer Freude hier bei uns stattfinden kann! Das ist alles fast zu gut, um wahr zu sein! Aber für Rupert ist eigentlich nichts zu gut.«

»Ja, er ist ein reizender Kerl und genau der Richtige für Mersham«, antwortete Minna. Für sie waren Ruperts Auszeichnungen im Krieg keine Überraschung gewesen. »Und jetzt, da ihr Sohn wieder zu Hause ist und es eine Hochzeit vorzubereiten gibt, scheint Mary ihre Geistergeschichten aufgegeben zu haben.«

»Du vergißt doch nicht, Anna meinen Brief zu geben?« ermahnte Ollie ihren Bruder. »Er ist sehr wichtig. Ich hab von dem Igel geschrieben.«

»Ich vergeß ihn bestimmt nicht«, versprach Tom.

»Das muß ein interessantes Mädchen sein«, sagte Minna. »Ist sie wirklich eine Russin?«

»Ja, soviel ich weiß.«

»Was für schwere Zeiten müssen alle diese armen Leute durchgemacht haben. Ich frage mich, ob ich Mary bitten kann, mir Anna für den Ball auszuleihen. Ich möchte ein paar Leute des russischen Balletts einladen. Da wäre ein russisches Mädchen Gold wert. Erinnere mich doch, daß ich es erwähne.«

»Gut, Mutter. Ach, übrigens, nehmen du und Vater heute abend den Rolls?«

»Ich denke, ja. Warum?«

»Ich dachte, ich könnte mit dem Crossley zu den Rabinowitschs hinüberfahren und fragen, ob ich Susie abholen darf.«

Tom sagte das mit einer solchen Selbstverständlichkeit, als hätte sein Werben um Susie Rabinowitsch nicht in der ganzen Nachbarschaft für Gesprächsstoff gesorgt. Anfänglich war Toms Vater nicht sonderlich begeistert gewesen, als sein Sohn eindeutiges Interesse an der dicklichen, äußerlich wenig attraktiven Tochter eines polnischen Juden zeigte. Lord Byrne mochte zwar Leo und Hanna Rabinowitsch, die in der Modebranche reich geworden waren und sich unweit von Heslop in einem stattlichen Herrenhaus niedergelassen hatten, recht gut leiden. Dennoch hatte er nachdrücklich darauf hingewiesen, daß es in der unmittelbaren Nachbarschaft eine ganze Reihe hochwohlgeborener Töchter gab, die durch den Krieg ihrer künftigen Ehemänner beraubt worden waren. Dem hatte Tom mit seinem reizenden Lächeln beigepflichtet – und sich weiterhin um Susie bemüht.

Angeführt von Ollie, die das Haus der Rabinowitschs mit den vergoldeten Wasserhähnen in den Badezimmern, den dicken weißen Teppichen und wie Schwäne geformten Lampen für das schönste hielt, das sie je gesehen hatte, schlossen sich die Byrnes nach und nach Toms Standpunkt an. Was genau Susies gewisses Etwas ausmachte, war schwer zu sagen, aber man mußte sie einfach gern haben. Deshalb betrachteten die Byrnes zwar ein wenig besorgt, aber auch einigermaßen belustigt die Bestürzung der jüdisch-orthodoxen Rabinowitschs über Toms Werbung. Man konnte nicht viel anderes tun als abwarten. Tom war schließlich schon fünfundzwanzig, und Lord Byrne hätte nicht im Traum daran gedacht, einen Sohn zu enterben, den er zutiefst liebte und der hervorragend geeignet war, seine Nachfolge anzutreten. Alles andere würde sich mit der Zeit ergeben.

Diese philosophische Gelassenheit entsprach gar nicht dem Wesen Hanna Rabinowitschs, die dabei war, sich in ihrem Schlafzimmer für die Verlobungsfeier anzuziehen. In aller Unschuld hatte sie es wie ein Luxusbordell der Belle Époque eingerichtet. Der Gedanke daran, daß Tom Byrne als Ruperts Trauzeuge an diesem Abend viel Aufmerksamkeit auf sich lenken würde, brachte ein paar Sorgenfalten auf das liebenswürdige Gesicht, das sie sorgfältig mit Cold Cream einrieb.

Wie war es eigentlich dazu gekommen? Warum mußte sich der gutaussehende Tom Byrne, der schließlich nicht nur Erbe einer Viscountwürde, sondern von seiten seiner reizenden amerikanischen Stiefmutter auch eines beträchtlichen Vermögens sein würde, ausgerechnet in Susie verlieben? Mrs. Rabinowitsch hüllte sich enger in ihren Morgenmantel und ging ins Zimmer ihrer Tochter, gleichsam als könnte sie dort des Rätsels Lösung finden.

Susies Zofe war dabei, das rote Spitzenkleid, die Wildlederschuhe und den gestickten Schal für die Abendeinladung zurechtzulegen. Susie selber hatte sich, ohne auf die Vorgänge um sie herum zu achten, in einen Sessel gekuschelt und las. Seufzend sah Hanna auf ihre einzige Tochter und schüttelte den Kopf. Susie war nämlich alles andere als eine Schönheit. Außerdem war sie solch ein Bücherwurm, daß sie eigentlich einen attraktiven jungen Aristokraten, der praktisch auf dem Pferd geboren war, abgeschreckt haben müßte. Wie kam Tom Byrne dazu, schon einen Monat nach ihrer ersten Begegnung zu erkennen, daß Susie ein Herz von Gold, einen echten Sinn für Humor und genau den richtigen gesunden Menschenverstand besaß, der persönliche Krisen augenblicklich ausbügeln konnte? Susie war die Sonne ihres Lebens, die Freude ihrer alten Tage – doch was ging das Tom Byrne an? Warum hatten er und seine Familie sie und ihren Mann nicht geschnitten, als sie sich in der Gegend niederließen?

Wie ängstlich war sie gewesen, als Leo beschloß, daß sie aufs Land ziehen sollten. Sie war darauf gefaßt gewesen, jahrelang mit Verachtung und Mißtrauen behandelt zu werden, ganz zu schweigen von den dreißig Kilometern Fahrt zur Synagoge, auf welche Leos damals noch lebende Mutter großen Wert legte. Doch zuerst hatte der Dorfverein keine Ruhe gegeben, bis sie ihnen ihr Rezept für Gugelhupf und *gefilte fish* verraten hatte. Dann hatten sich auch die Leute aus der Grafschaft gemeldet. Von Lady Byrne als Amerikanerin, die in New York aufgewachsen war, hatte man zwar eine liberale Haltung erwarten können. Aber auch die Gräfin von Westerholme hatte ihnen einen Besuch gemacht, und schon bald waren die Rabinowitschs anerkannte Mitglieder der Gesellschaft von Mersham.

Anerkennung war schön und gut, aber das Werben um die Tochter war etwas anderes ...

Anna genoß das Fest sehr. Sie war seit sechs Uhr morgens auf den Beinen, doch jetzt lief sie zwischen den Gästen hin und her und zog mehr Aufmerksamkeit auf sich, als ihr selber bewußt war. Ihre »Abenduniform«, das schwarze Alpakakleid mit dem gestärkten weißen Musselinkragen und den weißen Manschetten, stand ihr ausgezeichnet, und sie hatte das sichtbare Verlangen, den Geladenen den besten Sherry des Grafen zu bringen, zu kredenzen – und mit ihnen zu teilen.

Wie reizend waren doch die Gäste! Mr. Morland, der Pfarrer, mit dem weißen Gelehrtengesicht; Mrs. Rabinowitsch, die sie beiseite genommen und gebeten hatte, ihr behilflich zu sein und ihrem Mann wegen seines empfindlichen Magens ein zweites Glas Wein vorzuenthalten; Tom Byrne, der ihr ein Briefchen zugesteckt und ihr gedankt hatte, daß sie so nett zu Ollie gewesen war ... Wie glücklich alle aussahen, wie sie sich über das Glück des Hausherrn freuten! Und wie großartig Muriel Hardwicke war, die in der Mitte des Raums stand und hofhielt! Der Graf schien seine Augen gar nicht von ihr abwenden zu können.

Das traf zu. Als er Muriel am Fuß der Treppe erwartet hatte, war Rupert wie geblendet gewesen. Er hatte sie noch kaum ohne Schwesterntracht gesehen. Für ihn war sie eine weißgekleidete, wohltuende Gestalt gewesen, stets bereit, ihm eine Beruhigungsspritze zu geben, wenn die Schmerzen zu stark wurden. Erst jetzt kam ihm in den Sinn, wie wenig er von den Gedanken, Hoffnungen und Ängsten seiner Braut wußte.

Anna kam auf sie zu und bot ihnen ihr Tablett an, das Muriel zurückwies. Was für ein eigenartiges Mädchen sie doch ist, dachte Rupert, der ihr nachblickte. Seit jenem Abend am Teich hatte er nicht mehr mit ihr gesprochen.

»Ist das dort das russische Mädchen?« fragte Lady Byrne ihre Gastgeberin.

»Ja, das ist Anna. Ein liebenswertes Mädchen und so fleißig.«

Lady Westerholme sah bezaubernd aus in dem taubengrauen Chiffonkleid, das Mrs. Bunford, die Dorfschneiderin, erst vor zwei Stunden fertiggestellt hatte. Die Gräfin ließ alle ihre Kleider von Mrs. Bunford nähen, nicht weil diese eine besonders gute Schneiderin gewesen wäre – das Einsetzen der Ärmel war wirklich nicht gerade ihre Stärke –, sondern eher deshalb, weil Mrs. Bunford ganz allein einen invaliden Mann und einen kränklichen Sohn unterhalten mußte. Zum Glück konnte sie sich bei der feingliedrigen Gräfin mit den weit auseinanderstehenden grauen Augen Fehler leisten.

Außerdem erwartete auch niemand, der bei Mrs. Bunford arbeiten ließ, daß er die Arme bis über den Kopf heben konnte.

»Ollie kann gar nicht genug von ihr schwärmen«, sagte Lady Byrne, die zusah, wie Anna auf Onkel Sebastian zuging, der sie liebevoll väterlich anlächelte. Der alte Herr, von Sid zurechtgemacht und in seinen Abendanzug gesteckt, kehrte seine besten Manieren hervor. Er sollte bei der Hochzeitsfeier nicht nur die Braut zur Kirche und zu ihrem Bräutigam führen, sondern an diesem Abend auch den Toast auf das glückliche junge Paar ausbringen.

»Ich habe mich gefragt«, fuhr Lady Byrne fort, »ob ich sie mir wohl für den Ball ausleihen dürfte. Ich habe ein paar Russen eingeladen, und da könnte sie eine große Hilfe sein.«

»Selbstverständlich, meine Liebe. Leih dir aus, wen immer du möchtest.«

»Du bist ein Engel, Mary! Doch nun mußt du mich bitte deiner prachtvollen Schwiegertochter vorstellen.«

»Dies ist Lady Byrne, Muriel. Unsere beste Freundin.«

Minna blickte Ruperts hübsche Braut mit einem warmen Lächeln an. »Ich kann Ihnen gar nicht sagen, wie glücklich Sie Ollie damit gemacht haben, daß sie Ihre Brautjungfer sein darf. Für sie ist es das erstemal, und sie ist im siebten Himmel.«

»Ich bin selber glücklich, ihr diese Freude machen zu können«, sagte Muriel liebenswürdig. »Ich bin schon gespannt, sie kennenzulernen. Rupert hat sie ja so gern.«

»Ich werde sie sobald wie möglich mit herbringen«, versprach Ollies Stiefmutter. »Sicher wird demnächst die Kleideranprobe sein, da die Hochzeit ja bereits in fünf Wochen stattfindet.«

»Ja, allerdings. Ich habe schon bei Fortman und Bittlestone etwas für nächste Woche abgemacht. Die Kleider müßten bis dahin zur Anprobe bereit sein.«

»Dann lassen Sie sie also nicht hier im Ort anfertigen?« fragte Minna Byrne und unterdrückte einen Stich von Mitleid mit Mrs. Bunford, die man Abend für Abend in ihrem zur Straße gelegenen Wohnzimmer hatte beobachten können, wie sie sich über allerlei Hefte mit Brautmode beugte.

»Auf keinen Fall«, sagte Muriel mit einem Blick auf das Chiffonkleid der Gräfin. Nichts entging diesen pfauenblauen Augen, stellte Minna fest. »Ich sehe nicht ein, warum eine Hochzeit auf dem Land schäbig sein sollte, nicht wahr?«

»Nein, selbstverständlich nicht.« Minna wechselte das Thema. »Rupert hat Ihnen sicher gesagt, daß ich in Heslop einen Ball für Sie geben möchte. Ich werde die Leute auf den fünfundzwanzigsten einladen, so daß Sie vor der Hochzeit noch zwei Ruhetage haben. Es kommt zwar alles etwas rasch, aber die meisten haben schon zugesagt.«

Muriel schien zu zögern, dann fragte sie: »Wird es denn ein Kostümball sein?«

»Daran hatte ich eigentlich nicht gedacht«, sagte Minna. »Sie wissen ja, was es heißt, Männer dazu zu bewegen, sich zu verkleiden. Warum fragen Sie?«

»Nun, ich habe zufällig ein besonders schönes Kostüm – eine genaue Kopie desjenigen, das die Pompadour zum silbernen Ball in Versailles getragen hat. Ich habe es mir für eine Wohltätigkeitsgala anfertigen lassen, die dann abgesagt wurde. Darum wäre ich natürlich sehr glücklich über eine Gelegenheit, es zu tragen.«

Minna fühlte ihr Herz sinken. Der Gedanke, daß ihr lieber alter Harry als Pirat oder Ritter auftreten sollte, war zu schmerzlich, um überhaupt in Betracht gezogen zu werden. Es war schon schlimm genug, daß Lord Byrne sich in seinen Frack zwängen mußte, und mit Tom war es auch nicht viel besser. Die meisten Einladungen waren außerdem bereits verschickt worden; sie würde unzählige Telefongespräche führen müssen. Doch dann sah sie wieder das hübsche Geschöpf an, das Mersham retten und Rupert glücklich machen sollte, und so sagte sie: »Nun, ja, warum eigentlich nicht. Ich bin überzeugt, daß die Leute gerne mitmachen werden, wenn sie wissen, daß es Ihr Wunsch ist. Sie können sich kaum vorstellen, wieviel Sympathie Ihnen in der ganzen Nachbarschaft entgegengebracht wird.«

»Vielen Dank.« Nun, da sie ihren Wunsch durchgesetzt hatte, konnte Muriel ihre Aufmerksamkeit auf etwas anderes lenken, das sie schon eine geraume Weile beschäftigte. Als Tom Byrne zu seiner Stiefmutter trat, damit sie ihn mit Muriel bekannt machte, fragte sie: »Wer sind eigentlich die Leute dort drüben beim Fenster?«

Minnas Gesicht verzog sich zu einem strahlenden Lächeln. »Oh, das sind die Rabinowitschs. Hat man Sie noch nicht miteinander bekannt gemacht? Es sind ganz enge Freunde der Westerholmes und auch von uns.«

»Sie sind sicher Juden? Ich denke, sie müßten es sein.«

»O ja, überzeugte Juden und stolz darauf. Leo ist fast mittellos aus Polen gekommen und hat in der Konfektionsbranche ein Vermögen erarbeitet. Er kennt ein paar wundervolle Geschichten. Sie müssen ihn bitten, sie Ihnen zu erzählen.«

Rupert war auf die andere Seite des Zimmers gegangen, um sich mit dem Pfarrer zu unterhalten, und so konnte Muriel in vertraulichem Ton fragen: »Es sind wirklich ganz enge Freunde? Und sie kommen oft hierher?«

»Gibt es irgendeinen Grund, warum sie das nicht tun sollten?« mischte Tom Byrne sich ein.

Minna blickte ängstlich auf ihren Stiefsohn. Tom war in allen Belangen gelassen und höflich, aber bei diesem ganz speziellen Thema . . .

Muriel hatte jedoch bemerkt, daß sie zu weit gegangen war. »Nein, natürlich nicht. Ich dachte nur, sie kämen vielleicht wegen ihrer Diätvorschriften und ähnlichem in Verlegenheit.« Sie lachte charmant. »Ich möchte doch keinen Fehler begehen und ihnen Schweinefleisch vorsetzen.«

»Sie sind nicht mehr so streng orthodox«, sagte Minna, »obwohl sie, solange Leos Mutter lebte, die jüdischen Feste eingehalten haben. Jedenfalls«, fuhr sie fort und bemühte sich um einen unverbindlichen Ton, »kennt Proom alle Eigenheiten unserer Freunde. Nach Ihrer Hochzeit wird man Sie nicht um Mersham beneiden, Muriel, nicht einmal um Rupert, sondern um Proom!«

Als habe er nur auf sein Stichwort gewartet, erschien Proom in Person in der Flügeltür und verkündete, daß das Abendessen serviert sei.

Die Gäste waren fertig mit dem Essen, die Teller abgeräumt, und nun erwarteten die Westerholmes und ihr auserwählter Kreis von Freunden im Glanz des polierten Satinholzes und schimmernden Silbers den Höhepunkt des Abends, Mrs. Parks Meisterwerk, das Dessert, das sie zu Ehren von Miss Hardwicke geschaffen hatte.

Im Souterrain war die Stimmung erwartungsvoll und spannungsgeladen, ähnlich wie beim Stapellauf eines großen Schiffes. Doch der auf einer riesigen Platte thronende Schwan wackelte nicht, als James ihn emporhob und sein so gewissenhaft gepflegter Bizeps sich wahrhaft bewährte. Win, die mit offenem Mund staunte, lief, um ihm die Tür zu öffnen: Luise band Mrs. Park eine frische Schürze um, damit sie für den erwarteten Ruf nach oben bereit wäre.

»Der Schwan von Mersham, Mylady«, verkündete Proom – und während James hereinmarschierte, um den Vogel vor Miss Hardwicke auf den Tisch zu setzen, erhoben sich alle Gäste und klatschten Beifall.

»Was für ein Triumph, meine Liebe!« sagte Minna Byrne. »Es gibt wirklich niemanden auf der Welt wie eure Mrs. Park!«

»Oh, das ist ja genial!« rief Hanna Rabinowitsch aus.

Ganz wie ein großer Maestro wartete Proom still ab, daß Ruhe eintrat. Dann nahm er ein Messer und stieß es ins Herz der edlen Kreatur. Und genau wie Mrs. Park es vorgesehen hatte, tropfte die rötlich wie Alpenglühen gefärbte Fülle auf den Teller, daß allen das Wasser im Mund zusammenlief. Geschickt hob Proom mit einem Löffel ein Stück der Meringuebrust und des mit Mandeln besetzten Flügels auf einen Teller und überreichte ihn mit einer leichten Verbeugung dem Ehrengast.

Jedermann lächelte und wartete. Muriel nahm einen Löffel voll und führte ihn zum Mund. Dann verzog sie schmollend die Lippen und legte den Löffel wieder hin.

»Sie müssen mir verzeihen, wenn ich das nicht esse«, sagte sie zur Gastgeberin gewandt. Die Bemerkung rief eine allgemeine konsternierte Stille hervor.

»Es ist Alkohol darin enthalten«, erklärte Muriel mit einem charmanten Lächeln.

Sie hatte recht, es *war* Alkohol darin: der kostbare Tokaier von 1904, den Proom, Mrs. Parks dringendem Bedürfnis nachgebend, doch noch herausgerückt hatte.

Die Gräfin schien sich nach einem gequälten Blick auf ihren Butler in einem Schockzustand zu befinden. An der Tür machten Anna und Peggy gleichzeitig dieselbe Geste und hielten sich mit der Hand den Mund zu. Prooms Gesicht blieb ungerührt wie immer, nur ein kleiner Muskel zuckte an seiner Schläfe.

Etwas von der gespannten Atmosphäre drang jetzt selbst bis zu Muriel durch. Sie wandte sich an ihren Verlobten.

»Du hast doch sicher nichts dagegen?«

Rupert versuchte sich zusammenzureißen. »Nein ... nein, natürlich nicht. Ich wußte, daß du keinen Wein und keine Schnäpse trinkst, aber daß du auch keine Speisen ...« Er brach ab, als ihm die ganze Tragweite von Muriels Weigerung bewußt wurde.

»Dr. Lightbody hat mir einmal ein Stück einer Zirrhoseleber gezeigt. Das werde ich nie vergessen«, sagte sie schlicht.

Doch jetzt schien der Schock, der die Gäste gelähmt hatte,

nachzulassen. Jeder der Anwesenden erinnerte sich an irgendeine gute Tat der freundlichen, beliebten Köchin von Mersham, und dem Beispiel Minna Byrnes mit ihrem feinen menschlichen Gespür folgend, stürzten sich alle auf das Dessert und baten Proom um eine Portion nach der anderen. Mr. Morland, der Pfarrer, ließ augenblicklich den Hals und Schnabel des Schwans verschwinden. Tom Byrne, der schon als Kind bei Besuchen in Mersham stets in der Küche hatte naschen dürfen, verspeiste einen ganzen Flügel. Und Hanna Rabinowitsch erlaubte ihrem Gatten ausnahmsweise, trotz seines schrecklich empfindlichen Magens, eine geradezu tödliche Dosis Schlagsahne zu essen . . .

Unten in der Küche saß Mrs. Park in ihrer sauberen Schürze und wartete. Sie wartete zehn, dann zwanzig Minuten, die Augen auf das Klingelbrett gerichtet, und ihre Hoffnung, Zuversicht und Vorfreude schwanden allmählich dahin.

Bis endlich Proom herunterkam und ihr, da er nichts von Verheimlichung hielt, die Wahrheit beibrachte.

6

In der Nacht nach der Verlobungsfeier konnte Anna nicht schlafen. Von sechs Uhr morgens bis Mitternacht war sie auf den Beinen gewesen, und auch dann hatte Miss Hardwicke noch von ihr verlangt, daß sie aufblieb, um ihr beim Zubettgehen zu helfen. Als sie endlich in ihre Mansarde kam, war Anna genau in dem Zustand von Erschöpfung, in dem man keinen Schlaf findet, sosehr man ihn auch herbeisehnt.

Eine Weile ertrug sie die Hitze und die stickige Luft des kleinen Raums und drehte und wälzte sich in ihrem schmalen Bett. Schließlich gab sie es auf, schlug die Decke zurück, warf sich einen Baumwollschal über die Schultern und begann leise die Treppe hinunterzuschleichen.

Auf dem Absatz des zweiten Stocks blieb sie plötzlich stehen. Die Hintertreppe kreuzte hier einen getäfelten Korridor, an dem eine Reihe kleiner Gästezimmer lag, in denen Besucher untergebracht wurden, die zu Jagdgesellschaften kamen, einfache Einbettzimmer, in denen Anna noch kaum gewesen war.

Durch die Tür eines dieser Zimmer war ein Laut gedrungen, als habe jemand vor Schmerzen gestöhnt.

Aber wer? Die Zimmer mußten ja leer sein. Dann fiel es ihr plötzlich wieder ein. Der Graf war vorübergehend in das hinterste Zimmer gezogen, solange die große Herrschaftssuite vor den Hochzeitsfeierlichkeiten gründlich geputzt wurde.

Wieder hörte Anna den Laut, einen dumpfen Schrei, dem ein Schwall von unverständlichen Worten folgte. Jetzt zögerte sie nicht länger und machte behutsam die Tür auf.

Im Mondlicht, das durch das vorhanglose Fenster hereinfiel, erkannte sie auf dem Kopfkissen einen zerzausten Haarschopf. Es war der Graf von Westerholme, der stöhnte. Und der zugleich fest schlief. Da Anna sich jetzt zurechtfand, trat sie zum Bett und knipste die Lampe an. Dann beugte sie sich vor und schüttelte ihren Arbeitgeber an den Schultern.

»Wachen Sie auf!« flüsterte sie. »Bitte, wachen Sie auf. Vollständig!«

Rupert öffnete die Augen, aber die schlanke weiße Gestalt mit den schweren Haarflechten verwirrte ihn.

»Es ist sehr dumm, auf dem Rücken zu schlafen«, sagte Anna energisch. »Das ist es immer. Aber für jemand, der im Krieg war, ist es eine grenzenlose Dummheit.«

Der Graf sah sie mit einem leeren Blick an. Er streckte einen Arm aus, und erst als er ihre feingliedrige, von der Arbeit rauhe Hand fand, erkannte er sie.

»Ach so«, sagte er. »Sie sind's. Natürlich.« Und auf einmal überkam ihn Scham. »Verzeihen Sie. Ein Alptraum ...«

»Worum ging es denn?«

Der Graf schüttelte den Kopf.

»Doch«, sagte Anna mit Bestimmtheit. »Sie müssen es mir erzählen. Petja mußte mir immer seine Träume erzählen, und dann war ihm gleich besser.«

»Wer ist Petja?«

»Mein Bruder. Er sah immer Anarchisten an der Zimmerdecke. Er hatte ein Ikonenlicht in seinem Kinderzimmer, das Schatten warf. Erzählen Sie mir jetzt Ihren Traum.«

»Es ist immer derselbe. Es ist nach dem Absturz ... Ich war nämlich Kampfflieger.«

Sie nickte. »Ich weiß.«

»Ich bin auf einem Baum ... ich hänge drin«, fuhr Rupert fort. Das Sprechen machte ihm Mühe. »Und er liegt unten im Gras, trockenes Gras wie in Afrika, und die Flammen knistern. Er brennt wie ein Bündel Stroh. Ich versuche zu ihm zu kommen. Ich muß zu ihm.«

»Wer ist er?«

»Johnny Peters, mein Navigator. Ich bin für ihn verantwortlich.«

»Und dann?«

»Ich kämpfe und kämpfe, aber die Leinen des Fallschirms haben sich um meinem Hals verwickelt, und ich weiß, wenn ich schreie ... Wenn ich ihn warnen kann, gehen die Flammen aus, und ich versuche zu rufen, aber es kommt nichts heraus.«

Annas Hand lag noch immer in seiner. »War es in Wirklichkeit auch so?«

»Ja ... nein ... ungefähr. Er verbrannte schon früher, im Flugzeug. Die Flammen waren anders. Es war ein Morast ... ein Rübenfeld. Die Flammen waren wie ein Scheiterhaufen.«

»Ach ja. Ich glaube, daß alle Männer nach dem Krieg solche Sachen träumen. Frauen auch«, setzte sie traurig hinzu. »Es wird besser werden, wenn Sie verheiratet sind.« Plötzlich befreite sie ihre Hand und sagte lebhaft: »Aber natürlich! Wie dumm von mir. Ich hole Miss Hardwicke. Sie will bestimmt jetzt bei Ihnen sein.«

»Nein!« Rupert war plötzlich hellwach und setzte sich auf. »Um Himmels willen, nein! Es wäre höchst unschicklich.«

»Unschicklich?« sagte Anna schockiert. »An so etwas denkt sie doch nicht, wenn Sie von Alpträumen gequält werden.«

»Anna, ich verbiete es. Es ist alles in Ordnung. Es geht mir wieder gut.« Doch als sie sich zum Gehen wenden wollte, sagte er mit flehender Stimme wie ein Kind: »Bleiben Sie noch ein bißchen da. Erzählen Sie mir von Ihrem Vater.«

Sie lächelte. Im Lampenlicht wurde ihr Gesicht ganz zärtlich. »Ich wünschte, Sie hätten ihn gekannt. Bei ihm hatte man das Gefühl, einfach zu leben sei schon etwas Großartiges. Die Leute lächelten, wenn sie ihn kommen sahen ... alles war in Ordnung, wenn er da war.« Sie schluckte, und dann siegte ihr kindlicher Stolz über alle Vorsicht: »Er war in der berittenen Garde des Zaren. Er ist im Krieg gefallen.«

»Wie hieß er?«

»Peter Gratzinsky. Er war ein guter Mensch und haßte den Krieg.« Sie sprang auf. »Und jetzt mache ich Ihnen etwas Warmes zu trinken, und dann –«

»Nein, danke. Ich möchte nichts trinken. Aber bleiben Sie noch ein bißchen da. Erzählen Sie mir etwas von sich. Wo sind Sie geboren?«

Erleichtert über die Unverbindlichkeit dieser Frage, antwortete sie: »In St. Petersburg. An Petrograd kann ich mich nicht gewöhnen. Die Straßen sind so breit, und die Häuser haben so wunderschöne Farben – aprikosengelb und moosgrün, und überall gibt es Wasser. Die Newa, natürlich, und die Kanäle, die Moika, die Fontanka . . . alles scheint sich darin zu spiegeln, und man sieht zwei Städte mit goldenen Kuppeln, die ineinanderfließen . . .«

Sie verstummte, von Erinnerungen überwältigt, und um ihr eine Falle zu stellen, fragte Rupert ganz ruhig: *»Qu'est-ce qui vous manque le plus?«*

Sie runzelte die Stirn, während sie nachdachte. Dann antwortete sie in einem fließenderen und besser ausgesprochenen Französisch als er: *»La sensation d'immensité, probablement. La Russie est si énorme que cela change tout.«*

Ja, er sah ein, daß sie genau diese Dinge vermissen mußte: nur schon die Größe des Landes, den unendlich weiten Himmel und die damit verbundene Breite des eigenen Horizonts. Und sie hatte nicht einmal den Wechsel in die andere Sprache gemerkt!

Doch jetzt ritt ihn der Teufel, und als müsse er das Vertrauen, das er so vorsichtig hergestellt hatte, wieder zerstören, ergriff er ihr Handgelenk und sagte: »Ist Ihnen klar, daß ich, wenn wir zweihundert Jahre früher lebten, Sie hierbehalten könnte? Um mein *droit de seigneur* auszuüben. Was würden Sie dann tun?«

»Ich würde schreien«, sagte Anna und entwand sich seinem Griff. Sie stand auf, ging leichtfüßig zur Tür, wo sie sich umdrehte und mit einem breiten Lächeln hinzusetzte: »Das hoffe ich wenigstens.« Damit war sie verschwunden.

Der nächste Tag war ein Sonntag, und die Familie hatte das Vergnügen, Mr. Morland zuzuhören, der das Aufgebot verlas und Muriel all den Gemeindemitgliedern vorstellte, die keinen Blick auf sie hatten erhaschen können, als sie durchs Dorf gefahren war. Die zukünftige Gräfin in einem nilgrünen Satinkostüm mit Perlenkette wirkte gelöst und heiter und verneigte sich überaus graziös nach beiden Seiten, während sie den Mittelgang der Kirche entlangschritt. Der Graf dagegen sah abgespannt aus – aber er war ja noch nicht sehr lange aus dem Krankenhaus entlassen, und außerdem waren Männer bei Hochzeiten immer nervös.

Man vermerkte auch, daß nur wenige der Angestellten von Mersham anwesend waren. Im Gegensatz zu vielen anderen Arbeitgebern pflegte die verwitwete Gräfin ihr Personal nicht zum geschlossenen Kirchgang abzukommandieren. Heute hatten sowieso die meisten Angestellten beschlossen, daß sie Gott am wohlgefälligsten wären, wenn sie zu Hause blieben und Mrs. Park beistanden.

Die sanftmütige Köchin hatte eine schlaflose Nacht verbracht und saß jetzt wie eine geknickte Blume da und erging sich in Selbstvorwürfen, während die ihr treu ergebene Win, die nichts begriff, ihr eine Tasse Tee nach der anderen brachte.

»Es ist meine Schuld. Ich hätte es in Erfahrung bringen müssen«, jammerte Mrs. Park. »Signor Manotti wäre so etwas nie passiert. Ich weiß gar nicht, was ich überhaupt noch kochen soll. Keine Zabaione wegen des Sherrys, kein Hasenpfeffer wegen des Weins, keine Crêpes Suzette, kein Rindsgulasch, keinen *coq au vin* – nicht einmal ein *Welsh rarebit,* weil auch da Bier hineingehört. Es bleibt mir nichts anderes übrig, als zu kündigen, Mr. Proom«, schloß sie.

Die ganze Zeit, während sie sprach, blickte sie zu Win hinüber, die krumm und verwirrt neben dem Herd stand. Im Waisenhaus hatte man gesagt, Win sei zu keiner Arbeit fähig. »Geistig gestört« war der Ausdruck, den sie gebraucht hatten und der für Mrs. Park keinen Sinn ergab. Mit ihrer geduldigen, liebevollen Zuwendung hatte sie aus dem Mädchen ein zweites Händepaar für sich gemacht. Was würde aus Win werden, wenn sie selber Mersham verließ?

Erschöpft von der anstrengenden Arbeit, von Schlaflosigkeit und Enttäuschung, ließ Mrs. Park den Kopf auf die Arme sinken und brach in Schluchzen aus.

»Dies sind also deine Vorfahren?« fragte Muriel und betrachtete mit Vergnügen und Interesse die dicht aneinanderhängenden Reihen von Westerholmes in der langen Galerie.

Bei ihrer Rückkehr aus der Kirche hatte sie ein einfaches blaues Leinenkleid zurechtgelegt gefunden, das zu ihrer Augenfarbe paßte. Sie hatte den Vorschlag aufgegriffen und Anna auch gestattet, ihr das goldblonde Haar zu einem tiefsitzenden Knoten zu frisieren. Rupert, der sie durch die Waffenkammer, die Bibliothek und den Musiksalon führte, fand, daß sie noch nie so frisch und schön ausgesehen hatte, und seine Bedenken vom Vorabend verflüchtigten sich im Sonnenlicht. Natürlich würde Muriel nach Mersham passen, und natürlich würde sie seine Leute und sein Haus gern haben.

»Ja, das sind die Westerholmes und alle Frauen, die so töricht waren, sie zu heiraten«, sagte er mit einem Lächeln. »Das hier ist Timothy Frayne, der das Familienvermögen auf seine nicht über alle Zweifel erhabene Weise begründete. Und das ist sein Sohn James – er wurde als erster geadelt. Er war einer der blonden, aufbrausenden Fraynes, die andauernd in Schwierigkeiten gerieten. Hier ist William, der den Park anlegte und den Musiksalon einrichtete. Musik war seine Leidenschaft. George schlug wieder James nach – er war ein

Frauenheld und ständig in der Bredouille. Mein Bruder soll ihm ähnlich gewesen sein.«

»Und du bist wie William«, sagte Muriel und schaute sich das Gelehrtengesicht über dem Spitzenkragen an. »Du meine Güte, wer ist denn das? Er sieht äußerst seltsam aus.«

Rupert grinste. »Das ist unser schwarzes Schaf, Sir Montague Frayne. Er ist der einzige, dem die Ehre zuteil wurde, ein richtiggehendes Gespenst zu werden.«

»Wirklich?« Muriel klang nicht gerade erfreut. »Was hat er denn getan?«

»Den Liebhaber seiner Frau umgebracht«, antwortete Rupert und sah auf den jungen Höfling mit dem finsteren Blick, der lässig eine Hand auf die Hüfte gestützt hielt. »Beziehungsweise den Mann, den er für den Liebhaber seiner Frau hielt: einen jungen Architekten, der den Floratempel und anderen gotischen Schnickschnack im Park gebaut hat.«

»Und wo spukt sein Geist?« fragte Muriel, um auf ihren Verlobten einzugehen, obwohl sie nicht an Gespenster glaubte.

»Oh, nicht hier im Haus. Draußen, in dem Gartenhaus, wo die Untat begangen wurde. Es ist ein ziemlich großes Gebäude, eine Art Turm mit drei übereinander gelegenen Räumen und einer Kuppel. Niemand benutzt es, und es ist verschlossen. Die Dienstboten schwören, daß das Gespenst vor Reue heult und jammert, aber keiner getraut sich im Dunkeln dort in die Nähe.«

»Man muß natürlich berücksichtigen, daß die ungebildeten Klassen dumm und abergläubisch sind«, sagte Muriel.

»Ja, das muß man wohl«, bemerkte Rupert ziemlich kühl.

Er sah auf die Uhr. In einer Stunde würde Potter mit der Stute zurück sein. Die Erregung in der Stimme des Stallmeisters am Telefon hatte Rupert bereits alles gesagt, was er wissen wollte, und beim Gedanken an das Geschenk, das er Muriel machen wollte, besserte sich seine Stimmung. Er hatte schon so viel von ihr angenommen, stand so tief in ihrer

Schuld. Aber das Geschenk des Bräutigams an die Braut würde wenigstens ein angemessenes sein.

»Wollen wir jetzt hinausgehen?« schlug er vor. »Du mußt eigentlich für den Rest deines Lebens genug von meinen Ahnen haben.«

»Ganz und gar nicht, mein Lieber«, sagte Muriel, die die Porträts aufmerksam betrachtete. »Ich finde sie alle sehr edel.« Kokett lächelte sie ihm zu. »Genau wie dich. Es scheint auch keiner irgendwelche Fehler oder Makel zu haben, was ungewöhnlich ist für eine so alte Familie.«

»Makel?« fragte Rupert etwas ratlos. »Was genau meinst du damit?«

»Nun, weißt du, Mißbildungen ... Erbkrankheiten«, sagte Muriel und zog ihren Rock aus Baskervilles Nähe zurück. »Hasenscharten oder ähnliches«, fuhr sie fort. »Oder Geisteskrankheiten. Wobei das auf einem Gemälde wohl kaum in Erscheinung treten würde.«

Rupert sah sie mit einem merkwürdigen Blick an. »Soviel ich weiß, waren es ganz normale Menschen. Doch wenn es anders wäre, würde es dir dann wirklich etwas ausmachen?«

Muriel lächelte und tätschelte beruhigend seinen Arm. »Denk doch an mein großes Interesse für Eugenik. Wenn du Dr. Lightbody erst kennengelernt hast – was hoffentlich bald der Fall sein wird –, dann wirst du dich bestimmt genauso dafür interessieren wie ich.«

Als sie auf das Gartentor zugingen, begegneten sie Pearl, die Kohlen in Onkel Sebastians Zimmer trug. Das Mädchen machte einen raschen, respektvollen Knicks und eilte weiter. »Übrigens«, wandte sich Rupert an Muriel, »wie kommst du mit Anna zurecht? Ich weiß, es ist noch etwas zu früh, aber bist du zufrieden?«

Muriel runzelte die Stirn. »Nun ja«, sagte sie zögernd. »Sie ist geschickt und sorgfältig, aber ich gestehe, mein Lieber, daß ich sie nicht sonderlich mag. Irgendwas stimmt nicht ganz mit dem Mädchen.«

»Sie hat es dir gegenüber doch hoffentlich nicht an Respekt fehlen lassen oder etwas Ähnliches? Ich glaube nämlich, sie meint es ...«

»Nein, ich kann nicht sagen, daß sie respektlos ist«, antwortete Muriel, die sich etwas darauf zugute hielt, wie gerecht sie anderen gegenüber war. »Aber für eine Angestellte zeigt sie zuviel Interesse. Ein gutes Hausmädchen sollte wie ein Möbelstück sein: vorhanden, aber unbemerkt.«

»Ja«, bestätigte Rupert, der genau verstand, was Muriel meinte. Man konnte viel über Anna sagen, aber sicher nicht, daß sie wie ein Möbelstück war. »Sie ist ja nur vorübergehend da, gehört zu der für die Vorbereitung der Hochzeit eingestellten Equipe. Ich überlasse es dir, nachher diejenigen Angestellten zu engagieren, die du haben möchtest.«

»Ich bin froh, daß du das sagst«, antwortete Muriel, als sie über den Vorplatz der Stallungen gingen. »Ich glaube nämlich, daß eine ganze Reihe von Veränderungen nötig sein werden. Zum Beispiel bin ich der Meinung, daß unsere Diener alle gleich groß sein sollten. In einem Haus von diesem Rang wirkt es sehr ungepflegt, Diener verschiedener Größe zu haben. Ich hätte es am liebsten, wenn sie einen Meter neunzig groß wären, aber ich nehme an, daß wir uns mit einem Meter achtzig zufriedengeben müssen, da ja so viele Männer im Krieg gefallen sind.«

Rupert blickte kurz auf, um zu sehen, ob Muriel einen Scherz machte, doch ihr hübsches Gesicht war ruhig und gelassen.

»Ist das nicht ein bißchen zu großartig für uns?« fragte er. »Mersham ist doch kein Palast. Und James, der schon viele, viele Jahre bei uns ist, dürfte nicht annähernd einsachtzig groß sein und ist trotzdem ein ausgezeichneter Diener, flink und bereitwillig und gewissenhaft. Es wäre ein großes Unrecht, ihn zu entlassen.«

»Natürlich wäre es das, mein Lieber. Aber mach dir keine Sorgen, sondern überlaß das alles mir. Sieh mal, ich möchte so sehr, daß alles perfekt ist in Mersham und – du meine Güte! Was ist denn das?«

»Das« war ein riesengroßer Teewärmer, der gerade aus dem Fenster im ersten Stock eines Häuschens zwischen den Stallgebäuden geflogen und knapp neben einem Beet mit Petunien gelandet war. Gleich darauf vernahmen sie ein eigenartiges Krächzen, und dann prasselte ein Hagel von Löffeln vor ihnen auf die Pflastersteine.

Muriel blickte Rupert entgeistert an und sah ihn lächeln wie ein Kind, das eine vertraute, aber lang vergessene Überraschung erlebt.

»Das ist Mrs. Proom! Du liebe Zeit, das erinnert mich an früher. Wir sollten ihr guten Tag sagen, Muriel, sie wird sich sehr freuen.«

»Mrs. Proom? Du meinst die Frau deines Butlers?«

Rupert schüttelte den Kopf. »Seine Mutter. Sie muß jetzt über neunzig sein. Sie war früher eine sehr aktive Frau, ist aber jetzt ans Bett gebunden. Das macht sie ab und zu ein bißchen aufsässig, und dann wirft sie mit Dingen um sich.«

Muriel zog die Brauen zusammen. Verrückte Alte, die Sachen herumwarfen, gehörten nicht zu ihrer Vorstellung von Mersham. Doch Rupert ging bereits voraus in das gepflegte Häuschen, und sie mußte ihm notgedrungen folgen.

Mrs. Proom kauerte mit verrutschtem Spitzenhäubchen im Bett und schnaufte ärgerlich.

»Ich langweile mich«, sagte sie. »Wo ist das russische Mädchen? Cyril hat gesagt, sie würde zu mir kommen.« Ihre Worte waren kaum verständlich, denn Mrs. Proom hatte ihr Gebiß abgelegt.

Rupert war zum Bett gegangen und hatte die mit Altersflecken gesprenkelte Hand ergriffen. »Mrs. Proom, wie schön, Sie wiederzusehen! Erinnern Sie sich noch an mich?«

Eine rührende Veränderung ging in dem eingefallenen Gesicht vor sich. »Master Rupert«, murmelte sie. »Seine

Lordschaft sollte ich lieber sagen, und das auch noch ohne Zähne.«

»Ich habe meine Verlobte mitgebracht«, sagte Rupert und lächelte sie voll Wärme an. »Hier ist Miss Hardwicke.«

Muriel trat vor; sie hatte sich darauf eingestellt, liebenswürdig zu sein.

»Oh, wie wunderschön Sie sind!« sagte die alte Dame. »Cyril hat mir schon erzählt, daß Sie gut aussehen, aber Sie sind noch schöner als eine Königin.«

»Danke«, sagte Muriel und schenkte der alten Dame ein bezauberndes Lächeln.

Doch als sie sich zum Gehen wandten, wurde Mrs. Proom wieder quengelig. »Ich will Anna. Sie erzählt mir von den Bolschis. Ich höre gerne was über die Bolschis.«

»Ich werd's ihr ausrichten«, versprach Rupert. »Ich bin sicher, daß sie bald kommt.«

»Ich will nicht, daß sie bald kommt, ich will sie gleich haben«, gab Mrs. Proom zurück.

Als sie gemächlich am Teich entlangspazierten, erinnerte sich Rupert an eine praktische Angelegenheit, die er seiner Braut gegenüber hatte erwähnen wollen.

»Muriel, wärst du nach unserer Heirat wohl so gut, dich um die Installation von Badezimmern im obersten Stockwerk zu kümmern? Im Dienstbotengeschoß. Anscheinend gibt es dort keine.«

»Aber haben sie denn nicht Waschschüsseln und Wasserkrüge?«

»Doch, natürlich. Aber einige hätten gern ein bißchen mehr. Hausarbeit macht ja ziemlich schmutzig.«

»Rupert, ich hoffe doch sehr, daß du keine Sozialisten unter deiner Dienerschaft hast.«

»Du meine Güte, nein! Sicherlich nicht, aber gefragt hab ich sie natürlich nicht. Muß man Sozialist sein, um ein Badezimmer haben zu wollen?«

»Das geht sehr oft zusammen«, sagte Muriel weise.

Rupert ging nicht weiter auf die Sache ein. Es hatte soeben drei Uhr geschlagen, und damit war es Zeit, den Stallmeister zu treffen.

»Muriel«, sagte er, und sein Gesicht leuchtete auf. »Ich habe etwas, das ich dir zeigen möchte ... eine Überraschung.«

Als Anna eine Stunde später auf dem Weg zu Mrs. Proom durch den Stall ging, fand sie den Grafen allein bei Saturns Box stehen und seinem alten Jagdpferd den Hals streicheln. Sie wäre vorbeigegangen, doch etwas in seinem Gesicht, ein Ausdruck von Erschöpfung, ließ sie zögern.

»Lassen Sie das«, sagte er, als sie stehenblieb. »Ich verbiete es Ihnen.«

»Was soll ich lassen?« fragte Anna erschrocken.

»Sie sollen keinen Knicks machen. Ich hatte einen schweren Nachmittag und kann es nicht ertragen.«

Anna war empört. »Aber ich bin ein Hausmädchen, Mylord. Und bei Selina Strickland –«

»Hören Sie mir auch auf mit Selina Strickland! Ich habe eine tiefe Abneigung gegen Selina Strickland. Kommen Sie her, damit ich Ihnen etwas zeigen kann.«

Rupert ging die lange Reihe der jetzt zumeist leeren Pferdeboxen entlang; ganz am Ende schob er den Riegel der letzten Tür zurück.

»Oh!« entfuhr es Anna. »Sie ist eingetroffen.«

»Hat Potter Ihnen gesagt, daß ich für Miss Hardwicke eine Stute kaufen würde?«

»Ja.« Anna konnte ihren Blick nicht von dem schneeweißen Pferd mit dem schmalen Kopf und der wunderbaren Haltung des reinrassigen Arabers abwenden. »Sie ist wie Mr. Camerons neue Rose.«

»Und wie Mr. Camerons Rose braucht sie einen Namen.«

Anna streichelte das samtweiche Maul und entschuldigte sich in zärtlichem Ton, daß sie keinen Zucker bei sich hatte, wobei sie unmerklich, als die Stute immer zutraulicher wurde, in ihre eigene Sprache überging. Diese verdammte Sprache, die alles in Poesie verwandelt, dachte Rupert und fragte, als er ein bestimmtes Wort auffing: »*Duscha*? Heißt das nicht Seele?«

»Ja, aber man gebraucht es auch für Menschen, die man gerne hat. Wir sagen ›meine Seele‹, wie Sie ›mein Liebling‹ oder ›meine Liebste‹ sagen.« Sie schenkte ihm eines ihrer plötzlichen, herzerfrischenden Lächeln. »In Rußland interessieren wir uns sehr für die Seele.«

»Das habe ich angenommen.« Rupert ließ seine langen Finger durch die seidige Mähne der Stute gleiten. »Soll ich dich *duscha* nennen?« fragte er sie. »Doch schließlich werde ich sie bei gar keinem Namen nennen«, fuhr er fort und bemühte sich um einen beiläufigen Tonfall. »Ich werde sie nämlich wieder verkaufen.«

»Oh, nein!« Anna machte ein verzweifeltes Gesicht. »Warum?«

»Miss Hardwicke reitet nicht. Das wußte ich zwar, aber ich dachte, sie würde es lernen wollen. Darum wählte ich eine Stute, wegen ihrer Sanftmütigkeit. Als Geschenk des Bräutigams für die Braut. Es war dumm von mir. Muriel möchte lieber Saphire.«

Die Enttäuschung in seinen Augen, die im Widerspruch zu dem leichten Ton seiner Stimme stand, war zuviel für Anna, die ihr Gesicht am Hals des Pferdes barg.

»Reiten Sie?« fragte Rupert plötzlich und beobachtete, während seine Niedergeschlagenheit sich verflüchtigte, den wechselnden Ausdruck auf ihrem Gesicht, als sie mit sich kämpfte, ob sie lügen sollte oder nicht.

»Jedermann reitet in Rußland«, sagte sie schließlich als Kompromißlösung.

»Natürlich«, pflichtete er ihr ernst bei. »Insbesondere

Hausmädchen. Mein Gott, ich wollte, ich könnte ... aber leider kann ich es nicht. Es ginge nicht an.«

Anna war so klug, die Bemerkung zu ignorieren. Statt dessen sagte sie wie zufällig: »Haben Sie von den himmlischen Pferden von Ferghana gehört?«

»Ja«, sagte er, »das habe ich. Und von dem Kaiser Wu-Ti, der sein Leben lang nach ihnen suchte, weil er daran glaubte, daß sie seine Seele in den Himmel tragen würden.«

Es war sehr still in dem Stall geworden. Nur das leise Wiehern der Stute unterbrach das Schweigen.

»Sie ist eins dieser Pferde, glaube ich«, sagte das Mädchen sanft. »Eins der tapferen, die galoppieren, bis sie Blut schwitzen.«

»Vielleicht könnte ich sie nach Hause schicken«, sagte Rupert nachdenklich, »damit sie in einem smaragdgrünen Tal auf Alfalfafeldern weiden kann, die von kristallklaren, vom Pamirgebirge herabkommenden Strömen bewässert werden ...«

Eine Zeitlang sprach keiner von ihnen ein Wort. Dann sagte er: »Es war einst mein Traum, dorthin zu gehen. Nach Afghanistan oder noch weiter, und einige jener Pferde mitzubringen. Noch immer besteht ein Verlangen ...«

»Es war ein guter Traum«, sagte Anna ruhig. »Man muß an Träumen festhalten. Mein Vetter Sergei war wie Sie. Während der ganzen Kämpfe, solange noch Briefe kamen, schrieb er von den herrlichen Pferden, die er züchten wollte, wenn wieder Frieden wäre.«

Rupert wandte sich ihr zu und ließ seinen eigenen Kummer beiseite. »Ach ja, Onkel Sebastian erzählte mir, wie glücklich Sie waren, daß Ihr Vetter in Sicherheit ist. Haben Sie Nachricht von ihm?«

Anna nickte. »Gestern bekam ich einen Brief von meiner Mutter. Er ist jetzt Chauffeur bei einer sehr reichen und sehr bedeutenden Herzogin.«

»Das klingt vielversprechend.«

Anna seufzte theatralisch. »Ich fürchte, es wird schlecht enden«, sagte sie. »Wissen Sie, die Herzogin hat fünf Töchter, und Sergei ist sehr, sehr hübsch.«

»Glücklicher Sergei!« sagte Rupert und sah sie lächelnd an.

Erleichtert, daß er das Gespräch wieder in unverfängliche Gewässer gesteuert hatte, führte er sein Hausmädchen aus dem Stall.

7

Fortman and Bittlestones Ruf als Englands »Erstes Warenhaus« beruhte auf einer Anzahl Spezialitäten, vor allem aber auf der Abteilung für Hochzeitskleider. Seit über hundert Jahren fertigten Fortman and Bittlestone Brautkleider für die britische Elite an. Da man sich außerdem bequem mit den Brautjungfern im nahe gelegenen »Ritz« zum Mittagessen treffen konnte, verging kaum ein Vormittag, an dem die reich ausgestatteten Vorführräume mit den in perlgrauer Seide ausgeschlagenen Probierkabinen, den drapierten Vorhängen, den dicken, weichen Teppichen und den dienstbeflissenen Näherinnen nicht von einer Schar Bräute und deren Begleiterinnen mit Beschlag belegt wurden.

Hier hatte sich Muriel Hardwicke genau vier Wochen vor ihrer Hochzeit mit ihren Brautjungfern – Miss Cynthia Smythe, Lady Lavinia Nettleford und Ollie Byrne – verabredet.

Für Ollie war der geplante Ausflug nach London eine Quelle schrecklicher Aufregung. Nicht nur würde sie endlich Muriel kennenlernen und *das* feine Kleid anprobieren, sondern anschließend auch an dem Mittagessen mit den beiden anderen Brautjungfern teilnehmen, zu dem Tom Byrne als Brautführer sie ins »Ritz« eingeladen hatte. Und als Krönung des glorreichen Tages würde Tom sie selber im Auto in die Stadt fahren.

Rupert, der beabsichtigte, Muriel im Zug zu begleiten, war weniger begeistert. Er hatte gehofft, den Tag damit verbringen zu können, sich zu Hause mit liegengebliebenen Verwaltungsarbeiten zu beschäftigen, doch auf ihre ruhige Art hatte Muriel auf dem Kauf der Saphire bestanden, und

Saphire waren nun einmal nicht in Maidens Over, dem nächsten Marktflecken, zu haben.

»Mit *deinen* Saphiren durch den Mittelgang der Kirche zu schreiten, würde mich sehr glücklich machen«, hatte Muriel gesagt.

Sie war bereit, die Grundbesitz- und Eigentumsverhältnisse großzügig zu regeln, ja, sie hatte bereits Vorkehrungen getroffen, die Rupert schon vor der Hochzeit finanziell von ihr abhängig machten. Falls irgend etwas noch schieflief, würde kein Ehrenmann das Verlöbnis mit einer Frau brechen, der er auf diese Weise verpflichtet war. Doch sie wollte den Leuten auch zeigen, daß sie bewundert und umworben war, und die Entdeckung, daß Ruperts Mutter im Laufe der Jahre in aller Stille den Familienschmuck verkauft hatte, um Schulden bezahlen zu können, hatte sie ganz und gar nicht gefreut. Es tat ihr natürlich leid, daß Rupert ein offenbar sehr wertvolles Pferd gekauft hatte, aber sie hatte nicht die geringste Absicht, reiten zu lernen. Sofern man diesen Sport nicht schon als Kind erlernt hatte, konnte man nur eine schlechte Figur dabei machen; außerdem empfand sie die sich aufbäumenden, schwitzenden Tiere als unangenehm.

Noch eine Person fuhr an diesem Morgen nach London. Anna hatte nun schon einen vollen Monat in Mersham gearbeitet und daher einen ganzen Tag frei, den sie bei ihrer Mutter und Pinny in Paddington verbringen wollte.

Sie ging gerade die Dorfstraße hinunter zum Bahnhof, wo sie den Bummelzug in die Stadt nehmen wollte, als sie sich auf ein lautes Hupen hinter ihr umdrehte. Für die Autofahrt bis zu den Augen mit einem langen Schal vermummt, lehnte Ollie sich aus dem Wagen. »Anna!« rief sie. »Ich fahre nach London! Ich gehe mein Brautjungfernkleid anprobieren und nachher in ein Restaurant zum Mittagessen, und ich werde Muriel sehen und . . .«

Ein grinsender Tom unterbrach den Redeschwall. »Kann ich Sie ein Stück mitnehmen? Wollen Sie zum Bahnhof?«

Anna nickte. »Danke, das ist sehr freundlich von Ihnen.«

Sie stieg auf den Rücksitz und beschloß, daß sie sich an diesem wunderschönen Sommermorgen nicht um Selina Strickland und um Etikette kümmern würde. »Ich habe meinen freien Tag«, sagte sie, »darum fahre ich zu meiner Mutter nach London und –« Sie hielt inne, spähte zu Ollie und sagte feierlich: »Ich finde Sie überaus elegant, Miss Byrne.«

Ollie strahlte. »Das ist mein bester Mantel. Und meine besten Handschuhe.« Dann drehte sie sich zu Anna nach hinten um und flüsterte: »Und an meinem Unterrock sind echte Spitzen. Ehrlich!«

Sie kamen jetzt zur Abzweigung, die zum Bahnhof führte, und Tom fuhr unbekümmert daran vorbei.

»Ach, bitte, Sie müssen mich hier aussteigen lassen!« rief Anna.

»Unsinn, ich werde Sie bis in die Stadt mitnehmen.«

»Ja, du mußt mitkommen, Anna, weil ich dir doch von dem Igel erzählen muß, und du hast mir versprochen, noch zu erzählen, wie Sergei unfolgsam war und im Eis einbrach, und du wolltest auch das Gedicht aufsagen von dem Krokodil, das spazierenging, und ... Tom, darf ich mich nach hinten zu Anna setzen?«

Anna gab sich geschlagen. Tom lächelte bloß, denn er war sehr erfreut über den Lauf der Dinge. Liebenswürdig, wie er war, hätte er Anna auf jeden Fall bis nach London mitgenommen. Aber heute hatte Susie in der Londoner Stadtbibliothek zu tun, einem so achtbaren Ort, daß ihre Eltern sie ohne Anstandsdame dorthin gehen ließen. Falls daher Anna bereit wäre, Ollie zu Fortman and Bittlestone zu bringen und dort zu lassen, konnte er für sich eine halbe Stunde mit Susie ergattern. Und wie er fand, hatte er diese halbe Stunde angesichts des Brautjungfernessens, das er später über sich ergehen lassen mußte, verdient.

Die beiden erwachsenen Brautjungfern saßen bei Fortman and Bittlestone im Erfrischungsraum, wo sie Eis aßen, während sie auf die Braut warteten.

Muriel hatte ihre Brautjungfern mit derselben Sorgfalt ausgewählt, die sie auf alles verwandte, was sie tat. Cynthia Smythe, ihre einzige Schulfreundin, hatte sich die Ehre, hinter Muriel durch den Mittelgang der Kirche gehen zu dürfen, durch ihre dienstbeflissene, unterwürfige Art verdient. Sie war ein blasses, langhalsiges Geschöpf mit hellem Kraushaar über einer niedrigen Stirn. Da Cynthias Benehmen weder durch Intelligenz noch durch Willensstärke beeinträchtigt wurde, konnte Muriel sich darauf verlassen, daß ihre Freundin sie nicht mit originellen Bemerkungen oder selbständigen Handlungen in Verlegenheit brachte.

Mit Lady Lavinia Nettleford standen die Dinge anders. Sie war die älteste von fünf Schwestern, und die Geschichten über die Versuche ihrer Mutter, die Töchter unter die Haube zu bringen, gehörten schon zum folkloristischen Allgemeingut. Lavinia hatte ein Pferdegesicht, dicht zusammenstehende blaue Augen, einen unverbesserlich hochmütigen Ausdruck und war obendrein mit der sogenannten Nettleford-Nase geschlagen. Sie kannte Muriel, mit der sie im Krieg im selben Lazarett gepflegt hatte, kaum, doch das, was sie von ihr kennengelernt hatte, mißfiel ihr gründlich. Zusammen mit den anderen freiwilligen Krankenschwestern empfand sie nur Ärger und Verachtung angesichts von Muriels Vorgehen, den schwerverwundeten Grafen von Westerholme dazu zu verleiten, sich mit ihr zu verloben. Lavinia machte sich keine Illusionen, warum Muriel sie gebeten hatte, ihre Brautjungfer zu sein. Muriel, deren Vater letztlich doch nur ein Kolonialwarenhändler war, wollte, daß ihr auf dem Weg zum Altar die Tochter eines Herzogs folgte.

Obwohl sie Muriel nicht mochte und sie durchschaute, war es Lavinia nicht eingefallen abzulehnen. Denn zu jeder Hochzeit gehört unweigerlich auch ein Hoffnungsstrahl, eine mögliche Göttergabe: der Brautführer. Sie kannte Tom Byrne nicht persönlich, da der Herrensitz der Nettlefords, Farne Castle, an der fernen, wellengepeitschten Küste von Northumberland lag, und obwohl er nur der Erbe einer Vicomteschaft war, galt er doch als sympathisch und reich. In dem Rennen, in dem sie ihren vier hechelnden Schwestern, Hermione, Priscilla, Gwendolyn und Beatrice, vorauseilte, war Lavinia schon siebzehnmal Brautjungfer gewesen. Sie war fest entschlossen, diesmal Braut zu werden.

»Ach, da seid ihr ja!« Muriel, die Rupert im Fliegerklub zurückgelassen hatte, betrat selbstbewußt den Erfrischungsraum. »Wie ich sehe, habt ihr euch schon miteinander bekannt gemacht.« Mit einem abwägenden Blick betrachtete sie ihre Brautjungfern und nickte zufrieden. Die beiden waren etwa gleich groß und von gleicher Haar- und Gesichtsfarbe; sie würden gut zueinander passen, wenn sie hinter ihr durch die Kirche schritten. Und wenn Ollie nur halb so reizend und hübsch war, wie Rupert behauptete, würde der Hochzeitszug ein großer Erfolg werden. »Gehen wir schon hinauf«, fuhr sie fort. »Wir wollen nicht auf das kleine Mädchen warten. Sie kommt mit dem Auto her.«

Mit ihren Brautjungfern im Gefolge eilte Muriel zielstrebig auf den Lift zu, der sie in das Allerheiligste der Brautkleiderabteilung emportrug, wo Madame Duparc, obwohl ihre Krampfadern sie heftig zwickten, ihr einstudiertes Willkommenslächeln aufsetzte und, flankiert von Millie und Violet, den unterbezahlten und unterernährten Näherinnen, die Kundinnen überschwenglich begrüßte.

»Es ist alles bereit, Miss Hardwicke, und ich denke, Sie werden zufrieden sein. Mit einer Anprobe sollten wir auskommen. Aber Mademoiselles Maße sind ja so befriedigend . . . eine perfekte Figur . . .«

Unter Zusicherungen und Schmeicheleien führte Madame Duparc, zu der sich jetzt auch die Erste Verkäuferin, Miss Taylor, hinzugesellt hatte, die Damen zu den drei luxuriösen

Anprobekabinen am hinteren Ende des mit schönen Spiegeln und samtbezogenen Sesseln ausgestatteten Salons.

Muriel Hardwicke verschwand in die mittlere Kabine; ihr folgte Madame Duparc höchstpersönlich. In die rechte Kabine ging Lady Lavinia Nettleford, begleitet von der bescheidenen Millie. Die linke Kabine, deren Vorhänge von der unterwürfigen Violet zurückgehalten wurden, betrat Cynthia Smythe. Aus irgendwelchen geheimnisvollen höheren Regionen erschienen jetzt drei weitere Mädchen in der hellgrünen Uniform der Firma Fortman, welche die in viel Seidenpapier eingehüllten Kleider der Brautjungfern sowie das Brautkleid brachten. Unter dem Kommando der Ersten Verkäuferin verschwanden sie in die entsprechenden Kabinen, aus denen entzückte Ausrufe der Bewunderung drangen, während die kleinen Näherinnen absteckten und begutachteten, Maß nahmen und beschwichtigten.

Inzwischen waren unten Anna und Ollie eingetroffen und nahmen ihren Weg mit neugierigen und aufmerksamen Blicken durch die Lebensmittelabteilung. Toms Plan war gelungen. Gegen die Zusicherung, daß sie nachher ein Taxi nach Paddington nehmen dürfe, hatte Anna sich gerne bereit erklärt, Ollie zu Fortman's zu bringen. Jetzt sogen die beiden voller Wonne die verschiedenen Wohlgerüche durch ihre Nase ein, während sie zwischen Töpfen mit chinesischem Ingwer, mit Schleifen versehenen Pralinenschachteln und Marzipanfrüchten durch die Reihen gingen.

»Ist das nicht ein herrlicher Laden, Anna?«

»Wundervoll«, sagte Anna mit leuchtenden Augen. »Wieviel Sachen kannst du riechen, Ollie?«

Das kleine Mädchen zog die Nase kraus. »Käse und Kaffee und irgendeine Wurst und Seife ...«

»Und Freesien und Zigarren und Herzoginnen ...«

Ollie kicherte. »Herzoginnen riechen doch nicht.«

»Oh doch«, sagte Anna. »Es ist ein ganz reicher Geruch, nach Pelzmantel und Schoßhündchen und viel blauem Blut.«

Sie lachten noch immer, als sie im Lift hinauffuhren, doch als sie sich der ehrfurchtgebietenden Stille der Brautkleiderabteilung näherten, verstummte Ollie, überwältigt von der Wichtigkeit des Augenblicks.

»Könntest du wohl bleiben ... bis Tom herkommt?« fragte sie und schob ihre Hand in die Annas.

Anna nickte und war froh, Pinny keine genaue Ankunftszeit angegeben zu haben.

»Aber natürlich.«

Madame Duparc, die Muriel für kurze Zeit zwei Untergebenen überließ, kam ihnen entgegen und begrüßte sie. »Ah, da ist das kleine Blumenmädchen, auf das wir schon gewartet haben«, sagte sie und sah mit einem Lächeln auf das Kind mit den flammendroten Locken und dem tapferen Hinken.

»Komm, *ma petite,* dein Kleid liegt bereit. Die anderen sind hier nebenan, darum gehen wir besser in diesen Raum und überraschen sie.« Sie wandte sich an Anna, deren einfache Kleidung sie keineswegs täuschen konnte, und fragte: »Sie werden sicher Ihre kleine Freundin begleiten wollen, Mademoiselle?«

»Ja, danke.«

Ollie betrat die Kabine, und Anna half ihr aus ihrem Mantel und dem Kleid. Ganz klein und voller Erwartung stand das gnädige Fräuleinchen in ihrem mit echter Spitze besetzten Unterrock da und wartete.

Und dann erschienen sie, zwei Mädchen, die feierlich die Hochzeitstoilette trugen, von der Ollie seit Wochen geträumt hatte. Vorsichtig enthüllten sie das rosarote Kleid, den Samtumhang und den mit Perlen besetzten Muff.

»Oh, Anna, sieh doch!« rief das Kind und hielt beide Arme in die Höhe. »Gott, wie herrlich!«

Nebenan liefen die Dinge weniger glatt. Muriel Hardwicke hatte ganz genaue Vorstellungen, wie ihr Kleid, die Schleppe und der Schleier aussehen sollten, und obwohl sie diese

Vorstellungen mit Bestimmtheit darlegte, wollte es den Fachkräften von Fortman and Bittlestone nicht gelingen, sie zu verwirklichen. Die Näherinnen schwitzten und wurden nervös, Madame Duparcs Krampfadern machten ihr in den geschwollenen Beinen zu schaffen ... bis Muriel sich endlich, obwohl widerwillig, einigermaßen zufrieden erklärte.

»Wenn die anderen soweit sind, sagen Sie ihnen bitte, sie sollen herauskommen, damit ich den Gesamteindruck beurteilen kann.«

Die Tür zur linken Kabine öffnete sich, und zum Vorschein kam mit leichter Gänsehaut und einer Miene, als müsse sie sich entschuldigen, Miss Cynthia Smythe.

Dann ging die rechte Tür auf, und heraus trat stolz und gleichgültig Lady Lavinia Nettleford in ihrem achtzehnten Brautjungfernkleid.

Und nun wurde die Tür der mittleren Kabine aufgestoßen, und es erschien die Braut selber.

Muriel hatte nicht Weiß gewählt, sondern einen kostbaren elfenbeinfarbenen Brokat, der viel besser zu ihrem Teint paßte. Tief ausgeschnitten über ihrem üppigen Busen, eng anliegend bis weit über ihre wohlgerundeten Hüften, ging das Kleid schwungvoll in eine breite, drei Meter lange Schleppe über, die mit schimmernden Perlen und glänzenden Pailletten bestickt war. Reiche, kunstvolle Stickerei verzierte auch das Oberteil, und da Muriel den bei gewöhnlichen Bräuten beliebten weißen Tüll vermeiden wollte, hatte sie ihr Diamantdiadem auf einen Schleier von Silberspitze gesetzt.

Bei ihrem Anblick brachen Madame Duparc und ihre Mitarbeiterinnen in den erwarteten Applaus aus, allerdings nur halbherzig, denn ihre Spezialität waren eigentlich Hochzeiten, und Muriel in all ihrem metallischen Glanz sah mehr nach einer aus Walhalla herabsteigenden Göttin aus als nach einer Braut.

Ein ganz leises Geräusch, als räusperte sich eine Grille, veranlaßte alle, sich umzudrehen.

In der Tür, die zum anderen Anprobesalon führte, stand ein kleines Persönchen in rosarotem Satin – und nach einem liebevollen, sanften Schubs von Anna, die darauf beiseite trat, begann Miss Olivia Byrne, *en grande tenue*, über den dicken taubengrauen Teppich auf Muriel und ihr Gefolge zuzugehen.

Mit einer Hand vorsichtig die Rüschen ihres Kleides haltend, mit der anderen den perlenbestickten Muff umklammernd, auf den sie nicht hatte verzichten wollen, bewegte sich Ollie langsam vorwärts. Eine der Anprobehelferinnen hatte den ihr zukommenden Platz vergessen und aus der Blumenabteilung Rosenknospen für den Kopfputz heraufkommen lassen, die sich, statt störend zu wirken, wie durch ein Wunder mit Ollies flammendroten Haaren vermischten. Die kleine Brautjungfer war selig.

Ollie war jetzt nahe genug herangekommen, daß sie Muriel richtig sehen konnte, und ihre blauen Augen hinter den runden Brillengläsern wurden ganz groß. Seit von Muriel gesprochen wurde, hatte Ollie sie sich wie eine Märchenprinzessin vorgestellt.

Doch die Wirklichkeit übertraf alle Träume. Ohne Rücksicht auf Schicklichkeit und Anstand blickte Ollie die funkelnde und glitzernde Gestalt mit der Diamantkrone staunend an. Völlig selbstvergessen blieb sie vor Muriel stehen, sah bewundernd zu ihr auf und sagte:

»Oh! Du siehst wirklich wunderschön aus!«

Muriel schien sie nicht gehört zu haben. Von dem Moment an, da Ollie im Türrahmen erschienen war, hatte sie das Kind schweigend und gebannt angestarrt. Jetzt holte sie tief Atem, und gerade als Anna, von einem sicheren Instinkt geleitet, vortrat und Tom Byrne hereinkam, um die Brautjungfern abzuholen, zischte sie mit einem durch den ganzen Raum vernehmbaren Flüstern:

»Warum hat mir niemand gesagt, daß das Kind ein Krüppel ist?«

8

Ollie hatte es gehört. Als hätten die Worte ihr einen körperlichen Schlag versetzt, wich alle Farbe aus ihrem Gesicht. Sie ließ den Kopf sinken, und der Rock, den sie eben noch so stolz gerafft hatte, entglitt ihrer kleinen Hand. In schockiertem Schweigen blickten Madame Duparc und die anderen Angestellten auf Muriel.

Tom Byrne unterdrückte den ersten Impuls, auf seine kleine Schwester zuzueilen, um seine Wut zu beherrschen, die so mörderisch war, daß sie ihn erschreckte. Er hätte Muriel schütteln mögen, daß ihre Zähne klapperten, ihr mit seinen Fingern die Kehle zudrücken können. Über seine eigenen Gefühle entsetzt, blieb er wie ein verwirrter Kampfstier stocksteif mitten im Raum stehen.

Die Situation wurde von Lady Lavinia mit ihrer wohlerzogenen Unerschütterlichkeit gerettet; sie schlug eine Änderung an Muriels Schleppe vor, und damit ging die Anprobe weiter.

Doch als alles vorbei war und man zum nächsten Teil des Programms übergehen wollte, weigerte sich Ollie ganz ruhig, mitzumachen. Auf den Vorschlag, sie solle sich jetzt mit den anderen Brautjungfern zum Mittagessen ins »Ritz« begeben, antwortete sie leise, jedoch bestimmt: »Nein.« Sie sei nicht hungrig, sagte sie, und ohne Annas Hand loszulassen, fügte sie hinzu, sie würde eigentlich lieber heimfahren.

»Ich kann dich noch nicht nach Hause bringen, mein Schatz«, sagte Tom verzweifelt und wandte sich mit einem flehenden Blick aus seinen schönen braunen Augen Lady Lavinia Nettleford und Cynthia Smythe zu. Sie würden ihn doch sicher freigeben, damit er sich seiner Schwester annehmen könnte. Doch in den Augen der beiden erwachsenen Brautjungfern stand nur der dringende Wunsch nach einem Mittagessen im »Ritz«, so unerbittlich wie das Verlangen eines wilden Tieres nach einer Wasserstelle.

»Also wirklich«, sagte Muriel, »all das Getue, nur weil ich gesagt habe –«

Aber selbst sie wiederholte nicht, was sie gesagt hatte.

Jetzt entschloß Anna sich zu handeln. Ihr Zorn war ebenso augenblicklich und mörderisch wie der von Tom gewesen, aber er war von einem noch stärkeren Gefühl ausgelöscht worden: einem tiefen Mitleid mit dem Mann, der sich für sein Leben mit einer Frau wie dieser verbunden hatte. Dann drängte sie auch das zurück und war nur noch darauf bedacht, Ollie zu helfen.

»Wäre es nicht fein, wenn du zu mir nach Hause kämst und wir uns Zimttoast machen würden? Ich könnte dir auch einen kleinen Hund zeigen, der in seinem Magen den Diamanten hat, den die Zarin Elisabeth ihrem Hofarchitekten Rastrelli schenkte, und auch noch eine ausgestopfte Großmutter.«

Ollie gab, ohne aufzublicken, ihre Zustimmung durch ein Nicken zu erkennen, und Tom sah Anna dankbar an.

Am Ende teilten sie mit Lord Westerholme ein Taxi. Rupert war wie geplant gekommen, um Muriel zum Mittagessen zu begleiten, doch sie sagte ihm, daß sie lieber noch dableiben und Einkäufe machen wollte.

»Aha!«

Muriel blickte ihn durchdringend an. Sie hatte beabsichtigt, ihren Verlobten damit zu strafen, daß sie ihn ihrer Gesellschaft beraubte, da sie fand, er habe sie betrogen und überlistet, indem er ihr Ollies Behinderung verschwieg. Jetzt erkannte sie ihren Fehler, aber es war zu spät. Der zornige Ausdruck in Ruperts Augen hatte nur einen Moment gedauert, aber er war unmißverständlich gewesen.

»In diesem Fall werde ich mich zu Aspell's begeben«, sagte er und wandte sich zum Gehen. »Ich habe unten ein Taxi warten. Möchte irgend jemand mitfahren?«

Und so wurde vereinbart, daß Rupert Anna und Ollie absetzen würde, ehe er zum Juwelier der Königin weiterfuhr, um Muriels Brautgeschenk zu kaufen.

»Wer war denn das Mädchen?« fragte Lady Lavinia und blickte Anna nach, die Ollie wegführte. »Die Ausländerin?«

Muriel zuckte die Achseln. »Bloß eine von den Domestiken in Mersham. Sie scheint vergessen zu haben, wo ihr Platz ist, und hat sich eine Autofahrt zur Stadt ergattert. Eine russische Emigrantin. Warum fragst du?«

»Sie erinnert mich an jemand.«

»An wen?«

»An unseren neuen Chauffeur. Er ist auch Ausländer.«

Lady Lavinia seufzte, denn Sergei war eigentlich ein bißchen mehr als bloß ein Ausländer ... Wenn er einem die Pelzdecke um die Knie legte, die Tür des Wagens offenhielt, einen mit seinem überwältigenden, doch beschützerischen Lächeln ansah, wenn man die Wärme in seinen dunklen goldgesprenkelten Augen mit den langen Wimpern erhaschte, dann fühlte man sich so umsorgt, so seltsam erregt, daß es besser war, nicht daran zu denken. Nicht, daß sie sich so albern benahm wie ihre vier Schwestern, die ihn mit Rudolf Valentino verglichen und sich wie Küchenmädchen aufführten. Dabei sah Sergei doch sehr viel besser aus als Valentino, war größer, stärker, in jeder Hinsicht männlicher; aber das tat nichts zur Sache. Was immer er in seinem Heimatland gewesen sein mochte, ein Chauffeur war eben ein Chauffeur. Nur gut, daß sie ihm an diesem Nachmittag freigegeben hatte. Da Mama und die jüngeren Schwestern noch in Northumberland weilten, wären Hermione und Priscilla imstande gewesen, von ihm zu verlangen, daß er sie zu ihrem Vergnügen im Park spazierenfuhr.

Doch jetzt wartete Tom Byrne, und mit der fügsamen

Cynthia im Gefolge rauschte Lavinia in den Vorraum der Toilette, um sich für das Mittagessen zurechtzumachen, von dem sie sich eine Wende ihres Schicksals erhoffte.

Ollie saß zwischen Rupert und Anna in dem Taxi, das langsam den Piccadilly hinunterfuhr. Sie war immer noch sehr blaß und schweigsam, und Rupert, der spürte, daß irgend etwas sie bedrückte, war so klug, nicht zu fragen, was geschehen war. Statt dessen beobachtete er, wie Anna all ihre Kraft zusammennahm und das kleine Mädchen angriff.

»Du willst also jetzt dasitzen wie ein Häufchen Elend, bloß weil jemand ein Wort zu dir gesagt hat!«

»Es ist aber kein nettes Wort«, sagte Ollie mit einem dünnen Stimmchen.

»Nett oder nicht nett . . . es ist halt ein Wort«, sagte Anna achselzuckend. »Es bedeutet, daß jemand lahm ist. Nun, du bist doch lahm. Aber du bist auch hübsch und gut, und es gibt ungefähr hundertzwanzig Leute, die dich sehr liebhaben. Und du hast einen Igel namens Alexander. Es ist blödsinnig, sich von einem Wort erschrecken zu lassen, und das weißt du sehr gut. Wirklich, ich schäme mich ein bißchen für dich.«

»Tust du das?« fragte Ollie, in deren Wangen ein wenig Farbe zurückkehrte.

»Ja. Wenn du natürlich absichtlich traurig sein willst, geht das in Ordnung. Wir können alle Trübsal blasen. Lord Westerholme kann das, weil in seiner Schulter ein Granatsplitter steckt und es ihm sehr weh tut, wenn er den Arm hebt«, sagte Anna, ohne auf Ruperts überraschten Blick zu achten. »Ich könnte auf der Stelle heulen, weil mein Vater tot ist und man uns alle unsere Häuser weggenommen hat.«

Anna biß sich auf die Lippen, und Rupert sagte mit samtener Stimme: »In Rußland haben alle Hausmädchen eine Menge Häuser, Ollie.«

Ollie begriff zwar nicht ganz, dafür reagierte sie aber auf das Gefühl von Wärme und Zuneigung, das fast greifbar im hinteren Teil des Taxis aufgekommen war. Jetzt war sie auch imstande, die gefürchtete Frage in Worte zu fassen:

»Wird Muriel mich denn noch immer als Brautjungfer haben wollen?«

Rupert, der den Grund für die Frage nicht kannte, antwortete in einem Ton, den sie bei ihm noch nie gehört hatte. »Ollie«, sagte Lord Westerholme und ergriff ihre beiden Hände, »wenn du bei meiner Hochzeit nicht Brautjungfer bist, dann wird es gar keine Hochzeit geben, das schwöre ich dir.«

Ollie seufzte und ließ ihren Kopf nach hinten gegen das Polster fallen. »Tut mir leid«, sagte sie. »Es war dumm von mir.«

Anna nickte zustimmend. Dann sagte sie: »Weißt du, was das allerbeste ist? Wenn man gekränkt oder traurig war, dann kann man auf einmal alles umkehren und sehr glücklich sein. Darum glaube ich, daß wir uns einen absolut wunderbaren Nachmittag machen sollten – einen, an den man sich noch jahrelang erinnert, wenn man im Bett liegt.«

»Können wir das tun?« fragte Ollie.

»Selbstverständlich«, sagte Anna.

Sie hielt Wort, denn jetzt führte sie Ollie Byrne in eine ganz verzauberte Welt ein.

Pinny, die die Tür ihres kleinen Hauses öffnete, brauchte keine von Anna geflüsterten Erklärungen, um zu erkennen, daß das Kind einen Schock erlitten hatte. Aufmerksam und respektvoll hörte sie sich die von Ollie vorgebrachten Informationen an, daß diese weder müde noch hungrig war und auch fast nie auf die Toilette gehen mußte. Eine halbe Stunde später, nachdem sie zwei Glas Milch getrunken und ein großes Stück Makkaroniauflauf gegessen hatte, lag Ollie auf dem Sofa und fütterte den Wellensittich mit Krümeln von Zimttoast, den er leidenschaftlich liebte.

Doch Pinnys Haus war nur der Anfang. Anna war nach oben gegangen, um ihr einziges »gutes« Kleid anzuziehen, ein Kleid aus grünem Baumwollsamt, das ihre Kusine Kira ihr aus Paris geschickt hatte. Die Gräfin Gratzinsky hüllte sich in Schals, und als Pinny fand, das kleine Mädchen habe sich genug ausgeruht, machten sie sich zu viert auf den Weg in den Russischen Klub. Wenn Ollie später in ihrer Jugend danach gefragt wurde, was sie einmal werden wolle, wenn sie erwachsen sei, antwortete sie stets: »Eine Russin.«

Der Klub befand sich im ersten Stock eines großen, baufälligen Hauses hinter Paddington Station, aber die Züge, die alle paar Minuten die Fundamente vibrieren ließen, hätten statt nach Torquay und Plymouth geradesogut nach Moskau oder Minsk fahren können, so fremdländisch und abenteuerlich ging es hier zu.

Es gab wirklich eine ausgestopfte Großmutter. Sie wohnte, wie jedermann schwor, in der allerschönsten, fröhlich bemalten Truhe, die unter einem Fenster stand. Sie war mit einem dicken Vorhängeschloß versehen und mit einem roten Zigeunertuch bedeckt. Niemand hätte sich im Traum einfallen lassen, ein Tablett mit Gläsern oder einen Teller darauf zu stellen, ohne »Entschuldige bitte, Babuschka« zu sagen. Es war auch nichts Trauriges daran, wie Anna sich beeilte zu erklären. Die alte Dame gehörte nämlich zu den beiden jungen Männern, Boris und Andrei, die jetzt die Besitzer des Hauses waren, in dem der Klub sich befand, und die ihre Zeit damit zubrachten, an einem Tisch in der Ecke Halma zu spielen und die Ermordung Lenins zu planen. Boris und Andrei hatten die alte Dame verehrt und nach ihrem Tod, mit Hilfe eines hochberühmten Ägyptologen, diesen Weg gefunden, sie bei sich zu behalten, als sie aus ihrem Heimatland fliehen mußten. Das behaupteten sie jedenfalls.

Dann gab es im Klub auch noch Pupsik, den sagenhaften Dackel, der mit beidseitig erschöpft herunterhängenden Beinen auf einem niedrigen Schemel lag, der zu einer Art Altar geworden war. Seine Besitzerin, die Baronin de Wodzka, hatte ihm in einem Augenblick von Panik auf der Flucht über die finnische Grenze den in ein Stück Leberwurst eingebetteten Rastrelli-Diamanten zu fressen gegeben. Es war der letzte Edelstein von unermeßlichem Wert, welcher der Baronin noch geblieben war, und auf irgendeine geheimnisvolle Weise war es dem alten, asthmatischen Tier gelungen, ihn in einer abnormalen Schlinge seines Darms bei sich zu behalten. Während der sechs Monate dauernden Quarantäne hatte die Baronin jeden Tag im Zwinger angerufen und die dort angestellten Mädchen mit der herrischen Frage eingeschüchtert: »Also, hat er sich entleert?«

Aber Pupsik, der in anderen Belangen normal funktionierte, hatte den Diamanten nicht hergegeben.

Wetten waren abgeschlossen worden, die abwegigsten medizinischen Dispute hatten die Klubmitglieder entzweit – doch Pupsik, der als berühmter und gefeierter Hund aus der Quarantäne kam, fuhr fort, der Baronin das Juwel vorzuenthalten, das sie mit ihren Kindern in Amerika vereint und ihr ein Auskommen und ein Zuhause gesichert hätte.

Annas Erscheinen im Klub mit ihrer Mutter, ihrer Gouvernante und Ollie löste eine Explosion an Umarmungen, Küssen und Zärtlichkeiten aus. Einen Augenblick ließ Anna sich von der Freude überwältigen, so überschwenglich begrüßt zu werden. Dann hob sie beschwichtigend die Hand und verkündete auf englisch: »Ich habe euch meine ganz spezielle Freundin, Miss Olivia Byrne, mitgebracht. Sie war ein bißchen traurig, und ich sagte ihr, daß man hier sofort vollkommen glücklich sein könnte. Hatte ich recht?«

Damit begann das Fest.

Eine Stunde später war Ollie auf einem unvorstellbaren Gipfel der Seligkeit. Man hatte auf ihr Wohl getrunken und die Gläser dann weggeworfen, damit man mit ihnen nie mehr auf das Wohl von irgend jemand anderem anstoßen konnte. So benahmen sich vornehme Herren gegenüber schönen Damen, erklärte ihr Anna, und Ollie würde sich daran gewöhnen müssen. Nicht nur saß die Kleine jetzt auf der ausgestopften Großmutter, sie hielt auch den größten Teil von Pupsik in den Armen, den ihr die Baronin de Wodzka selber übergeben hatte. Zu beiden Seiten standen, unauffällig wie eine aufmerksame Leibwache, Pinny und Sergeis ehemalige Gouvernante, Miss King. Boris und Andrei, die beiden jungen Gegenrevolutionäre, spielten die Balalaika, während die Prinzessin Tschirkowsky Annas Mutter mit großen Gesten ihre neueste und absolut unfehlbare Methode darlegte, wie die Familie wieder zu einem Vermögen kommen könnte: indem sie in Paddington Station einen Piroschkistand einrichteten.

Was Anna betraf, so war sie überall; sie tanzte mit einem großen blonden Kosaken, flirtete mit einem achtzigjährigen Admiral, hob den heruntergefallenen Schal ihrer Mutter auf – und kehrte immer wieder zu Ollie zurück, um das kleine Mädchen lächelnd zu umarmen.

Doch dann geschah plötzlich etwas Unerwartetes. Anna hatte zu tanzen aufgehört und stand regungslos mitten im Zimmer, das Gesicht der Tür zugewandt. Alle Farbe war aus ihren Wangen gewichen, und sie hatte beide Hände vor den Mund geschlagen.

Jetzt sahen alle, was Anna gesehen hatte: einen großen, braungebrannten, umwerfend gutaussehenden Mann in einer taubengrauen Uniform mit Stehkragen, der in der Tür stand. Im nächsten Augenblick brach die Hölle los. Die Prinzessin Tschirkowsky sprang mit einem Freudenschrei auf und stieß ihr Teeglas um, als sie auf den jungen Mann zueilte. Miss King, die Gräfin Gratzinsky und viele andere folgten ihr. Pupsik wachte auf, bellte, entwand sich Ollies Armen und glitt zu Boden.

Nur Anna stand ganz still in der Mitte des Zimmers.

Dann erblickte Sergei sie, schob die Leute, die zwischen ihnen standen, beiseite, und schon war Anna in seinen Armen. Sie hatten eine gemeinsame Kindheit und ein gemeinsames Vaterland. Drei Jahre hatten sie sich nicht mehr gesehen, und zwei davon hatte er für Anna als vermißt gegolten. Jetzt verstummten sogar ihre überschwenglichen Landsleute in Ehrfurcht vor dem Ausmaß ihrer Freude ...

»Annuschka! *Miljenkaja ... dorogaja ...*« Mit einem Finger wischte er ihre Tränen weg. »Bist du es ... bist du es wirklich?«

Anna konnte nicht sprechen. Sie stand nur da und blickte ihn an und ließ die Tränen über ihr Gesicht strömen, während Sergei sie eng an sich zog und dann wieder von sich schob, um sie besser ansehen zu können.

Doch selbst in diesem Augenblick der Heimkehr und der Glückseligkeit vergaß Anna nicht lange ihren kleinen Gast. Sie hatte sich vorgenommen, Ollies Wunden zu heilen; jetzt trocknete sie sich die Tränen und führte ihren Vetter dorthin, wo Ollie saß.

»Sergei«, sagte sie, »ich möchte, daß du eine ganz besonders liebe Freundin von mir kennenlernst. Miss Olivia Byrne.«

Sergei blickte von seiner ganzen Höhe auf Ollie hinab. Er schlug die Hacken zusammen und verbeugte sich. Dann nahm er Ollies Hand, drehte sie um und küßte sie auf die Handfläche.

»*Enchanté,* Mademoiselle«, sagte er würdevoll. »Erlauben Sie mir, Ihnen zu sagen, daß ich mir mein ganzes Leben wünschte, einem Mädchen zu begegnen, dessen Haar die Farbe des Sonnenuntergangs über der Steppe hat.«

Ollie sah gebannt auf ihre geküßte Handfläche und blickte dann auf zu dem jungen Mann. Und ohne Zögern schloß sie sich der langen Reihe von Frauen an, die in Annas Vetter Sergei verliebt waren.

Während Ollie im Russischen Klub gefeiert wurde, befand sich Rupert im Obergeschoß bei Aspell's, dem weltberühmten, diskreten Juwelier in der Bond Street. Mr. Aspell hatte beabsichtigt, sich selbst eines Kunden wie Lord Westerholme anzunehmen, doch Rupert war zu früh gekommen, und Mr.

Aspell war noch beim Mittagessen. So erklärte Rupert dem alten Mr. Stewart, hinter dessen trockenem und gelehrtem Äußeren sich eine tiefe, romantische Leidenschaft für kostbare Steine verbarg, was ihn hergeführt hatte.

»Saphire . . . ah, ja.« Die dürren Fingerspitzen kamen zusammen, der goldene Kneifer richtete sich auf den gutaussehenden jungen Adeligen. »An welche Art Saphire hatten Sie denn gedacht, Mylord?«

Rupert lächelte. »Ich dachte eigentlich, Saphire seien einfach Saphire.«

»Ojemine! Nein, nein, ganz und gar nicht.« Mr. Stewart schüttelte sein kahles Haupt und wirkte ganz bestürzt. »Es gibt Saphire, die so dunkel sind, daß sie in einem bestimmten Licht fast schwarz zu sein scheinen. Das ist der Fall bei siamesischen Saphiren. Dann gibt es australische Steine, die beinahe türkisfarben sind, während gewisse Sternsaphire einen grauen Farbton haben . . .«

»Aha! Dann dürfte es der Preis sein, der den Ausschlag gibt. Ich bin nicht sehr wohlhabend.«

Mr. Stewart nickte verständnisvoll. »Nun, jetzt ist eine besonders günstige Zeit für einen Gelegenheitskauf. Wir bekommen einige ganz hervorragende Stücke zu sehr vernünftigen Preisen von russischen Emigranten. Zum Beispiel könnten wir Ihnen das Galitschew-Kollier anbieten, einhundertundsieben Saphire in Cabochonschliff, von denen jeder nicht weniger als dreißig Karat wiegt. Wir sind aber auch die Bevollmächtigten von Madame Bogdanin; sie hat eine Kette aus burmesischen Steinen zu verkaufen in einer besonders schönen, von Fabergé gestalteten Ausführung mit Goldperlen. Meiner Meinung nach versteht niemand, Juwelen so schön zu verarbeiten wie die Russen.« Er seufzte. »Wenn ich Ihnen natürlich die Gratzinsky-Saphire hätte anbieten können . . .«

Rupert mußte sich einen Moment auf den Verkaufstisch stützen. »Die Gratzinsky-Saphire?« fragte er zurück.

Mr. Stewart nickte. »Ich habe nie wieder solche Saphire gesehen. Nie. Sie anzuschauen war fast ein religiöses Erlebnis. Alle Juwelen der Gratzinskys waren so. Unbezahlbar, unfaßbar ... Es gab zum Beispiel eine dreireihige Perlenkette, für die man heute wahrscheinlich Blenheim Palace würde kaufen können. Ich habe nirgendwo anders solche Perlen gesehen. Sie besaßen auch den Potemkin-Anhänger und natürlich die Smaragde. Die Gratzinsky-Smaragde waren eine der großen Sehenswürdigkeiten der Welt.«

»Sie scheinen sie selber gesehen zu haben«, sagte Rupert.

Der alte Mann nickte. »Ja, ich bin nach Rußland gereist ... es dürfte jetzt zwölf Jahre her sein. Ja, im Herbst 1908. Ich sammelte Stoff für ein Buch über fürstlichen Schmuck des achtzehnten Jahrhunderts. Das ist mein Spezialgebiet. Es erscheint Ihnen vielleicht etwas trocken, aber ich versichere Ihnen –«

»Nein, nein, ganz und gar nicht«, sagte Rupert. »Es interessiert mich außerordentlich. Sind Sie denn auch den Gratzinskys begegnet?«

»Ich bin ihnen nicht bloß begegnet, ich habe bei ihnen gewohnt. Sie luden mich ein zu bleiben, so lange ich wollte.« Mr. Stewart setzte seine Brille ab und putzte sie. »Die Leute sagen mir«, fuhr er fort, »daß Rußland korrupt und die Revolution nötig war – und ich zweifle nicht daran, daß sie recht haben. Doch alles, was ich selber sagen kann, ist, daß ich nie in meinem Leben eine solche Gastfreundschaft erfahren, nie soviel ... Demokratie erlebt habe wie in diesem Haus. Allerdings fand ich ihre Einstellung gegenüber ihren Juwelen erstaunlich.«

»In welcher Hinsicht?«

»Das ist nicht leicht in Worte zu fassen. Nicht, daß sie unachtsam mit ihren Schmuckstücken umgegangen wären. Im Gegenteil, sie waren stolz auf sie. Aber sie behandelten sie gewissermaßen wie Freunde der Familie oder wie Haustiere. So bewahrten die Gratzinskys nichts in einem Banksafe auf, alles lag einfach irgendwo im Haus. Einmal durfte ich in einen der im Obergeschoß gelegenen Salons gehen, und ich traute meinen Augen nicht, als ich dort das Baby fand, das auf einem Bärenfell lag und mit der Krone von Kasan spielte!«

Er blickte auf, um den Eindruck abzuschätzen, den seine Erzählung auf seinen Kunden machte.

»Ich fürchte, Sie müssen mich aufklären«, sagte Rupert. »Ich habe wenig Ahnung von Juwelen. Was ist die Krone von Kasan?«

»Eine Kostbarkeit aus dem fünfzehnten Jahrhundert. Sie würde in ein Museum gehören oder wenigstens in einen Banksafe. Eine Emailarbeit mit goldgefaßten, ungeschliffenen Rubinen und Diamanten besetzt ... Die Gräfin trug sie zu Kostümbällen – und da war ein kleiner Junge und biß sabbernd auf ihr herum. Seine Schwester hatte sie ihm gegeben, weil sie so hübsch war und, wie sie sagte, ihm helfen würde, schöne Zähne zu bekommen.«

Rupert wartete und lieferte ihm dann die Möglichkeit weiterzuerzählen. »Sie muß ein sehr unternehmungslustiges Kind gewesen sein«, sagte er.

»Das war sie, allerdings«, fuhr der alte Mann fort. »Ein ungewöhnliches Kind. Nicht gerade hübsch, aber ... es fiel einem schwer, ein Zimmer zu verlassen, in dem Anna sich befand. Ihre Eltern liebten sie natürlich über alles.« Kopfschüttelnd hielt er inne. »Ich habe mich oft gefragt, was aus ihnen geworden sein mag. Es gab Gerüchte, daß sie alles verloren hätten, von ihrer alten Amme beraubt wurden. Das war eine unglaubliche Frau, die den Finger irgendeines georgischen Heiligen um den Hals trug, ein scheußliches Ding! Ihre Leute stammten aus einem Höhlendorf nahe der türkischen Grenze und müssen furchtbar arm gewesen sein. Ich vermute, die Versuchung war einfach zu groß für sie.«

»Dann ist also nichts von den Juwelen der Gratzinskys auf den europäischen Markt gekommen?« fragte Rupert.

»Gar nichts, Mylord. Da können Sie absolut sicher sein.«

»Und wenn sie kämen?«

»Dann, stelle ich mir vor, könnte man von dem Erlös eine ganze englische Grafschaft kaufen. Aber jetzt zu unserem Geschäft. Meiner Ansicht nach sollten Sie am besten die Bogdaninsche *parure* in Betracht ziehen. Die Steine sind vielleicht ein wenig blaß, aber herrlich geschliffen, und der Preis ist ganz und gar nicht unvernünftig. Wenn Sie so gut wären, mit mir in den Tresorraum zu kommen ...«

Muriel war bei Fortman's geblieben. Für eine junge Frau, die bereits in vier Wochen verheiratet wäre, erschien es ihr absolut schicklich, ohne Anstandsdame einzukaufen, und sie empfand die Vorstellung, ihre Aussteuer ohne das Glucken von Mrs. Finch-Heron ergänzen zu können, als äußerst angenehm.

Doch selbst Englands »Erstes Warenhaus« war nicht gefeit gewesen gegen Veränderungen. Als sie in die Abteilung kam, in der bisher Damenunterwäsche verkauft worden war, stellte sie fest, daß das renommierte Haus sich auf ein neues Abenteuer eingelassen hatte: eine Zooabteilung.

Muriel runzelte die Stirn. Fortman's war ihr bevorzugtes Geschäft, und das Eindringen von Tieren in das ehemalige Heiligtum der Büstenhalter und Strumpfbandgürtel mißfiel ihr.

Sie wollte sich schon zum Gehen wenden, als sie neben einer Voliere voller leuchtendbunter Papageien einen Mann stehen sah, der ihr von hinten bekannt vorkam. Groß, breitschultrig, mit emporstehendem strohblonden Haar ...

Sie trat näher.

»Dr. Lightbody?«

Ronald Lightbody wandte sich um.

»Miss Hardwicke!« Seine blassen Augen leuchteten auf, denn in der Tat bot Muriel in pfirsichfarbenem Satin und von der Hitze im Laden geröteten Wangen einen Anblick, der das

Herz eines jeden Erbforschers erfreut hätte. »Ich wähnte Sie auf dem Land, mit Hochzeitsvorbereitungen beschäftigt.«

Muriel lächelte mit ungewohnter Wärme. »Das bin ich eigentlich auch. Ich bin nur heute zur Anprobe meines Brautkleides hergekommen.« Sie sah ihn fragend an. »Sie wollen doch nicht etwa einen Papagei kaufen?«

»Nein, keinen Papagei.« Als Muriel seinem Blick folgte, sah sie, daß das, was der Doktor so verzückt betrachtet hatte, ein an eine eiserne Sitzstange geketteter Vogel mit gestutzten Schwingen war, ein grimmiger Raubvogel mit gelben Augen und einem todbringenden Schnabel.

»Das ist ein Goldadler«, erklärte der Doktor, dem plötzlich aufging, daß er sich dieser schönen Frau weit mehr anvertrauen konnte als seiner Ehefrau. »Es gibt da einen Perser, der Vorträge hält über die Notwendigkeit innerer Harmonie. Er hat donnerstags und samstags den Saal und betritt das Podium stets mit einem Falken auf der Schulter. Die Wirkung ist beträchtlich«, fügte er erbittert hinzu.

»Ich verstehe. Darum dachten Sie, daß ein Adler –«

»Nicht meinetwegen«, sagte Dr. Lightbody rasch. »Prahlerei ist mir, wie Sie wissen, zutiefst zuwider. Aber um der Sache willen ...«

Wie er erwartet hatte, zeigte Muriel Verständnis. Seite an Seite standen Meister und Schülerin da und blickten gebannt auf den Adler und hatten beide dieselbe Vision: den Doktor, der mit dem auf seiner Schulter niedergelassenen König der Vögel die Bühne betritt. Es war eine erhebende Vision. Aber Muriels praktischer Sinn erkannte auch, daß gewisse Schwierigkeiten in Betracht gezogen werden mußten. Zartfühlend äußerte sie ihre Bedenken.

»Ja«, sagte er seufzend. »Sie haben natürlich recht. Und Doreen ist ja so wenig hilfreich.«

»Wie geht es denn Ihrer Frau?«

»Ach, fragen Sie nicht, Miss Hardwicke. Sie scheint unfähig zu sein, auch nur die kleinste Anstrengung zu unternehmen. An manchen Vormittagen steht sie überhaupt nicht auf. Ich weiß, es ist nicht recht, daß ich mich beklage, aber manchmal fühle ich mich so schrecklich allein.«

Muriel war zutiefst gerührt. Sie legte ihm ihre Hand im Glacéhandschuh auf den Arm. »Ich wollte gerade hinauf ins Restaurant zum Mittagessen gehen. Ich habe dort ein Konto. Würden Sie nicht mitkommen ...? Ich bin ohne Begleitung hier«, setzte sie hinzu und senkte züchtig den Blick, »aber ich weiß, daß ich mit Ihnen ja völlig sicher bin. Um Ihnen die Wahrheit zu gestehen, ich habe ebenfalls Schwierigkeiten.«

Dr. Lightbodys Augen leuchteten auf. Ein kostenloses Mittagessen! Mit einem letzten, bedauernden Blick auf den Adler bot er Muriel seinen Arm an.

Sie machten es sich im Restaurant bequem, in dem es von nickenden Federhüten und schwellenden, in Tüll gehüllten Busen wimmelte. Ein Pianist spielte leise Ragtime. Das Tageslicht war hinter faltenreichen Seidenvorhängen ausgeschlossen und durch rosa Lampenschirme ersetzt. Es war eine für Vertraulichkeiten und Geständnisse wie geschaffene Atmosphäre.

»Nun, wie gefällt Ihnen Ihr zukünftiges Heim, Miss Hardwicke?« erkundigte sich der Doktor, nachdem sie bestellt hatten.

Muriel trank einen Schluck Wasser und tupfte ihren Mund ab. »Es ist sehr schön. Nur hatte ich einen höheren Standard erwartet. Sehr viel mehr Umgangsformen und Etikette. War das wohl unvernünftig von mir?«

»Nein, nein! Wie könnte es unvernünftig sein, nach dem Besten und Höchsten zu trachten! Inwiefern hat Mersham Sie enttäuscht?«

Muriel streute Salz auf ihre Fischvorspeise. »Es ist nicht leicht, das genau zu definieren. Aber in moralischer und hygienischer Hinsicht herrscht eine Laschheit, die ich nicht erwartet hatte.«

Dr. Lightbody beugte sich vor. Eine Diskussion über hygienische und moralische Laschheit mit einer schönen Frau in einem in sanftes Licht getauchten Restaurant war genau nach seinem Geschmack.

»Können Sie mir Beispiele nennen?«

»Nun, nehmen wir das Dienstbotenproblem. Ein Haus wird schließlich nach seinen Angestellten beurteilt. Und in Mersham gibt es eine schreckliche, völlig senile alte Frau, der man zwischen den Stallungen ein Häuschen gegeben hat, keine zweihundert Meter vom Herrenhaus entfernt. Sie wirft mit Gegenständen um sich, Dr. Lightbody! Und mein Verlobter scheint dies ganz normal zu finden. Ja, er genießt es geradezu!«

Dr. Lightbody gab ein Geräusch der Anteilnahme von sich.

»Ich kann Ihnen noch viel mehr Beispiele nennen ... Ich habe entdeckt, daß sie in der Küche bewußt eine Schwachsinnige angestellt haben; das Mädchen soll nicht einmal sprechen können. Und auch in der Familie selber ...« Muriel wurde rot. »Ruperts alter Onkel ... Ich hab's mit eigenen Augen gesehen. Er faßt doch tatsächlich die Hausmädchen an!«

Begierig auf weitere Einzelheiten legte Dr. Lightbody seine Gabel hin, doch Muriel fuhr schon auf einem anderen Gleis fort. »Ich könnte Ihnen hundert Beispiele aufzählen ... Rupert hat diesen großen Hund, der überall hineindarf, selbst in die Schlafzimmer.« Sie schüttelte sich vor Entsetzen. »Und auch gesellschaftlich ... Sie verkehren mit einer Sorte von Israeliten, die mein Vater nicht über die Türschwelle gelassen hätte.« Sie richtete ihre blauen Augen auf sein Gesicht. »Sie sehen sicher ein, daß mich das alles quält.«

Dr. Lightbody langte über den Tisch, um ihre Hand zu ergreifen, besann sich aber eines Besseren und nahm statt dessen die Sauce Tatare.

»Das tue ich allerdings.«

In Wirklichkeit sah er noch eine ganze Menge mehr. Seit Miss Hardwicke ihn zur Hochzeit eingeladen hatte, war er mehr und mehr zu der Überzeugung gelangt, daß dies seine Chance war. In einem der angesehensten Häuser Englands ein Institut zu gründen, die Doktrin von der Neuen Eugenik verbreiten zu können ohne die endlosen finanziellen Sorgen, die ihn bislang verfolgt hatten – hier lag eindeutig sein Schicksal. Er hatte Bilder von Mersham gesehen; die Bibliothek würde sich zum Beispiel perfekt als Hörsaal eignen.

Alles kam jedoch darauf an, daß Miss Hardwicke, wie es schien, wirklich das Sagen hatte ...

»Sehen Sie denn nicht, meine liebe Miss Hardwicke«, fuhr er jetzt fort, »daß Sie eine Aufgabe haben? Eine Mission? Sie sind auserwählt worden!«

»Ja, ich weiß. Und selbstverständlich werde ich handeln. Nach der Hochzeit beabsichtige ich –«

»*Nach* der Hochzeit?« sagte der Doktor. »Meine Beste, ich bitte Sie inständig, nicht zu warten. Zaudern Sie nicht lange! Denken Sie daran, daß Sie nur im eigenen Interesse dieser unglücklichen Leute handeln. Nehmen Sie die alte Dame mit dem Altersschwachsinn. Es gibt da eine Studie von Schuster und Filemann, die schlüssig beweist, daß alte Menschen sich wohler unter ihresgleichen fühlen, abgeschirmt von Anstrengungen und Aufregungen, die sie nicht mehr ertragen können.«

Muriel nickte. »Das ist genau das, was man immer empfindet, wenn man solchen Menschen begegnet«, sagte sie und dachte an den Teewärmer im Blumenbeet und den Blinddarm im Weckglas.

»Und das schwachsinnige Küchenmädchen ... Was, wenn sie in Schwierigkeiten gerät, wie das solchen Mädchen so rasch passiert? Dann wird ein weiteres mißgestaltetes menschliches Wesen in die Welt gesetzt. Würden Sie sich das je verzeihen?«

»Nein, nie. Sie haben recht. Sie haben völlig recht. Sie

haben mir ja so geholfen!« Lächelnd blickte sie ihn an, und diesmal gestattete sich der Doktor, die plumpe, weiche Hand kurz zu drücken.

»Ich weiß, es ist schwer«, sagte er. »Alle Reformer müssen Widerstand und Verleumdung erdulden. Ich selber ...« Er seufzte.

»Ich weiß, ich weiß ... Sie müssen mir verzeihen«, sagte Muriel. »Ich bin heute vormittag, fürchte ich, nicht ganz so wie sonst. Da ist nämlich das kleine Mädchen, das Brautjungfer sein soll ...«

Damit erging sie sich in einer ausführlichen Schilderung der Ereignisse des Vormittags.

Dr. Lightbody war empört. »Soll das heißen, Sie hatten keine Ahnung, daß das Kind so schwer behindert ist?«

»Nicht die geringste. Rupert hat immer nur wiederholt, wie hübsch die Kleine sei, wie reizend.«

Der Doktor runzelte die blonden Brauen, so daß sie sich in der Mitte trafen. »Eine Verschwörung des Schweigens über eine so wichtige Angelegenheit ist wahrhaftig eine Unredlichkeit. Dennoch, wenn Ihr Verlobter, wie Sie sagen, das Kind so liebt, wird Takt und Diplomatie vonnöten sein. Lassen Sie mich überlegen ...«

Zwei Stunden später schloß der Doktor seine Wohnungstür auf. Er war in bester Laune. Zwar trauerte er dem Adler nach, doch mußte er Miss Hardwicke recht geben. Welsche und Ausländer konnten einen Unfall riskieren, aber er nicht. Außerdem hatte Miss Hardwicke ihre Einladung über die Hochzeit hinaus auch auf den vorausgehenden Hausball ausgedehnt. Wenn nur Doreen nicht so unvorteilhaft ausgesehen hätte. Er mußte sie sicherlich mitnehmen, aber er würde sich fast zu Tode schämen.

»Doreen?« rief er jetzt.

Keine Antwort. Statt dessen kam seine Hausbesitzerin die Treppe heraufgekeucht; aus ihrem aufgedunsenen, gepuderten Gesicht sprach Wichtigtuerei.

»Sie is nich da. Sie ha'm se abgeholt, im Krankenwagen weggebracht.«

»Im Krankenwagen?«

»Tja. Hat sich die Seele aus'm Leib gehustet. Sie wissen ja, wie schlecht sie dran war. Aber sie wollte unbedingt raus und Ihnen ein Schweinskotelett kaufen, und beim Metzger hat se den Anfall gekriegt. Mit Blut aus'm Mund und so. Da ha'm se das Krankenauto gerufen, und die ha'm se mitgenommen. Ins Samariterkrankenhaus, Edgware Road.«

Dr. Lightbody starrte sie an. Er ertappte sich bei dem Gedanken, was wohl aus dem Kotelett geworden war.

»Wie schrecklich«, sagte er dann. »Wirklich ganz schrecklich.«

9

Rupert kehrte aus London zurück und hatte nur einen einzigen Gedanken im Kopf: Anna mußte gehen, und zwar jetzt gleich, noch vor der Hochzeit. Man müßte ihr den Lohn geben, den sie in den nächsten vier Wochen noch verdient hätte, und sie nach London zurückschicken. Er war einfach nicht bereit, sich die Kohlen in sein Arbeitszimmer von einem Mädchen bringen zu lassen, deren kleiner Bruder die Krone von Kasan als Beißring benutzt hatte. Das war unhaltbar, und im übrigen war Anna selber, wie er jetzt sah, ein Störfaktor in Mersham gewesen. Sobald sie gegangen wäre, schloß Rupert, würde alles in Ordnung sein. Er hätte dann keine Alpträume mehr, Onkel Sebastian würde aufhören, »Isoldes Liebestod« zu spielen, Potter würde die Stute verkaufen. Vor allem aber würde Muriel, seine Braut, so beliebt und geschätzt werden, wie sie es verdiente.

Darum wollte er als erstes seine Mutter angehen.

Die Gräfin war in ihrem kleinen Salon damit beschäftigt, noch ein paar Hochzeitseinladungen zu verschicken, die ihr erst spät eingefallen waren. Sie hatte tiefe Ringe unter ihren sanften grauen Augen, und es waren ihr mehr Chiffonschals als sonst von den Schultern auf den Boden geglitten.

»Anna entlassen?« sagte sie entsetzt. »Aber warum denn, Rupert? Sie geht doch nach der Hochzeit ohnehin weg.«

»Nach der Hochzeit«, antwortete Rupert entschlossen, wenn auch schwer verständlich, »ist es zu spät.«

Lady Westerholme blickte ihren Sohn entgeistert an. »Zu spät für was?«

Rupert änderte seine Taktik. »Bei meinem Besuch in

London habe ich eine ganze Menge über ihre Herkunft erfahren, Mutter. Offenbar kommt sie aus einer sehr angesehenen Familie.«

Die Gräfin nahm diese Mitteilung ohne Erstaunen auf. »Nun, das hatte ich angenommen. Sie hat so ausgezeichnete Manieren und spricht ein so schönes Französisch. Aber das kann ich wirklich nicht als Grund dafür betrachten, sie wegzuschicken, ehe sie selber gehen will. Nimm einmal den armen Zaren. Er hätte gar nicht vornehmer sein können, und nun ist er tot. Und dein Onkel Sebastian ist ihr so zugetan ...«

»Ja, genau, das kommt noch dazu –«

»Nein, da irrst du dich, Rupert. Onkel Sebastian rührt sie bestimmt mit keinem Finger an. Sie ist für ihn wie eine Tochter. Und Baskerville liebt sie heiß.«

Rupert mußte einen Moment die Augen schließen, als er sich erinnerte, wie Anna mit wirren Haaren und einem verzweifelt um sich gehaltenen Handtuch beim Teich von dem bellenden Hund in Schach gehalten worden war.

»Willst du damit sagen, daß wir unsere Dienstboten meinem Hund zuliebe anstellen?« fragte er aufbrausend.

Die Gräfin starrte ihn an. »Warum bist du so wütend auf sie, Rupert?«

»Das bin ich nicht, Mutter.« Er versuchte es nochmals. »Aber weißt du, Muriel hat nicht viel für sie übrig.«

»Oh!« Der Ton der Gräfin war ausgesprochen kühl. »Mir schien, daß Anna ihre Arbeit für Muriel sehr gut macht. Drei Abende hintereinander bin ich noch spät an Muriels Zimmer vorbeigegangen und fand Anna auf einem harten Stuhl vor der Tür sitzen, damit sie ihr bis nach Mitternacht zur Verfügung stehen konnte. Dabei ist sie im Morgengrauen schon wieder auf den Beinen, um im Stall –« Sie unterbrach sich und legte ihre Hand auf den Mund. »Oje!«

Ruperts Gesicht war finster. »Aha. Dann hat also Anna die neue Stute trainiert. Ich hätt's ja wissen können.«

»Bitte, Rupert, gib nicht Anna die Schuld. Es war Potters Vorschlag. Er hatte gesehen, wie sie mit der Stute umging, und vermutete, sie könne reiten. Denk dran, daß er nur noch einen Stalljungen hat und daß es gerade jetzt sehr viel zu tun gibt.«

»Ich habe Potter gebeten, die Stute wieder zu verkaufen. Er hat meine ausdrücklichen Anweisungen.«

»Ja, natürlich, er wird es auch tun, mein Lieber. Aber du kannst ein solches Pferd nicht irgend jemandem verkaufen. Es ist ein herrliches Tier! Ich bin selber mit ihr eine Stunde ausgeritten.«

Rupert vergaß seinen Ärger. »Das freut mich aber sehr, Mutter ... du bist nicht mehr geritten, seit ... George gefallen ist.« Sein Gesicht erhellte sich. »Wie dumm von mir! Ich könnte die Stute doch für dich behalten. Dann kannst du jederzeit kommen und –«

»Nein, Rupert. Das kommt gar nicht in Frage. Wenn Muriel nicht reiten mag, wird sie auch nicht ein Pferd für ihre Schwiegermutter halten wollen. Und was Anna betrifft«, fuhr sie entschlossen fort, »so müssen du und Muriel tun, was ihr für das beste haltet. Es wäre nicht richtig, wenn ich mich da einmischen wollte. Nur denk dran, daß es Mrs. Bassenthwaite gesundheitlich nicht sehr gut geht.«

Es war also Proom, den Rupert zu sich in sein Arbeitszimmer kommen ließ.

Bekümmert hörte der Butler sich den Wunsch des Grafen an, daß das neueste Hausmädchen ohne Kündigung, aber dafür mit einem Monatsgehalt weggeschickt würde. Seit Anna da war, hatte Mrs. Proom nur noch zweimal Blumentöpfe zum Fenster hinausgeworfen, und auch nur ganz kleine.

»Darf ich mir die Frage erlauben, warum Sie möchten, daß sie entlassen wird, Mylord?«

Rupert runzelte die Stirn. »Miss Hardwicke schätzt sie nicht.« Und da Proom unbeweglich vor ihm stehenblieb, fuhr er fort: »Aber das ist nicht der eigentliche Grund. Ich habe gewisse Dinge über ihre Herkunft erfahren, die es höchst unangebracht erscheinen lassen, daß sie als Hausmädchen angestellt ist.«

Proom nickte. »Mrs. Bassenthwaite und ich waren uns schon im klaren, daß sie von vornehmer Geburt ist. Aus diesem Grund zögerten wir auch sehr, sie einzustellen.«

»Nun, dann . . .«

»Allerdings muß man sagen, Mylord, daß Anna alles getan hat, was sie konnte, um dieses Handicap zu überwinden. Was nicht heißen soll, daß die Ansichten von Miss Selina Strickland, die sie vertritt, sich stets günstig ausgewirkt haben. Erst heute morgen hat James damit gedroht, er würde alle drei Bände des ›Großen Lehrbuchs‹ in den Teich schmeißen, nachdem Anna ihn um Magnesia gebeten hatte, um die Weintrauben auf Miss Hardwickes Nachttisch zu polieren. Aber –«

»Um was hat sie gebeten?« unterbrach ihn Rupert.

»Magnesia, Mylord. Es ist eine Substanz, die in gewissen Kreisen verwendet wird, um Früchte stärker zum Leuchten zu bringen«, erklärte Proom abschätzig. »Es erübrigt sich zu sagen, daß ich in Mersham solche Praktiken nie erlaubt habe. An unseren Früchten wird nicht herumexperimentiert.«

Rupert legte den Brieföffner hin, mit dem er eine Reihe Umschläge aufgeschlitzt hatte.

»Ich muß mich einfach wundern, Proom, warum die anderen sie akzeptiert haben. Sie müssen doch wissen, daß sie aus einer gänzlich anderen Welt kommt.«

»Ja, Mylord. Das wissen sie.« Er machte eine Pause, um zu überlegen, was er genau sagen wollte. »Vielleicht ist man sich im allgemeinen nicht im klaren darüber, daß das, was Angestellte am meisten fürchten, nicht Arbeit ist, sondern Langeweile. Hausarbeit kann außerordentlich eintönig sein. Und Anna . . . nun ja, man kann allerlei über Anna sagen, aber sicher nicht, daß sie langweilig ist.«

»Nein«, bestätigte Rupert und ließ sich zu einem frostigen Lächeln herab. Er stand auf, ging zum Fenster und begann mit einer Vorhangquaste zu spielen.

»Die Dinge stehen im Augenblick nicht ganz leicht«, fuhr Proom fort, der Mrs. Park in der Küche zurückgelassen hatte, wo sie verzweifelt in ihren Kochbüchern blätterte und nach einem alkoholfreien Rezept für eine Hochzeitstorte suchte. »Zeiten des Übergangs sind immer unruhig, und wir werden Lady Westerholme sehr vermissen. Anna jetzt zu entlassen wäre gar nicht gut für die allgemeine Stimmung. Es würde als große Ungerechtigkeit angesehen.«

»Aber wenn sie doch bezahlt wird!«

»Mylord, auf keinerlei Art wird man Anna dazu bewegen können, Geld anzunehmen, das ihr, wie sie findet, nicht zukommt. Sie ist außerordentlich stolz. Und sie freut sich auch sehr auf die Hochzeit. Sie hat sogar vor, sich dafür die Haare abschneiden zu lassen.«

»Nein!« Rupert war plötzlich herumgefahren, seine Stimme und seine ganze Haltung waren so gebieterisch, daß Proom ihn erstaunt ansah.

»Es gibt gar keine Vorschriften, um das zu verhindern, Mylord, und –«

»Ich verbiete es«, sagte der Graf von Westerholme. »Ich verbiete es kategorisch, und das können Sie ihr ausrichten.«

Als Rupert zu Muriel ging, die in Queen Carolines Schlafgemach Briefe schrieb, erhielt er zu seiner eigenen Überraschung keinen Dank für seine Bemühungen, Anna loszuwerden.

»Rupert, ich bitte dich sehr, dich nicht mit den Hausangestellten zu befassen. Ich habe dir gesagt, daß ich beabsichtige, mich um all das zu kümmern. Ich mische mich ja auch nicht in die Verwaltung der Land- und Forstwirtschaft ein, obgleich –« Sie verstummte taktvoll.

»Obgleich es dein Geld ist, das es mir überhaupt ermöglicht, sie weiterzuführen«, ergänzte Rupert trocken. »Das ist wahr, und ich habe gewiß Besseres zu tun, als mich in Dienstbotenfragen einzumischen. Aber ich wußte, daß du mit Anna nicht zufrieden bist, und ...«

Muriel machte eine abwehrende Geste. »Ich gebe zu, daß Anna nicht gerade das ist, was ich eine geborene Zofe nennen würde, aber ich bin mit ihrer Arbeit nicht unzufrieden. Gestern abend, als wir aus London zurückkamen, hat man mir ein ganz ungeeignetes Mädchen zu meiner Bedienung geschickt – ein langnasiges, kraushaariges Geschöpf mit einer sehr impertinenten Art.«

»Das muß Luise gewesen sein. Sie ist das Erste Hausmädchen, weißt du, und –«

»Bitte, Teuerster, es ist ganz unnötig, mir irgend etwas zu erklären. Es sollte genügen, daß ich absolut bereit bin, mich mit Anna abzufinden, bis die von mir in der Schweiz bestellte Zofe eintrifft. Worüber ich aber mit dir sprechen wollte, ist dein Hund.«

Baskerville, der merkte, daß von ihm die Rede war, wandte ihnen seinen mächtigen Kopf zu.

»Was ist mit meinem Hund?« fragte Rupert leichthin und ließ seine Hand einen Augenblick auf Muriels Haar ruhen. Es war perfekt frisiert, wie aus Gold, und mit seinem metallischen Glanz sah es eher so aus, als sei es in einer Mine gewonnen worden als natürlich gewachsen.

»Du hast öfter gesagt«, fuhr Muriel fort, »daß meine gute Pflege, mein Achten auf Hygiene dir das Leben gerettet haben.«

»Ja, das habe ich gesagt«, bestätigte Rupert lächelnd. »Und ich sage es noch immer.«

»Nun, dann weiß ich, daß du verstehen wirst, wenn ich dich bitte, Baskerville nicht in mein Schlafzimmer mitzubringen. Besser gesagt, *unser* Schlafzimmer, wenn wir verheiratet sind.« Die blauen Augen sahen ihn abwägend an, und es fiel Rupert plötzlich auf, wie selten Muriel blinzelte. »Ich weiß nicht, ob dir das Werk von Bestheimer und seinen Mitarbeitern bekannt ist, das die Übertragung von Hundewürmern auf die Rückseite des menschlichen Augapfels behandelt, aber ich versichere dir, wenn du –«

»Baskerville geht alle sechs Wochen zu einer Kontrolle beim Tierarzt«, sagte Rupert mit trügerischer Ruhe in der Stimme.

»So einfach ist das nicht, fürchte ich.« Sie erging sich in einer ausführlichen Beschreibung des Lebenszyklus der *Toxacara canis,* die selbst einen Edgar Allen Poe das Fürchten gelehrt hätte. »Du siehst also, mein Lieber, daß ich auf meiner Bitte bestehen muß.«

»Gut, Muriel, ganz wie du willst«, sagte der Graf. »Komm, Baskerville!«

»Ich meinte aber nicht –« rief Muriel ihm nach, da der Ausdruck in seinen Augen sie unsicher gemacht hatte.

Doch Rupert war bereits gegangen.

Es war zu erwarten, daß die Versuche des Grafen, Anna zu entlassen, ihr zu Ohren kommen würden. Als Rupert am anderen Tag bei Einbruch der Dunkelheit von einer Inspektion des Geisterhauses zurückkehrte, dessen Dach auf Anraten seines Pächters dringend neu gedeckt werden mußte, bemerkte er, daß die Tür zum Rosengarten halb offenstand. Mr. Cameron schien noch bis spätabends an der Arbeit zu sein. Er wollte kurz zu ihm gehen und etwas mit ihm besprechen. Muriel hatte es gut gemeint, als sie früher an diesem Tag angeboten hatte, das Hörrohr des Gärtners durch ein neuartiges Hörgerät zu ersetzen; doch der alte Schotte war ein barscher Kerl, und der Augenblick war vermutlich schlecht gewählt gewesen, denn Mr. Cameron hatte ihnen gerade seine wunderschöne, neue schneeweiße Rose gezeigt.

Er schob seine Hand durch das Halsband seines Hundes und stieß die Tür ganz auf. Das verzückte Jaulen und das heftige Zittern der kohlrabenschwarzen Warze auf Baskervilles Schnauze bereiteten Rupert schon auf den Anblick vor, der sich ihm bieten sollte: Anna, mit einem Korb und einer Gartenschere bewaffnet, ging fast traumwandlerisch zwischen den Blumenbeeten hin und her.

Den Hund fester am Halsband packend, trat der Graf auf sie zu.

»Guten Abend«, sagte er freundlich.

Anna, die von diesem Gruß überrascht worden war, ließ sich nicht einschüchtern. Sie hob den Kopf. »Guten Abend, Eure Lordschaft.«

Rupert zuckte zusammen. So fürchterlich hatte sie das R nur damals gerollt, als sie sich über das Fehlen von Badezimmern beklagt hatte. Noch mehr aber zeigte ihr Knicks das ganze Ausmaß ihres Mißfallens. Verschwunden war die ballettartige Huldigung, die hingebungsvolle Dienstbereitschaft. Anna hatte ganz kurz geknickst.

»Ist irgend etwas nicht in Ordnung?«

Anna hatte sich für frostige Einsilbigkeit entschieden, für die feine englische Art.

»Alles ist in Ordnung. Wie Sie sehen können, pflücke ich Blumen für Miss Hardwickes Zimmer. Mr. Cameron hat es mir gestattet. Ich stehle nichts.«

Rupert sah sie völlig verwirrt an. »Nein, natürlich stehlen Sie nicht. Was ist geschehen, Anna? Habe ich irgend etwas getan?«

»Nein«, sagte Anna, die immer noch darum kämpfte, Haltung zu bewahren, wie sie es in ihrer Kindheit von Pinny und Miss King gelernt hatte.

Baskerville bereitete dem ein Ende, indem er sich dem Griff des Grafen entwand. Als er ihr endlich seine ganze Liebe beweisen konnte und Anna ihren Korb zu retten versuchte, war es um ihre Fassung geschehen.

»Oh, *tschort*!« sagte sie und sah ihren Arbeitgeber an. »Sie haben mich so traurig gemacht.«

»Ich? *Ich?* Um Gottes willen, Anna!«

»Ich war im Ankleidezimmer, als Sie sich bei Miss Hardwicke rühmten, wie Sie versucht hätten, mich wegzuschikken. Und ich weiß nicht, warum, denn ich habe wirklich versucht, viel zu arbeiten. Und auch wenn ich letzte Woche beim Staubwischen im Musikzimmer ein ganz klein bißchen Klavier gespielt habe, hat das doch vielleicht nur drei Minuten gedauert, und wenn wir in Rußland einen Dienstboten weggeschickt haben, durfte er immer zuerst erklären –«

»Hören Sie auf, Anna! Bitte, hören Sie auf!« Rupert nahm sie bei den Schultern. Das war ein Fehler – ein größerer Fehler, als er für möglich gehalten hätte. Er ließ die Arme sinken und trat zurück. »Um Himmels willen, Anna, ich war doch nicht unzufrieden mit Ihrer Arbeit. Die ist ausgezeichnet. Der Grund war, daß ich jemanden getroffen habe, der bei Ihnen in St. Petersburg gewohnt hat.«

Er erzählte ihr von seiner Unterhaltung mit Mr. Stewart, und Anna hörte ihm mit wachsendem Erstaunen zu.

»Sie wollten mich entlassen, weil Petja seine ersten Zähne an der Krone von Kasan ausprobiert hat?«

»Nun gut, ich weiß, daß es lächerlich klingt.«

»Lächerlich? Es ist verrückt! Sergei hat immer gesagt, daß die englische Aristokratie ein Gehirn hat wie ein ganz kleines Aspirin, und jetzt glaube ich das. Jedenfalls war die Krone von Kasan sehr schwer. Njanka war immer böse, wenn Mama sie trug, weil sie davon Kopfschmerzen bekam.«

»Njanka? Ist das die Amme mit dem mumifizierten Finger?«

Anna mußte lächeln, aber ihre Augen waren traurig, denn Njankas Verrat hatte sie schlimmer getroffen als alles andere in den düsteren Tagen der Revolution. »Ja. Es war der Finger des heiligen Nino, der im Kloster in Varzia lebte, wo sie geboren war. Er hatte eine Menge Finger, dieser Heilige, vielleicht dreitausend . . . die Mönche sind ja solche Gauner!«

»Waren Sie denn dort?«

Sie nickte. »Wir sind bei Njanka geblieben, als Mama eine Kur in Borschomi machte. Es war wunderschön. Wir aßen mit den Fingern und schliefen auf dem Boden und wuschen uns im Kuru, der sehr kalt und grün ist und aus dem Kaukasus herunterkommt, und die Männer hatten riesige Schnauzbärte und betranken sich und fielen aus ihren Höhlen heraus«, erzählte Anna, deren Gesicht sich bei der Erinnerung verklärte. »Bloß die Hühner mochte ich nicht«, setzte sie hinzu und drehte ihren Daumen um, der auf der Unterseite eine lange weiße Narbe aufwies.

»Und ist es sicher, daß sie euch bestohlen hat?«

Anna zuckte die Achseln. »Kiras Tante sah sie auf der Antschikowbrücke, wie sie mit Soldaten der Roten Garde lachte, nachdem wir geflohen waren. Das ist vielleicht natürlich. Sie war eine Frau aus dem Volk.«

»Das scheint sie zweifellos gewesen zu sein«, sagte Rupert nachdenklich. Dann ging er wieder zum Angriff über. »Anna, Sie müssen einsehen, wie unpassend es ist, daß Sie hier sind.«

»Nein, das sehe ich nicht ein.« Ihre Augen funkelten. »Ich weiß. Es ist nur, weil ich eine Frau bin. Sergei darf Chauffeur bei einer außerordentlich dummen Herzogin sein, obgleich sein Großvater ein Großfürst war; und Oberst Terek kann ohne weiteres ein Taxi fahren, obwohl seiner Familie drei Viertel des Kara Kum gehörten, doch ich ... ich darf nicht arbeiten! Natürlich. In einem Land, wo die Frauen zuerst von Pferden zu Tode getrampelt werden müssen, ehe sie wählen dürfen, war das wohl zu erwarten.«

»Nein, Anna. Sie haben unrecht. Ich habe im Krieg mit Frauen zusammengearbeitet – ich weiß sehr wohl, wie fähig sie sind.«

»Warum dann? Nur weil wir in Petersburg reich sind?«

»Nicht nur reich – ach, Anna, verstehen Sie doch! In Rußland hätte man mich wahrscheinlich gar nicht über Ihre Schwelle gelassen.«

»Pas du tout!« Ihre Grübchen kamen zum Vorschein, als

sie ihn ansah. »Mama war sehr demokratisch. Aristokraten mit großen Landgütern und vielen Vornamen wurden oft bei uns vorgelassen. Sogar durch den Haupteingang!«

»Oh, Gott!«

Sie spazierten jetzt zwischen den duftenden Rosenbüschen weiter auf Mr. Camerons neue Schöpfung zu, deren makellose Schönheit sie anzog.

»Sie sind also wirklich gerne hier?« fragte Rupert etwas verwundert. »Obwohl wir Sie halb zu Tode schinden, obwohl Ihre Hände rauh und aufgesprungen sind, obwohl Sie sehr unter Schlafmangel leiden ...«

Sie waren bei der Rose angekommen. »Ja«, sagte Anna so leise, daß Rupert den Kopf neigen mußte, um sie zu hören. »Ja, ich bin gerne hier. Ich mag Mrs. Park, die so freundlich und so gut ist, und James, der gekämpft und sich abgemüht hat, um stark zu werden. Ich mag den Mut Ihrer Mutter, die so geduldig mit den Geistern ist, die sie plagen, und ich mag Ihren Onkel, der sich Musik jedesmal so anhört, als sei sie gerade erst komponiert worden. Ich mag die Kriegerfiguren auf Ihrem Dach und Ihren närrischen Hund und den Trompetenbaum, der sich über den Teich neigt ... Und ich mag auch diese Rose«, sagte sie und beugte sich andächtig über Mr. Camerons Meisterwerk. »Ja, ich liebe diese Rose sehr.«

Dann verzog sie ihr Gesicht zu einem spitzbübischen Lächeln. »Und außerdem Mrs. Prooms Blinddarm«, fuhr sie fort. »Ja, den liebe ich wirklich!«

Rupert hob beide Hände in gespielter Verzweiflung, als Zeichen, daß er kapitulierte. »Dann bleiben Sie«, sagte er. »Der Himmel verhüte, daß ich mich zwischen Sie und Mrs. Prooms Blinddarm dränge!« Und damit verließ er sie.

Die Gräfin war müde. Sie hatte den Vormittag im Dorf damit verbracht, Mrs. Bunford zu trösten, die noch immer tief unglücklich war, weil man ihr weder das Hochzeitskleid noch eines der Kleider für die Brautjungfern anvertraut hatte. Um sie zu besänftigen, hatte die Gräfin ihr eigenes Ensemble aus himmelblauer Wildseide bei ihr bestellt. Danach war sie, als sie eben zu ihrem Einspänner gehen wollte, von der winzigen, wackeligen Miss Frensham aufgehalten worden, die seit vierzig Jahren die Orgel in der Kirche von Mersham spielte. Miss Frensham wollte wissen, ob es wahr sei, daß Miss Hardwicke ein modernes Stück bei der Trauung haben wollte, etwas, das sie, Miss Frensham, sicherlich nicht würde spielen können.

Bis die Gräfin Miss Frensham beruhigt hatte, war sie schon verspätet für ihr Treffen mit Colonel Forster im Mill House, so daß sie, wie sie merkte, ziemlich verworrene Erklärungen vorgebracht haben mußte, warum sie *sofort* ins Mill House einziehen müsse, ohne die Verbesserungen abzuwarten, die die Forsters liebenswürdigerweise vornehmen wollten. Colonel Forster hatte sie jedenfalls sehr merkwürdig angesehen, und Mrs. Forster hatte ihr beim Abschied die Hand auf ganz seltsame Art gestreichelt.

Nun saß sie in ihrem Salon und mußte sich wirklich entscheiden, ob sie noch eine Einladung an die Herings schicken wollte oder nicht.

Mr. und Mrs. Melvyn Hering und ihre Zwillingssöhne Donald und Dennis waren weniger Heringe als vielmehr Schafe, und ziemlich schwarze obendrein. Die jüngste Schwester der Gräfin, Vanessa, hatte sich nämlich leidenschaftlich in einen ungewöhnlich hübschen Friseur verliebt und war mit ihm durchgebrannt. Für diesen Leidenschaftsanfall sollte die arme Vanessa Templeton teuer bezahlen, denn nur wenige Monate später kam sie nach Hause zurück, schwanger, mittellos und verzweifelt. Ob sie an gebrochenem Herzen oder am Kindbettfieber nach der Geburt ihres Sohns Melvyn starb, war schwer zu sagen. Jedenfalls mußte der Junge von nun an reihum bei jenen Verwandten abgeladen werden, die ihn haben wollten. Vanessa Templetons Kind der

Liebe erwies sich leider als ein echtes Scheusal. Aus einem widerwärtigen Kind wurde ein hinterlistiger, jähzorniger Schleimer, mit dem niemand lange im selben Raum verweilen mochte. Während eines Besuchs in Mersham hatte Melvyn – im Alter von vierzehn Jahren! – ein Küchenmädchen geschwängert, Georges liebstes Jagdpferd mit einem Luftgewehr angeschossen und hundert Goldmünzen aus dem Schreibtisch des Grafen gestohlen. Zum Glück ereilte ihn später die Nemesis in Gestalt einer Kellnerin namens Myrtle, die ihn, als sie feststellte, daß sie schwanger war, zum Altar schleppte. Die Geburt der Zwillinge Dennis und Donald machte die Herings gesellschaftlich endgültig indiskutabel. Niemand fühlte sich imstande, einen ganzen Heringsschwarm nach Hause einzuladen, und nach einem fehlgeschlagenen Versuch der Templetons, sie nach Amerika, Australien oder sonstwohin abzuschieben, verloren sich die Herings im Vergessen eines Vororts von Birmingham.

Doch nun kam Ruperts Hochzeit ... Als die Gräfin sich an ihre liebenswerte jüngste Schwester erinnerte, erlag sie der Gefahr, ihre Gefühle über die Vernunft siegen zu lassen. Sie faßte einen Entschluß.

»Ich werde sie einladen«, entschied sie. »Immerhin ist Melvyn mein Neffe.«

Und so kam es, daß die in Gold geprägte Einladung auf den nackten Linoleumboden in der Wohnung der Herings in Birmingham fiel – mit Folgen, die zu diesem Zeitpunkt niemand hätte voraussehen können.

Die Hochzeitsvorbereitungen näherten sich jetzt ihrem Höhepunkt. Hochzeitsgeschenke trafen von allen Seiten ein und wurden sogleich von Proom nach Anweisungen von Muriel im Vorzimmer zum Goldenen Salon ausgestellt. Das Personal war vollauf damit beschäftigt, die Zimmer des Nordflügels für die Schar der Hausgäste vorzubereiten. In der Küche herrschte emsige Geschäftigkeit und auch wieder eine fröhliche Stimmung, als Mrs. Park dreiunddreißig Eier für die Hochzeitstorte in ihre riesige Schüssel aufschlug.

Rupert tat, was Menschen mit Problemen von jeher tun: Er vergrub sich in Arbeit. Und weniger als vier Wochen vor der Trauung verkündete er plötzlich seine Absicht, »geschäftlich« nach Cambridge zu verreisen. Muriel war noch immer dabei, ihrem Unmut Luft zu machen, als Rupert bereits den Daimler genommen hatte und damit fortgefahren war.

Am selben Nachmittag fand Proom, als er wie gewohnt seinen Tee im Zimmer von Mrs. Bassenthwaite trinken wollte, diese zusammengekrümmt und stöhnend auf ihrem Stuhl sitzen. Am nächsten Tag wurde ihr im Spital die Gallenblase herausgenommen.

So war Mersham in dieser entscheidenden Zeit ohne Hausdame. Muriel betrachtete es als ihre Chance, und mit der für sie typischen Tüchtigkeit ergriff sie sie.

10

Drei Tage später erwachte Mrs. Park mit dem Gefühl, daß irgend etwas nicht stimmte. Sie blickte auf die runde Messinguhr auf ihrer Kommode. Halb sieben. Win hätte schon vor einer halben Stunde mit der Tasse Tee erscheinen sollen, die sie ihr jeden Morgen brachte.

Mrs. Park stand auf, zog ihren rosa Flanellschlafrock und ihre Hausschuhe an, tappte durch ihr eigenes, hinter der Küche gelegenes, behagliches Wohnzimmer und dann den steinernen Flur hinunter bis zu der winzigen Kammer zwischen Waschküche und Destillierraum, in der Win schlief.

Von Win war keine Spur zu entdecken. Das Bett war leer, das Kopfkissen unberührt, die graue Wolldecke straff über die eiserne Bettstatt gezogen.

Mrs. Parks Herz begann wild zu klopfen. Rufend und suchend lief sie durch sämtliche Wirtschaftsräume, bis sie im Nähzimmer auf Anna stieß, die gerade ihren Reitdreß auszog, um in ihre Arbeitsuniform zu schlüpfen.

»Anna, Win ist weg! In ihrem Bett hat niemand geschlafen!«

Anna drehte sich zu ihr um. »Sie hatte gestern, glaub ich, ihren freien Nachmittag. Vielleicht ist sie draußen geblieben und irgendwo eingeschlafen. Es war eine so wundervolle Nacht«, sagte sie tröstend, aber ihre Augen blickten besorgt.

Binnen einer halben Stunde war das gesamte Hauspersonal auf der Suche nach Win. Bis zum Mittag war es klar, daß man die Sache der Polizei melden mußte, und Proom ging hinauf, um die Familie zu informieren.

Die Gräfin und Muriel waren im Morgenzimmer; Rupert war noch nicht aus Cambridge zurück.

»Mylady, ich bin gekommen, um Ihnen zu sagen, daß Win verschwunden ist. Wir haben sie überall gesucht, aber sie hatte auch nicht in ihrem Bett geschlafen. Ich fürchte, die Angelegenheit ist ernst.«

Er hatte sich an die Gräfin als an die Dame des Hauses gewandt, aber Muriel war es, die ihm antwortete.

»Ist das die Schwachsinnige? Das Küchenmädchen?«

»Ja, Miss. Win ist in der Küche beschäftigt.«

»Mein Gott!« Die Gräfin hatte sich erhoben. »Wir müssen sofort die Polizei benachrichtigen. Und auch Colonel Forster. Ich gehe rasch –«

»Nein, warten Sie!« sagte Muriel mit Bestimmtheit. »Hier scheint ein Irrtum vorzuliegen. Mrs. Bassenthwaite hat Ihnen doch sicher gesagt, daß Win weggeht.«

Proom wandte sich ihr mit unbewegter Miene zu. »Nein, Miss. Es ist mir nichts davon gesagt worden.«

»Daß Win weggeht?« wiederholte die Gräfin erstaunt. »Aber wohin denn? Win hat überhaupt keine Angehörigen. Sie kam aus einem Waisenhaus.«

Muriel schüttelte den Kopf. »Dann muß Mrs. Bassenthwaite vergessen haben, es zu erwähnen. Ich habe aber alles sehr eingehend mit ihr besprochen. Rupert bat mich, wie Sie wissen, mich unverzüglich um das Hauspersonal zu kümmern, und ich fand, daß man etwas für dieses arme Geschöpf tun müßte.«

»Was denn?« fragte die Gräfin ratlos.

»Nun, Sie müssen bemerkt haben, wie sie lebt. Fast wie ein Tier. Sie kann nicht sprechen, nicht richtig denken.«

»Win hat sich bei Mrs. Park sehr nützlich gemacht«, sagte Proom. »Mrs. Park hat sie sehr gern und wird sehr bestürzt sein, sie zu verlieren.«

»Ich weiß. Aber wenn Mrs. Park Win so gerne hat, dann wird sie auch das Beste für sie wollen.«

»Ich verstehe immer noch nicht ganz«, sagte die Gräfin. »Wohin ist sie gegangen? Und wieso ist sie so rasch fortgegangen, ohne daß irgend jemand davon wußte?«

Muriel setzte ein beruhigendes Lächeln auf. »Glücklicherweise konnte ich dank meiner Beziehung als Krankenpflegerin und mit Hilfe von Dr. Lightbody eine ausgezeichnete Anstalt finden, in der Mädchen ihrer Art eine erstklassige Betreuung erhalten. Sprachtherapie, Handarbeitsunterricht und dergleichen. Sie werden sehen, daß Win sich nach einer Weile für etwas viel Besseres eignet als für Küchenarbeit ...«

»Aber warum mußte das so plötzlich sein, Muriel? Mrs. Park hätte doch zumindest rechtzeitig Bescheid haben müssen.«

Muriel sah ihre Schwiegermutter mit gelassener Miene an. »Die Menschen verstehen nicht immer, was am besten für sie ist. Eine traurige Abschiedsszene wäre sehr schlecht für Win gewesen. Darum habe ich mit Mrs. Bassenthwaite abgemacht, daß Win in aller Stille von jemand mit Einfühlung und Erfahrung abgeholt würde.«

»Mrs. Park wird wissen wollen, wohin sie gebracht worden ist, Mylady. Sie möchte sie bestimmt besuchen.« Zu Muriels Ärger fuhr Proom fort, sich an die Gräfin zu wenden.

»Sie wird es erfahren«, sagte Muriel. »Aber das arme Mädchen muß zuerst ein paar Wochen Zeit haben, um sich einzugewöhnen. Ich werde mich selber mit Mrs. Park in Verbindung setzen. Sagen Sie ihr einstweilen, daß sie Win zuliebe tapfer sein soll.«

»Obwohl ich nicht verstehe«, fuhr Muriel fort, nachdem Proom sich verbeugt hatte und gegangen war, »warum man soviel Aufhebens von den Gefühlen einer Köchin macht. Ich hoffe, daß Rupert wenigstens zufrieden sein wird.«

Aber die Gräfin schwieg.

Mrs. Park nahm es hin. Vertrauensvoll schickte sie sich Win zuliebe drein. Dennoch litt sie stumm und klaglos, machte sich nur selber Vorwürfe wegen ihres eigennützigen

Wunsches, Win bei sich zu haben, da das Mädchen jetzt doch richtig sprechen und ihren Platz in der Welt einzunehmen lernte. »Ich hätte ihr nur so gerne auf Wiedersehen gesagt.«

Am nächsten Tag traf schon ein neues Mädchen ein. Mildred war gescheit und hübsch und steckte voller guter Ratschläge, wie man die Routinearbeit verbessern könnte. Abends kniete Mrs. Park vor ihrem Bett und verlängerte ihr Gebet für Wins Wohlergehen und Glück mit der Bitte an Gott, ihr den sündhaften Wunsch zu vergeben, daß Mildred den Mund halten oder, noch besser, wieder weggehen würde.

Onkel Sebastian spielte »Isoldes Liebestod«. Es war vielleicht zum letztenmal, denn er war ertappt und beschämt worden und würde jetzt bestraft werden. Muriel hatte gesehen, wie er Pearl an sich zu drücken versuchte, als sie sich im Korridor an ihm vorbeizwängte. Pearl hatte gequietscht und gezappelt – sie machte gerne ein bißchen Theater –, und er hatte sich umgedreht und Muriel unter der Tür stehen sehen, die ihn voller Verachtung und Abscheu anstarrte.

Natürlich hatte sie völlig recht. Recht, ihn zu verachten und eine Art Gefängniswärterin für ihn zu engagieren, was sie anscheinend schon getan hatte, eine Krankenschwester, die ihn von den Mädchen fernhielt.

Isolde war jetzt tot. Onkel Sebastian erhob sich und nahm die Nadel von der Grammophonplatte.

Es war vorbei.

Er vernahm ein Klopfen an der Tür. Hoffentlich nicht Mary, dachte er. Als die Gräfin erfuhr, was ihm bevorstand, hatte sie ihm angeboten, ihn mit ins Mill House zu nehmen, was er natürlich abgelehnt hatte. Es gab dort viel zuwenig Platz, und er wäre ihr mit seiner Musik und seiner Schlaflosigkeit nur ständig im Weg. Er hoffte wirklich, daß Mary jetzt nicht kam, sonst hätte er womöglich noch schwach werden können . . .

»Herein!«

Ein dunkler Kopf schob sich vorsichtig durch den Türspalt mit der Frage: »Sie sind hoffentlich nicht beschäftigt, Sir?« Ein Knicks.

Anna. Er lächelte erleichtert. Die Gräfin hatte recht gehabt, er hatte Anna nicht angerührt. Dafür war er ein viel zu großer Snob, redete er sich ein, denn er hatte sie sofort als das erkannt, was sie war.

Sie kam näher. »Sind Sie traurig?«

»Nein, nein«, sagte Onkel Sebastian und überlegte, wie es wohl wäre, eine Tochter wie sie zu haben. »Es ist nur ... nun, Sie haben es sicher gehört. Ich bekomme eine Pflegerin. Miss Hardwicke meint, es müsse sich jemand um mich kümmern ... es sei zuviel für die Mädchen, mir immer die Tabletts bringen zu müssen. Das ist sehr aufmerksam von ihr. Ich werde auch mit einer Diät anfangen.«

Selbst Anna wurde bei dieser Aussicht verzagt. Dann trat sie zu ihm und kniete sich neben ihm nieder. »Würden Sie mir bitte etwas vorspielen? Nicht auf dem Grammophon. Auf dem Klavier.«

Der alte Mann schüttelte den Kopf. »Das kann ich nicht, Anna. Ich kann nicht mehr richtig spielen.«

»Bitte«, sagte Anna, die sehr wohl wußte, daß man ihn zu seiner Zuflucht überreden mußte. Sie wartete.

»Nur wenn Sie mit mir zusammen spielen«, sagte er listig. »Ich habe vierhändige Sachen von Schubert.«

»Oh, ja!« Ihr Gesicht war plötzlich verklärt. »Aber ich kann nicht mit Ihnen zusammen musizieren, das ist unmöglich.«

»Hoffentlich nicht wegen Selina Strickland?«

»Nein.« Sie seufzte tief. »Ich werde schon so bald nicht mehr hier sein, daß das keine Rolle spielt. Aber Sie sind ein *professioneller* Musiker.«

Schweigend zeigte Onkel Sebastian ihr seine Hände, die von Alter und Rheumatismus verkrümmt und geschwollen waren.

»Ja, Sie haben recht«, sagte Anna leise. »Aber das macht nichts. Kommen Sie, wir wollen zusammen die Fantasie in f-Moll spielen.«

Und so spielten sie eine der schönsten Kompositionen für Klavier, das heimwehkranke junge Mädchen und der gedemütigte, müde alte Mann. Nicht korrekt. Viel besser als das.

Am anderen Tag kam Peggy, nachdem sie das Teetablett zu Mr. Frayne hinaufgebracht hatte, in die Küche zurück und schnaufte vor geradezu opernhafter Wut.

»Als ich die Treppe raufkam, stand da oben an der Tür diese verflixte große Kuh ganz in Weiß und wollte mich nicht vorbeilassen. ›Alle Tabletts werden von heute an auf einen Tisch vor dem Zimmer gestellt!‹ sagte sie zu mir. Ab sofort darf niemand von uns mehr in das Zimmer«, schimpfte Peggy weiter, »nicht, wenn Mr. Frayne drinnen ist.«

»Du hast dich doch immer genug beklagt, wie er sich benahm«, sagte Luise. »Ich hätte gedacht, daß du jetzt froh bist.«

Peggy biß sich auf die Unterlippe. »Er wollte mir ja nichts Böses antun«, sagte sie.

»Er ist auch nie zu weit gegangen«, bekräftigte Pearl. »Er war wirklich ein richtiger Gentleman.«

»Jesses, du redest ja, als ob er tot wäre«, sagte Luise.

»Das wäre vielleicht besser für ihn«, antwortete Peggy und ahnte nicht, wie recht sie hatte.

Während in Mersham die Hochzeit vorbereitet wurde, war man in Heslop nicht weniger mit den Vorbereitungen für den Ball beschäftigt.

Heslops Butler, Mr. Hawkins, war von Proom höchstpersönlich geschult worden und versah seine Aufgabe mit eiserner Strenge und unfehlbarem Stilgefühl. In Heslop klappte alles wie am Schnürchen.

Und so wie Minna Byrne jetzt den Ball zu Ehren von

Muriel Hardwicke mit ihrer Hausdame, dem Verwalter, ihrem Butler und dem Koch plante, hätte jedermann angenommen, daß ihr dies nichts als Freude bereitete.

Die Wirklichkeit sah jedoch ganz anders aus.

Als sie Ollie bei der Rückkehr von ihrem Ausflug nach London zu Hause empfing, hatte Minna natürlich wissen wollen, ob ihre Stieftochter den Tag genossen hatte.

»Oh, es war herrlich, Mami. Es war einfach herrlich!« Ollies gerötetes Gesicht strahlte.

»War dein Kleid sehr schön?«

»Ja.« Zu ihrer Überraschung sah Minna, die sich auf eine ausführliche Beschreibung gefaßt machte, daß Ollies glänzende Augen ihrem Blick auswichen. »Und dann hab ich Pupsik gesehen, er ist ein Dackel und hat einen riesengroßen Diamanten drinnen in seinem Bauch, und die Dame gab ihn mir zum Festhalten, und er ist auf meinem Schoß eingeschlafen und hat geschnarcht und geschnarcht und –«

»Pupsik? Ist das Lady Lavinias Hund? Hat sie ihn ins ›Ritz‹ mitgenommen?«

»Nein. Ich bin nicht mit ihnen zum Essen gegangen.« Ollies Gesicht war jetzt wieder ausdruckslos; nur in ihren Augen flackerte kurz die erlittene Kränkung auf.

Minna, die noch immer versuchte, sich alles zusammenzureimen, fragte Ollie: »Aber warum denn das, mein Schatz?« Dann wurde ihre Stimme schneidend. »Sie haben dich doch wohl nicht vergessen?«

»Nein, sie wollten, daß ich mitkomme, aber . . . ich war nicht hungrig. Also, erst später hatte ich Hunger, und da aß ich vier Piroschki, die Annas Mutter gemacht hat, und lauter kleine Eier, die von Fischen gelegt waren, ganz schwarz und glitschig, aber Pinny wollte mir keinen Wodka geben«, erzählte Ollie und rümpfte die Nase über die einzige Wolke, die ihren sonst ungetrübten Nachmittag verdüstert hatte.

»Aber wo war das alles, Ollie?«

»Im Russischen Klub. Anna hat mich mitgenommen. Sie

geht dort immer hin und ihre Freunde auch. Es ist wunderbar dort, und ihr Vetter Sergei war da, und er hat ganz, ganz weiße Zähne und sprach französisch mit mir, und nachher hat er mich huckepack zum Taxi getragen und gesagt –«

Sie war voll in Fahrt, und Minna ließ sie gewähren und fragte nicht mehr nach der Anprobe des Brautjungfernkleids. Doch am Abend nahm sie sich Tom vor.

»Tom, ich verstehe nicht, was eigentlich in London geschehen ist. Wieso hat Ollie den Nachmittag mit Anna verbracht? Ich dachte, sie sollte mit dir und den Brautjungfern zu Mittag essen?«

»Nun, ja ...« Toms hilflose Miene war der seiner Schwester Ollie so lächerlich ähnlich, daß Minna sich trotz ihrer Besorgnis ein Schmunzeln nicht verbeißen konnte. »Sie wurde sehr müde. Du weißt ja, wie das in diesen heißen Geschäften ist. Darum nahm Anna sie mit zu sich nach Hause – es war ihr freier Tag, und ich hatte sie im Auto in die Stadt mitgenommen. Ich muß auch sagen, daß ich ihr sehr dankbar war, denn es war absolut grauenvoll im ›Ritz‹. Du kannst dir nicht vorstellen, wie diese Mädchen sind.« In der Hoffnung, seine Stiefmutter auf andere Gedanken zu bringen, begann er überaus unterhaltsam von dem Essen zu erzählen.

Doch obwohl Minna belustigt zuhörte, gelang es ihm nicht, sie von den Sorgen, die ihre Stieftochter betrafen, abzulenken. Als sie genug gelacht und Tom bedauert hatte, sagte sie: »Trotz alledem, irgend etwas muß bei der Anprobe schiefgegangen sein. Du weißt, daß Ollie stundenlang von dem Kleid redete und von Muriel schwärmte, und jetzt will sie plötzlich kein Wort mehr sagen. Schweigt beharrlich. Obwohl sie sich offensichtlich bei Anna amüsiert hat, muß sie irgendwann eine Art Schock erlitten haben.«

Tom schwieg. Muriel war Ruperts Auserwählte. Wenn sie in Mersham lebte, würde sie ihre nächste Nachbarin sein, und es wäre für Minna undenkbar, nicht freundschaftlich mit ihr zu verkehren. Es hatte keinen Sinn, sie jetzt zu verärgern.

Also schüttelte er den Kopf und sagte: »Es ist nichts geschehen, Mutter. Soweit ich weiß, hat sich alles reibungslos abgespielt.«

Minna sah ihren Stiefsohn durchdringend an. Die Byrnes waren blendende Reiter, leidenschaftliche Liebhaber, tapfere Soldaten. Als Lügner aber standen sie am Tabellenende.

»Tom, ich versuche, keinen unnötigen Wirbel um Ollie zu machen, sie nicht zu verhätscheln. Aber sie hat keinen leichten Stand. Wenn irgend etwas schiefläuft, kann sie verbittert werden und für ihr Leben einen Knacks bekommen. Damit ich ihr helfen kann, *muß* ich Bescheid wissen, muß die Tatsachen kennen. Was ist bei Fortman's geschehen?«

Also erzählte Tom es ihr.

Minna sagte nichts, weder gleich noch später. Kein Wort der Kritik kam über ihre Lippen, und sie fuhr mit den Ballvorbereitungen fort, als wäre Muriel eine geliebte Tochter oder teure Freundin. Nur einmal geschah es, daß ihr Koch, Monsieur Bourget, auf sie zustürzte, als sie in die riesige Küche im Souterrain trat, und aufgeregt sagte: »Ich habe gerade vernommen, daß Miss Hardwicke nichts ißt, was Alkohol enthält. Da kann ich nicht kochen, kann nicht funktionieren, kann nicht *existieren*!« Da vergaß Minna sich zum ersten und einzigen Mal. »Miss Hardwicke wird alles essen«, sagte sie, »was in diesem Haus serviert wird. *Alles!*«

Die Mitteilung, daß man sich für den Ball kostümieren sollte, hatte Lord Byrne zutiefst deprimiert, und zuerst hatte er geglaubt, seine Frau mache einen Scherz.

»Das kann nicht dein Ernst sein, Min. Heißt das, daß ich mich als lächerlicher Cowboy oder so was Ähnliches verkleiden soll? Das mache ich nicht!«

»Muriel hat mich darum gebeten, Harry. Sie hat ein Kleid, das sie unbedingt anziehen möchte.«

»Nun gut, dann soll sie es anziehen. Aber du kannst nicht erwarten, daß ich in meinem eigenen Haus herumspaziere und mich zum Narren mache.«

»Ich dachte, du könntest vielleicht eine der alten historischen Uniformen aus der Kostümgalerie anziehen. Sie sind wirklich nicht sehr viel anders als deine Paradeuniform. Und es würde Muriel so sehr freuen.«

»Ich bin gar nicht sicher, daß ich ihr soviel Freude machen möchte«, schnaubte Lord Byrne. »Hab heute die arme kleine Miss Tonks getroffen, die gerade aus der Kirche kam. Anscheinend mag Muriel ihre Blumenarrangements nicht, findet sie zu ländlich. Will auch den Hochzeitsmarsch nicht gespielt haben, wie mir Morland sagte. Und verlangt von Miss Frensham, daß sie irgendeine neumodische Hymne einübt.«

Minna seufzte. Sie hatte ihrem Mann nicht erzählt, was Muriel zu Ollie gesagt hatte, aber die Angst, daß Muriel dem Kind einen wirklich bleibenden Schaden zugefügt haben könnte, lauerte ständig in ihr.

Lord Byrne blickte seine Frau an. Er hatte sie blind geheiratet, denn er wußte nichts von ihr, außer daß sie eine sanfte Stimme, eine vernünftige Art und ein ganz hübsches Barvermögen hatte. Jetzt, acht Jahre später, würde er, ohne zu zögern, für sie gestorben sein. Sich dagegen als Husar aus Wellingtons Armee zu verkleiden fiel ihm schwerer. Doch er würde es tun.

»Wie steht's mit Tom?« fragte er. »Weiß er von dieser ganzen Verkleiderei?«

Minna nickte. »Ich verlasse mich auf Ollie, daß sie ihn herumkriegt. Hugh hat am meisten Theater gemacht und sogar mit Erlaubnis des Schulleiters aus Craigston angerufen, um sich zu beklagen. Sein Freund, den er mitbringt, hat nichts, um sich entsprechend anzuziehen. Ich hab ihm gesagt, ihre Kadettenuniform wäre ganz in Ordnung.«

Lord Byrne nickte. »Rabinowitsch wird das nicht gefallen«, sagte er finster und erging sich einen Moment in Schadenfreude.

Er hatte recht. Leo Rabinowitsch gefiel es ganz und gar

nicht. Als Hanna ihm mitteilte, er müsse sich für den Ball in Heslop kostümieren, sah er sie mit seinen wässerigen Glupschaugen an und sagte: »Hannerle, mach keine dummen Witze.«

»Ich mach keinen Witz, Leo. Minna hat darum gebeten. Miss Hardwicke zuliebe, die als Madame Pompadour kommen möchte.«

»Bloß weil irgendeine dumme Schickse wünscht –«

»Leo! Miss Hardwicke ist ein reizendes Mädchen.«

Die Unterhaltung ging jetzt über in ein rasches, aufgeregtes Jiddisch und endete, wie zu erwarten, mit einer Niederlage für Leo, der einwilligte, seinen Smoking mit einem roten Kummerbund zu ergänzen, vorausgesetzt, daß dies – und nur dies – einen Torero aus ihm machte.

»Aber keinen Sombrero! Ein Sombrero kommt nicht in Frage!« wehrte sich Leo, der kämpfend unterging.

Doch zu ihrer Überraschung war es ihre sonst so umgängliche, unkomplizierte Tochter Susie, die sich als widerspenstig erwies, indem sie erklärte, daß sie nicht im Sinn habe, sich lächerlich zu machen, nur um einer eigensinnigen Gewitterziege, die Rupert umgarnt hatte, einen Gefallen zu tun.

»Susie!« wies ihre schockierte Mutter sie zurecht.

Aber Susie, zu der Tom sich nach seinem Tag in London geflüchtet hatte, blieb halsstarrig. Dennoch schickte sie sich am Ende drein, da sie sah, wieviel es ihrer Mutter bedeutete.

Während Susie sich noch mit ihrer üblichen Gelassenheit dem Problem widmete, wie sie weniger lächerlich wirken würde, ob als Zigeunerin oder als Schäferin, trat ein Dienstmädchen ein und brachte ein Tablett mit einem Brief.

Hanna öffnete ihn. »Er kommt aus Mersham. Von Muriel«, sagte sie, zugleich erfreut und begierig, ihn zu lesen. »Sie dankt uns sehr freundlich für das Hochzeitsgeschenk.«

Leo, der gerade die schwindelerregende Rechnung für das 600teilige Potsdamer Tafelservice bezahlt hatte, murmelte bloß, daß es ihn freue, dies zu hören.

»Was ist los, Mutter?«

Etwas in der Stimme seiner Tochter ließ Leo den Kopf heben.

Hanna stand mit dem Brief in der Hand neben dem Fenster. Sie sah plötzlich unendlich, unaussprechlich müde aus und so alt wie eine der trauernden, schwarzgekleideten Frauen in dem von Kosaken heimgesuchten Dorf ihrer Jugendzeit. Und in der Tat war die Scheußlichkeit, die aus den honigsüßen, förmlichen Phrasen hervorkroch, so alt, so unausweichlich wie die Zeit selber.

Es ist immer ein Fehler, zurückkehren zu wollen – aber an einen Ort zurückzukehren, an dem man vollkommen glücklich gewesen war, ist eine wahre Torheit.

Obgleich er dies wußte, wurde Rupert dennoch zutiefst erschüttert von der Intensität der Erinnerungen, die ihn packten. Eton hatte er mehr oder weniger gut überstanden. Es war in Cambridge, wo er seine Liebe zur Wissenschaft entdeckt und die Bedeutung von Freundschaft erfahren hatte.

Er war auf dem Weg quer über den Campus, um Professor Marcus Fitzroy, den Archäologen und Spezialisten für Begräbnisriten, zu besuchen. Er fand die Wohnung seines ehemaligen Mentors erfreulich unverändert. In dem ganzen gewohnten Durcheinander von Fundstücken aus früheren Epochen der Menschheit standen und lagen mehrere halb gepackte Kisten, Rollen von Zeltplanen und aufgerollte Seile, die alle auf eine unmittelbar bevorstehende Abreise deuteten. Die krümelige, nach Ausgrabung aussehende Masse auf einem Teller schien allerdings das Mittagessen des Professors zu sein.

»Sie wollen also morgen abreisen, Sir?« fragte Rupert, nachdem sie sich begrüßt hatten.

Der Professor nickte. Er war ein hochgewachsener Mann, dünn wie ein Skelett und mit einem Büschel grauer Haare, was seine Ähnlichkeit mit einem verstörten Reiher noch verstärkte. »Zu schade, daß Sie nicht mitkommen können«, sagte er. »Jetzt muß ich diesen Esel Johnson mitnehmen.« Die schlechte Meinung, die der Professor von Studenten hatte, erstreckte sich nicht auf Rupert, der sich bei mehreren Studienexkursionen nicht nur durch physische Ausdauer und wahren Forschergeist, sondern durch etwas noch viel Selteneres ausgezeichnet hatte: ein stummes Einfühlungsvermögen in die Stammesangehörigen der Bergvölker, denen sie begegnet waren. Daß ein solcher Mann an die Verwaltung einer Grafschaft und an eine reiche Heirat verschwendet wurde, empfand der Professor als eine wahre Schande.

»Sie schrieben in Ihrem Brief, daß Sie hofften, bis in das Höhlenkloster oberhalb von Achalciche zu gelangen«, setzte Rupert das Gespräch fort.

»Das stimmt. Es ist ein ganz außergewöhnlicher Ort.«

»Aber es bedeutet doch, daß Sie die russische Grenze überschreiten müssen. Sind dort nicht noch Kämpfe in Gang?«

Der Professor zuckte die Achseln. »Das dürfte mich nicht besonders stören.«

Rupert hielt dies für möglich. Professor Fitzroy würde sich sicherlich über die Reste des russischen Bürgerkriegs nicht sonderlich Gedanken machen. Zu seiner völligen Gleichgültigkeit gegenüber Anstrengungen und Gefahren kam noch, daß er einen Bruder im Außenministerium hatte, der einen hohen Posten bekleidete und den er schamlos ausnutzte, um seine archäologischen Funde durch den Zoll nach Hause zu bringen.

Eine Zeitlang unterhielten sich die beiden noch über ihre gemeinsamen Interessen. Dann kam Rupert, der den Professor nicht unnötig lange aufhalten wollte, zum Grund seines Besuches.

»Ich habe mich gefragt, Sir, ob ich Sie wohl um einen Gefallen bitten dürfte. Einen ziemlich großen, fürchte ich.«

Professor Fitzroy richtete sich von dem zusammengerollten Bettzeug auf, das er gerade verschnürt hatte, und beantwortete Ruperts Bitte mit einem einzigen Wort:

»Ja.«

Eine Stunde später, als Rupert eben die Hauptstraße in Cambridge hinunterging, hörte er, daß jemand seinen Namen rief, und wandte sich um. Unter einem Musselinsonnenschirm erblickte er ein entzückendes junges Mädchen mit blonden Locken und großen blauen Augen, das ihm zuwinkte.

»Zoe!«

Hocherfreut ging Rupert zu ihr hinüber und ergriff mit beiden Händen ihre ausgestreckte Hand. Zoe van Meck war von den freiwilligen Krankenschwestern, die ihn gepflegt hatten, die netteste und einfühlsamste gewesen, und er erinnerte sich noch voller Bewunderung, wie sehr sie sich bemüht hatte, ihre Empfindlichkeit zu überwinden, um den Anforderungen ihrer Arbeit gewachsen zu sein.

»Mein Gott, wie hübsch Sie aussehen! Sind Sie ganz alleine hier?«

»Nicht ganz«, erklärte sie lächelnd. »Meine Tante und mein Onkel wohnen hier.«

Ihre Stimme war ein wenig atemlos, denn das plötzliche Wiedersehen mit Rupert hatte ein Gefühl wieder aufgerührt, das sie längst begraben glaubte. Die *tendresse,* die so viele der jungen Schwestern für den Grafen von Westerholme empfunden hatten, war bei Zoe van Meck tiefer gegangen.

»Sie haben noch nicht geheiratet?« fragte sie ihn.

»Ende dieses Monats«, antwortete Rupert mit ausdrucksloser Stimme.

Zoe seufzte. Obwohl sie umworben war und es ihr an Heiratskandidaten nicht fehlte, hätte sie in diesem Augenblick gerne mit Muriel Hardwicke getauscht.

Teils aus Schalkhaftigkeit, teils um sich selber auf andere

Gedanken zu bringen, fragte sie: »Und wie gefallen Ihnen denn Ihre neuen Verwandten?«

»Was meinen Sie damit?« fragte Rupert etwas ratlos.

»Muriels Familie meine ich, in Yorkshire.«

Rupert runzelte die Brauen. »Muriel hat gar keine Familie, Zoe.«

Mit einem reizenden Lächeln sah sie ihn an. »Aber natürlich! Ich war doch dort zu Verenas Ball, und sie hat mich ins Dorf mitgenommen. Die alte Mrs. Hardwicke war wirklich herrlich, besonders wenn sie ihr morgendliches Starkbier gehabt hatte, aber am liebsten mochte ich Onkel Nat . . .«

Rupert nahm ihren Arm. »Ich begleite Sie nach Hause«, sagte er. »Und jetzt erzählen Sie mir, bitte.«

Und Zoe, die seine Begleitung bereitwillig annahm, erzählte.

Mrs. Bassenthwaites Erkrankung traf Proom schwer. Jetzt lagen eine Menge zusätzliche Aufgaben auf seinen Schultern. Normalerweise hätte er sich auf die Hilfe von James, seiner rechten Hand, verlassen, doch James hatte sich in letzter Zeit seltsam benommen. Proom traf ihn öfter im Anrichtezimmer an, wo er mit dem Silberputztuch in der Hand dastand und das Besteck untätig anstarrte.

Eines Morgens erschien er gar nicht mehr zur Arbeit, und Proom stieg selber hinauf ins Dachgeschoß, um Nachschau zu halten.

Im Laufe der Jahre hatte der Erste Diener seine Mansarde in eine Miniaturausgabe der Turnhalle verwandelt, in der seine Vorbilder trainierten, mit einem langen Spiegel, eisernen Hanteln von verschiedenem Gewicht, einem Expander mit Metallspiralen, einem Trainingsfahrrad und überall an den Wänden Bildern der von ihm bewunderten Athleten.

James saß, nur mit seinen Pyjamahosen bekleidet, auf dem Bettrand und starrte ins Leere. Auf Prooms leise Schritte reagierte er gar nicht.

»Was ist los, James? Warum bist du nicht unten?«

Keine Antwort.

»Nun komm schon, Junge. Was gibt's? Bist du krank?«

Als Antwort kam nur ein unglückliches Kopfschütteln. Dann sagte James mit tonloser Stimme:

»Was nützt mir das alles? Verdammt wenig. Dieses ganze Zeug –« Er zeigte mit einer ausholenden Geste auf seine Turngeräte. »Ich könnte alles genausogut ins Meer schmeißen. Mein Brustumfang ist einen Meter fünfundzwanzig, Mr. Proom, und das ist nicht schlecht, wenn man bedenkt, daß er nur neunzig Zentimeter war, als ich anfing. Aber an meiner Größe kann ich verdammt nichts ändern. Ich könnte mich fast zu Tode trainieren, aber ich bin und bleibe einszweiundsiebzig groß.«

»Nun, ich bin selber nur einsfünfundsiebzig. Ich verstehe nicht, was du damit sagen willst.«

James wandte sich ihm zu. »Hat sie Ihnen denn nichts gesagt? Sie will zusammenpassende Diener einführen.«

»Miss Hardwicke hat so etwas gesagt. Sie will auch gepuderte Perücken wieder zurückbringen. Das ist altmodisch, aber dagegen hattest du doch noch nie etwas, wenn ich mich recht erinnere.«

»Nein, es ist mir recht. Ich bin sehr für etwas Klasse. Bloß werde ich dann kein Diener sein. Sie will sie über einen Meter achtzig groß haben, wenn möglich einsneunzig.«

Mr. Proom zuckte die Achseln. »Ich habe es noch nie für besonders weise gehalten, Bedienstete nach ihrer Größe oder der Form ihrer Waden einzustellen. Aber das ist völlig nebensächlich. Was auch geschieht, du wirst stets der Erste Diener in diesem Haus sein.«

»Nein, das werde ich nicht«, antwortete James mit Grabesstimme. »Sie will mich ja nicht rausschmeißen. ›Seine Lordschaft ist voll des Lobes über Ihre Arbeit.‹« James hatte Muriels vornehmen Tonfall vernichtend gut nachgeahmt. »Es gibt immer irgendwelche Gelegenheitsarbeiten hier, die ich machen kann. ›Ich bin überzeugt, daß Mr. Proom Ihnen etwas Nützliches zu tun geben wird.‹«

Der Butler blieb stumm. Niemand konnte besser beurteilen als er, welchen Schlag Muriel James versetzt hatte. Er hatte den Jungen geschult, seit er zwölf Jahre alt war, und miterlebt, wie aus dem schmächtigen, verwahrlosten Burschen einer der bestausgebildeten Diener des Landes geworden war. Und nun das!

»Du müßtest sowieso jetzt befördert werden«, sagte Proom schließlich. »Ich hatte gehofft, du würdest lange genug bleiben, um mich abzulösen. Ich weiß, daß dies auch die Frau Gräfin wünschte. Aber . . . nun muß es eben anders gehen. Es hat keinen Sinn, mit Lady Byrne zu sprechen, denn Hawkins hat seine eigene Mannschaft; aber irgendwo wird es schon eine freie Stelle geben. Du wirst sehen, sobald bekannt wird, daß du eine Stelle suchst, wird eine ganze Welle von Angeboten kommen.«

»Ich möchte lieber nicht zu weit weg gehen. Ich bin doch an alles hier so gewöhnt«, sagte James und hatte damit so gut, wie es ihm überhaupt möglich war, seine Verzweiflung darüber ausgedrückt, daß er seine lebenslangen Gefährten und den Mann verlassen sollte, der ihn zu dem gemacht hatte, was er war. »Meinen Sie, daß die Frau Gräfin mich ins Mill House mitnehmen könnte?«

Proom runzelte die Stirn. Der Weggang der Gräfin aus Mersham und die beschränkten Verhältnisse, in denen sie würde leben müssen, waren auch für ihn ein schwer zu tragendes Kreuz. »Ich bezweifle, daß sie mehr als einen Gärtner mit handwerklichem Geschick mitnehmen kann. Aber irgend etwas ergibt sich bestimmt. Laß uns nur zuerst diese Hochzeit hinter uns bringen. So lange bleibst du doch da?«

»Ja, so lange bleibe ich da.«

Mr. Proom kehrte mit schwerem Herzen um die Abendessenszeit zu seinem Häuschen zurück. Mrs. Bassenthwaite war weg. James würde weggehen; und er bezweifelte, daß Mrs. Park ohne Win noch sehr lange durchhalten würde. Miss Hardwicke hatte ihm einen erweiterten Stab von Angestellten versprochen, die er schulen sollte, aber es zeigte sich bereits deutlich, daß ihre Vorstellungen nicht mit denen von Mersham übereinstimmten.

Er öffnete die Tür zum Zimmer seiner Mutter. Das Bett war ordentlich gemacht, die Blumentöpfe unversehrt, auch der Blinddarm schwamm wie gewohnt in seinem Glas, und doch merkte Proom sofort, daß etwas nicht stimmte. Er ging hinüber zum Bett. Mrs. Proom kauerte in den Kissen, zusammengesunken und so klein wie ein Kind. Und sie weinte.

»Was gibt's, Mutter? Was ist los?«

Mr. Proom war zutiefst erschrocken. Mit einer wütenden, unvernünftigen, verrückten Mutter konnte er zurechtkommen. Eine unglückliche, mitleiderregende Mutter war mehr, als er ertragen konnte.

»Ich weiß ... ich bin ... eine Last für dich, Cyril.« Die Tränen flossen weiter in Strömen. »Aber ich will versuchen, mich zu bessern, Cyril ... Du wirst sehen, Cyril, ich bessere mich.« Sie streckte eine Hand aus und umklammerte verzweifelt seinen Arm.

»Mutter, wovon sprichst du eigentlich?«

»Ich will nichts Schlimmes mehr machen, Cyril. Ich will nichts mehr aus dem Fenster werfen. Nur schick mich nicht weg. Schick mich nicht ins Altersheim!«

»Ins Altersheim? Bist du verrückt, Mutter?«

»Sie hat gesagt, ich muß doch sehr einsam sein. Aber das bin ich nicht, Cyril. Ich bin nicht einsam. Ich bin doch an hier gewöhnt.«

»Wer hat so etwas gesagt?« fragte Proom, der bereits Schlimmes ahnte.

»Sie, die Seine Lordschaft heiratet, die mit den Augen, die

nicht blinzeln. Sie hat gesagt . . . daß ich viel glücklicher wäre bei Leuten wie ich selber. Aber das wäre ich nicht, Cyril, bestimmt nicht . . .«

»Da bin ich auch sicher, Mutter«, sagte Proom und versuchte, einen scherzhaften Ton anzuschlagen. Aber er verfehlte seine Wirkung auf die nur noch stärker schluchzende alte Frau.

Er begann ihre Hand zu streicheln, um sie zu beschwichtigen, doch während sie sich allmählich beruhigte, wurden seine eigenen Befürchtungen stärker. Hätte man Proom gefragt, wie er über seine Mutter dachte, so hätte er gesagt, die alte Frau sei eine Plage, die ihresgleichen suche. Wenn Mrs. Prooms Schöpfer es daher für angebracht gehalten hätte, sie eines Nachts, während sie schlief, zu sich zu rufen, so hätte Proom, nachdem er ihr ein angemessenes Begräbnis hätte zuteil werden lassen, sich für den glücklichsten Menschen gehalten.

Eine ehrenhafte Befreiung durch den Tod war eine Sache. Etwas anderes war es, die alte Frau in ein Heim für geistig verwirrte alte Menschen zu stecken. Proom wußte, daß er zum Grafen gehen könnte und angehört würde; aber es war ihm nicht sehr darum zu tun, Zwietracht zwischen einem Mann und seiner zukünftigen Frau zu säen. Es sah eher so aus, als würde auch er Mersham verlassen müssen. Nur wohin konnte er mit einer Last wie dieser überhaupt gehen?

Das Problem, was sie zum Kostümball in Heslop anziehen sollten, kümmerte die Herings nicht, denn sie waren gar nicht eingeladen. Sie waren sogar ausdrücklich gebeten worden, erst einen Tag vor der Hochzeit einzutreffen, und man hatte ihnen genau den Zug mitgeteilt, von welchem sie abgeholt werden konnten. Nichts konnte indessen die Freude dieser Familie von Nichtstuern und Schmarotzern dämpfen, wenn sie daran dachten, daß sie bei ihren vornehmen Verwandten wieder Aufnahme finden sollten.

Der Stern der Herings, der nie besonders hoch gestanden hatte, war nämlich in letzter Zeit katastrophal gesunken. Sie schuldeten ihrem Hausbesitzer die Miete; der Lebensmittelhändler hatte ihnen verboten, seinen Laden zu betreten, und auch aus ihrem gewohnten Pub waren sie weggewiesen worden. In der Einladung nach Mersham erblickte Melvyn ein deutliches Zeichen, daß das Schicksal sich wenden und den Herings wieder lächeln würde.

»Keine Sorge, Myrtle«, sagte er jetzt. »Tante Mary ist wachsweich. Sie wird sich schon um uns kümmern.«

»Vielleicht, vielleicht auch nicht«, sagte Myrtle, die in einem lila, mit Fettflecken übersäten Morgenrock neben dem Herd stand und eine tödliche Mixtur aus Wasserstoffperoxyd und Essig zusammenbraute, mit der sie sich die Haare bleichte. »Wie, zum Teufel, kommen wir überhaupt hin? Es besteht doch nicht die geringste Aussicht, daß wir irgendwo das Fahrgeld für alle vier auftreiben.«

»Ich laß mir was einfallen«, sagte Melvyn.

»Und was ist mit Kleidern? Ich hab gar nichts mehr anzuziehen, und die Zwillinge müssen neue Hosen haben.«

Melvyn seufzte und warf einen Blick auf seine fette, blasse Nachkommenschaft, die sich zu beiden Seiten des klebrigen Küchentischs lümmelte.

»Keine Sorge, Myrtle«, wiederholte er und drückte ihre Schulter. »Ich laß mir was einfallen. Du wirst schon sehen.«

Dr. Lightbody war demgegenüber einer der bevorzugten Gäste, der auf Muriels Veranlassung zu sämtlichen Feierlichkeiten eingeladen worden war, so daß sich ihm nicht nur das Problem des Vormittagsanzugs für die Trauung, sondern auch der Anschaffung eines geeigneten Kostüms für den Ball stellte. Infolgedessen stand er an einem heißen Nachmittag genau eine Woche vor seiner Abreise nach Mersham vor dem hohen, mit Fliegendreck gesprenkelten Spiegel in dem düsteren, verstaubten Laden der Kostümschneider Nathaniel and

Gumsbody in der Drury Lane. Ein riesiger Dreispitz mit einer Kokarde saß schief über seinem linken Auge, er trug einen blauen, reich mit Goldstickerei verzierten Militärmantel und hatte den Arm in einer charakteristischen Pose über die Brust gelegt. Er war unverkennbar Kaiser Napoleon.

»Wie finden Sie das?« fragte er den bleichen jungen Mann, der für den Verleih zuständig war.

»Es steht Ihnen, Sir. Es steht Ihnen ausgezeichnet.«

»Mir gefällt es nicht«, erklärte Dr. Lightbody. »Ich glaube, es liegt am Hut.« Er setzte ihn ab und enthüllte seine hohe Intellektuellenstirn. Dann gestattete er dem jungen Mann, ihm die Uniform auszuziehen, und begann, nur in Hosen und Hosenträgern, die Reihe der hermelinbesetzten Mäntel und üppigen Samtumhänge abzuschreiten.

Er fand das Ganze überaus mühsam. Doreen war noch immer im Krankenhaus. Sie war, wie er ihr zugestehen mußte, äußerst geschickt im Umgang mit der Nadel und hatte stets seine Hemden genäht. Für sie wäre es eine Kleinigkeit gewesen, ihm rasch irgend etwas zusammenzuschneidern. Aber die Schwester hatte ihn ganz komisch angesehen, als er sie fragte, ob es Doreen schaden würde, sich noch im Krankenhaus mit einer kleinen Näharbeit zu beschäftigen. Also hatte er das Thema lieber fallengelassen.

»Diese hier finden wir immer sehr schön«, sagte jetzt der Verkäufer und hielt einen Wikingerhelm und einen Brustharnisch hoch. »Vielleicht mit einem roten Bart und Sandalen?«

Wieder schüttelte Dr. Lightbody den Kopf. Er wünschte sich ein Kostüm, dem man ansah, was er als seine dreifache Rolle betrachtete: den Lehrer, den Heiler und den geistigen Führer von Menschen. Womöglich etwas in Weiß und Gold. Gab es einen Hohepriester? Zarathustra?

Plötzlich hatte er eine Idee. »Was gibt es bei den Ägyptern? Echnaton, den Sonnenkönig. Haben Sie den?«

»Ich weiß nicht, ob wir ganz genau den haben, Sir, aber

unsere ägyptische Abteilung bietet eine große Auswahl. Wenn Sie bitte mit mir hinüberkommen möchten ...«

Zehn Minuten später stand Dr. Lightbody in einem mehrstufigen, faltenreichen Leinengewand, goldenen, nach vorne gebogenen Sandalen und einer kappenartigen Krone erneut vor dem Spiegel.

Das kam der Sache schon näher, viel näher – aber irgend etwas war ihm zu unmännlich am Gesamteindruck.

Doch dann kam, mit der inneren Gewißheit aller Visionen, die richtige Eingebung.

Warum sollte er nur als Sonnen*könig* auftreten? Warum nicht als Sonnen*gott*!

»Ich habe meine Meinung geändert«, sagte er zu dem erschöpften Verkäufer. »Ich möchte bitte die griechischen Kostüme sehen.«

Jetzt war es ihm ganz klar. Er würde als Apoll gehen.

Im Frühstückszimmer von Farne Castle aß Lady Lavinia Nettleford ihren Porridge. Sie war äußerst zufrieden mit dem Leben. Ihr Brautjungfernkleid war bereits eingetroffen, und das Kostüm für den Ball wartete in Newcastle auf sie. Sie wollte es im Laufe des Vormittags abholen, wenn sie mit ihrer Mutter zum Einkaufen in die Stadt fuhr. Diesmal, da war sie sicher, würde alles gutgehen. Tom Byrne war beim Essen im »Ritz« charmant und sehr aufmerksam gewesen; Cynthia Smythe mit ihrem Kropfansatz konnte unmöglich mit ihr konkurrieren, und sie hatte dem Brautführer durch gewisse weibliche Gebärden zu verstehen geben können, daß er ihr gefiel.

Rechts und links von ihr saßen entlang des dunklen Eichentischs Lady Hermione, Lady Priscilla, Lady Gwendolyn und Lady Beatrice. Den Platz am Kopf des Tisches nahm der Herzog ein, wie stets vergraben in seine *Times,* die er kaum je niederlegte, seit er festgestellt hatte, daß auch sein fünftes Kind ein Mädchen war. Ihm gegenüber beobachtete die Herzogin, Honoria Nettleford, etwas ängstlich ihre Brut.

Die Saison war praktisch vorbei, und bei keiner ihrer Töchter hatte irgendein Heiratskandidat angebissen. Was für ein Problem es doch war! Wo sollte sie überhaupt noch jemand Passenden finden in einer Welt, die der Krieg so grausam der jungen Männer beraubt hatte?

Alles hing jetzt von der Hochzeit in Mersham und dem vorausgehenden Ball in Heslop ab. Lavinia schien selber zuversichtlich zu sein, daß Tom Byrne begriffen hatte, welchen Vorteil es böte, eine Nettleford zu ehelichen.

Sie war recht froh, daß Lady Byrne sich für einen Kostümball entschieden hatte. Das gab ihren Töchtern mehr Entfaltungsmöglichkeiten. Priscilla würde als Kleopatra gehen, Beatrice als Dornröschen, Gwendolyn als Grace Darling, die einheimische Heldin. Zusammen mit Hermione als Salome und Lavinia als Wassergeist Undine würden sie bestimmt einen beachtlichen Auftritt haben.

»Vergiß nicht, rechtzeitig fertig zu sein, Lavvy«, ermahnte sie ihre Älteste. »Ich habe Sergei gebeten, den Wagen um zehn Uhr zu bringen.«

Hermione, Priscilla, Gwendolyn und Beatrice hörten alle vier gleichzeitig auf zu essen und legten gleichzeitig die Löffel hin. Vier Paar Augen richteten sich auf Lavinia. Das war Verrat, schlicht und einfach!

»Du hast gesagt, Hudson würde euch fahren«, fauchte Hermione ihre älteste Schwester an.

»Ich sehe wirklich nicht ein, was es ausmacht, welcher Chauffeur uns fährt«, antwortete Lavinia und warf den Kopf zurück.

»Ach, sieh mal einer an!« murmelte Gwendolyn vor sich hin.

»Mutter, kann ich mit euch kommen?« fragte Beatrice, die stets die Schnellste war. »Mir ist die Wolle für mein Gobelinkissen gänzlich ausgegangen.«

»Ich auch!« sagte Gwendolyn. »Ich möchte in die Bibliothek.«

»Also, ich bleib nicht allein zu Hause«, sagte Priscilla. »Kann ich vorne sitzen, Mutter? Hinten wird mir immer schlecht.«

»Dir wird nie schlecht, wenn Hudson fährt«, zischte Lavinia.

»Kinder! Kinder!« Die Herzogin hob die Hand. »Ruhe, bitte! Wenn ihr alle mitkommen wollt, dann müssen wir zwei Wagen nehmen. Gwendolyn und Beatrice können mit Hudson im Daimler fahren, und –«

»Nein, Mutter, warum immer wir? Das ist nicht fair. Bloß weil wir die jüngsten sind!«

Das war genau der Augenblick, in dem der Herzog, obwohl er sich dazu erzogen hatte, niemals zuzuhören, was seine Familie redete, unterschwellig eine Warnglocke hörte, die ihn veranlaßte, seine Zeitung zusammenzufalten und sich ruhig fortzustehlen.

11

Anna hatte ihren Plan, sich die Haare abschneiden zu lassen, nicht aufgegeben. Die Botschaft des Grafen, die Proom ihr ordnungsgemäß ausgerichtet hatte, ließ sie unbeachtet. Sie würde Mersham drei Tage nach der Hochzeit verlassen, und es war unwahrscheinlich, daß sie den Grafen von Westerholme je wiedersehen würde.

Mit Pinny war es schon schwieriger, doch Pinny würde Verständnis zeigen, sobald Anna in dem kleinen Haus in Paddington erschien und alle, die sie erblickten, mit ihrem modernen Schick beeindruckte. Aber selbst wenn sie ihren Entschluß lieber rückgängig gemacht hätte, wäre ihr dies angesichts der Unterstützung und Ermutigung durch alle Angestellten in Mersham nur schwer möglich gewesen.

So hatte sich denn eine beachtliche Delegation versammelt, um Anna auf Wiedersehen zu sagen, als sie sich an ihrem freien Nachmittag, genau eine Woche vor der Hochzeit, mit einer halben Krone in der Tasche auf den Weg nach Maidens Over machte, um in dem Städtchen den Friseursalon von René, *Coiffeur pour dames,* aufzusuchen, eines jüngeren Mannes, von dem es hieß, er sei in Paris ausgebildet worden und mit den neuesten Techniken des Bubikopfschneidens vertraut.

Trotz ihrer zeitgemäßen Einstellung zur Frage ihrer Frisur öffnete Anna die Tür zu Renés Geschäft mit etwas bänglichen Gefühlen. Der Laden war klein und nicht sonderlich gepflegt. Es sah so aus, als lägen Renés Pariser Tage schon eine ganze Weile hinter ihm.

»Guten Morgen, Mademoiselle, womit kann ich dienen?«

Renés französischer Akzent war so stark, daß Anna, höflich wie immer, sich genötigt fühlte, ihn in seiner Muttersprache anzureden.

»*Bonjour, Monsieur. Je voudrais que vous me coupiez les cheveux, s'il vous plaît. Très court!*«

René riß seine Knopfaugen auf. Sein rotes Gesicht nahm einen Ausdruck von Bestürzung an. Zu spät merkte Anna, daß sie einen Fauxpas begangen hatte. »Ich möchte, daß Sie mir das Haar kurz schneiden, bitte«, übersetzte sie eiligst. »Zu einem Bubikopf.«

Renés Augen begannen zu leuchten. »Gerne, Mademoiselle. Wollen Mademoiselle bitte hier Platz nehmen?«

Er nahm Anna ihren Strohhut und ihre Jacke ab und legte ihr einen alles andere als sauberen, geblümten Frisiermantel um. Wieder ein junges Mädchen mit langen Haaren, die er an einen Perückenmacher in London teuer würde verkaufen können. Zehn Shilling bekäme er pro Pfund, und der Kundin war der Wert ihres Haars bestimmt nicht bekannt. Sorgfältig und begierig zog er die Haarnadeln heraus und begann die gelösten Haare auszukämmen, die jetzt in ihrer ganzen lokkigen Fülle wie ein Mantel über die Rückenlehne des Stuhls, über Annas Arme und bis auf ihren Schoß fielen.

»Sie haben wunderschönes Haar, Mademoiselle.«

Anna, die im Spiegel zusah, wehrte sich gegen ein aufkommendes Gefühl von Panik. Erinnerungen stürmten auf sie ein: Petja, der sich an ihren Zöpfen festhielt, während er seine ersten Schritte machte; ihr Vater, der ihr mit beiden Händen durch das auf dem Kopfkissen ausgebreitete Haar fuhr, wenn er ihr abends gute Nacht sagte; Sergei, der sie am Schopf aus dem Wasser zog, als sie einmal aus dem Ruderboot gefallen war; und Pinny, die ihr jeden Abend dreihundert Bürstenstriche gab.

Bin ich eigentlich verrückt? dachte Anna. Bin ich denn völlig verrückt, mir die Haare abschneiden zu lassen?

Dann stieg noch eine letzte Erinnerung empor, aus jüngster

Zeit ... als sie in Mersham im Wasser des Teichs gestanden und verzweifelt versucht hatte, mit ihren nassen Haaren ihre bloßen Schultern und Brüste zu bedecken ...

Bei diesem Bild kehrten Mut und Entschlossenheit zurück. Sie hob den Kopf.

»Ich bin bereit, Monsieur«, sagte Anna. »Bitte, fangen Sie an.«

Anna war nicht die einzige Person aus Mersham, die sich an diesem Mittwoch vor der Hochzeit nach Maidens Over begeben hatte. Rupert, der seinen Rechtsanwalt aufsuchen wollte, hatte seine Mutter mit in die Kreisstadt genommen, damit sie Mrs. Bassenthwaite im Krankenhaus besuchen und ein paar Besorgungen machen konnte. Jetzt, nachdem sie mit allem fertig war, saß sie in der komfortablen, mit Chintzmöbeln eingerichteten Halle des Hotels »Zum schwarzen Eber« und trank Tee mit ihrer guten Freundin Minna Byrne.

»Es geht also alles gut voran, Mary?« fragte Minna Byrne, die sich ein bißchen wunderte, daß die Gräfin eine knappe Woche vor der Hochzeit ihres Sohns leicht bekümmert wirkte.

»Oh, ja, sehr gut sogar«, antwortete die Gräfin betont heiter. Einen Augenblick schloß sie die Augen, als könnte sie damit die Gedanken an Onkel Sebastian verscheuchen, der eingesperrt und beschämt mit der unsäglichen Pflegerin im Ostflügel saß; an Rupert, der aus Cambridge zurückgekehrt war und sich bereits am anderen Tag im Morgengrauen in den hintersten Winkel seines Besitztums begeben hatte; an Cynthia Smythe, die am Vortag eingetroffen war und deren Vorstellung von Hilfe darin bestand, Muriel auf Schritt und Tritt zu folgen und deren Bemerkungen dienstbeflissen zu wiederholen. Die Angestellten schienen ebenfalls alle überzuschnappen und klopften einer nach dem anderen bei ihr an, um sie zu bitten, sie für den halben Lohn ins Mill House mitzunehmen. Doch wie könnte sie das? Sie hatte weder Geld noch genügend Platz. Und Mrs. Bassenthwaite hatte wirklich das Gedächtnis verloren und erinnerte sich zur Zeit an gar nichts von dem, was für Win veranlaßt worden war.

»Ja, es geht alles gut voran«, wiederholte die Gräfin und begann sogleich mit einer eingehenden Beschreibung des Hochzeitsmenüs, einer Aufzählung der erhaltenen Geschenke sowie einer Schilderung der Aussteuer für die Hochzeitsreise, die kurz sein und in die Schweiz führen sollte. »Muriel ist ja so tüchtig! Sie hat sich um alles gekümmert. Du kannst dir denken, was für eine Beruhigung das für mich ist.«

»Sie scheint ein äußerst fähiges Mädchen zu sein«, sagte Minna.

»O ja, das ist sie. Sie schwankt nicht lange hin und her in ihren Entschlüssen wie so manche Mädchen. Sie weiß, was sie will.«

»Und sie ist auch sehr schön«, bemerkte Minna.

»Ja, wirklich.«

Einen Augenblick verstummte das Gespräch. Dann fragte die Gräfin: »Wie geht es Ollie? Wir haben sie schon eine Weile nicht mehr gesehen.«

»Es geht ihr gut.« Jetzt war Minna an der Reihe, ihre Befürchtungen zu verdrängen. Das Brautjungfernkleid war gekommen, und wie es schien, war Ollie zufrieden. »Sie freut sich sehr auf Hugh. Er kommt morgen nach Hause mit seinem neuen Freund, der ein wahrer Tugendheld sein muß. Das ist auch besser, wenn ich Honoria Nettleford und ihre Sippe als Hausgäste habe.«

Die Gräfin lächelte. »Ich kann dir gar nicht genug danken. Honoria und die Herings unter demselben Dach wäre wirklich nicht gutgegangen.«

»Lavinia hätte auch bei mir wohnen können, aber sie wird bei Muriel bleiben wollen«, fuhr Minna fort. »Für den Ball ist schon alles vorbereitet. Ach ja, du vergißt doch nicht, mir Anna zu schicken? Ich erwarte eine wahre Flut von Ausländern.«

»Aber natürlich.« Bei der Erwähnung von Anna nahm das Gesicht der Gräfin einen ganz milden Ausdruck an. »Proom hat veranlaßt, daß sie möglichst früh nach Heslop fährt, damit Hawkins sie noch in ihren Aufgabenbereich einführen kann. Wahrscheinlich wird es Muriel nicht ganz –« Sie unterbrach sich. »Wie schön, da kommt Hanna! Ich hab sie seit Tagen nicht gesehen.«

Hanna Rabinowitsch, mit Paketen beladen, hatte die Hotelhalle betreten und ging zwischen den Tischen hindurch auf der Suche nach einem freien Platz. Die Gräfin erhob sich und winkte mit einem ihrer Chiffonschals. »Hier, Hanna! Wir sind hier drüben!«

Hanna sah auf und erblickte sie. Sie eilte ein paar Schritte auf sie zu – und blieb abrupt stehen, während eine tiefe Röte ihr Gesicht überzog. Dann wandte sie sich plötzlich ab, ging rasch auf die Tür zu und verschwand.

Die Gräfin ließ sich auf ihren Stuhl sinken. Tränen schossen ihr in die Augen. »Sie hat mich geschnitten, Minna! Hanna hat mich wie Luft behandelt. Ich verstehe das nicht. So etwas hab ich bei ihr noch nie erlebt.« Sie versuchte ihre Teetasse zu nehmen, aber ihre Hände zitterten so sehr, daß sie sie wieder hinstellte. »Könnte es sein, daß Muriel ihr nicht für das Hochzeitsgeschenk gedankt hat? Sie haben ein wahrhaft unbezahlbares Tafelservice geschickt. Muriel hat mir aber geschworen, daß sie schreiben würde, und außerdem ist Hanna doch gar nicht so; sie ist der unkonventionellste Mensch, den ich kenne. Und jetzt werde ich sie bis zur Hochzeit nicht mehr sehen . . .«

Minna zögerte. Einen Tag, nachdem Muriels kurzer Brief bei den Rabinowitschs eingetroffen war, hatte Susie die Byrnes besucht. Für sich selber war sie ganz ruhig und gefaßt gewesen, aber als sie auf ihre Mutter zu sprechen kam, war etwas in ihrer Stimme gewesen, das Tom veranlaßte, später an diesem Abend wie ein Verrückter mit wütenden Schritten in der großen Halle hin und her zu laufen. »Wenn es irgend jemand anders als Rupert wäre, würde ich alles hinschmeißen, auch jetzt noch, aber ihm kann ich das nicht antun. Mein Gott, ich könnte sie umbringen, könnte ihr kaltblütig den Hals umdrehen! Was fällt ihr ein, wie wagt sie so etwas!«

Minna hatte sich entschlossen. »Hanna wird wahrscheinlich gar nicht zur Hochzeit kommen, Mary«, sagte sie ganz ruhig.

Die Gräfin starrte ihre Freundin an. »Was soll das heißen? Sie verreisen doch nicht, oder? Das hätte Hanna mir bestimmt gesagt.«

Minna suchte nach Worten, in denen kein Unterton von böser Absicht mitschwang. »Muriel meinte ... daß eine christliche Zeremonie sie vielleicht in Verlegenheit bringen könnte ... Daß sie sich fehl am Platz vorkämen. Darum hat sie geschrieben, sie sollten sich nicht verpflichtet fühlen zu kommen. Ich bin sicher, daß sie es gut gemeint hat, obwohl natürlich ...«

Der ganze Damm aus guter Erziehung und Taktgefühl, der die Gräfin bis dahin aufrechtgehalten hatte, brach jetzt plötzlich zusammen. Sie war nur noch ein zitterndes, verzweifeltes Häufchen Elend.

»Nichts ist bei ihr gut gemeint, Minna! Gar nichts. Sie ist ein abscheuliches, boshaftes, schreckliches Mädchen. Und Rupert wird sie niemals sitzenlassen. Ich habe nie erlebt, daß er sein Wort gebrochen hat, schon als kleiner Junge nicht. Mein Gott, er wird so unglücklich werden! Was soll ich bloß machen, Minna? Was kann ich tun?«

Rupert hatte seit beinahe einer Stunde eine Besprechung hinter verschlossenen Türen mit Mr. Frisby, dem Seniorchef der Anwaltsfirma Frisby, Frisby & Blenkinsop, die sich seit Generationen um die Familienangelegenheiten kümmerte. Die Sache, die sie zu besprechen hatten, war lang und verwickelt, denn die Papiere, die Ruperts Eheschließung betrafen, verlangten eine eingehende fachmännische Beurteilung. Es mußten Regelungen geprüft werden, die von Muriels Beratern aufgesetzt worden waren; es mußte ein neues Testament gemacht werden. Dazwischen hatte Rupert immer wieder Mr. Frisbys Glückwünsche entgegenzunehmen und auf seine wohlmeinenden Fragen einzugehen. Denn Ruperts Heirat mit einer reichen Erbin mußte natürlich seinem Anwalt Freude bereiten, nachdem dessen Bewunderung und Respekt für die Familie jahrelang verbunden gewesen waren mit der Sorge um den Stand ihrer Finanzen.

»Und wie gefällt es denn Miss Hardwicke in diesem Teil der Welt?« fragte Mr. Frisby jetzt, während sie darauf warteten, daß der Bürodiener einen weiteren Karton mit Akten brachte.

»Oh, sehr gut«, antwortete Rupert mit seinem freundlichen Lächeln.

Er stand auf und ging zum Fenster hinüber. Der Platz lag ruhig in der Stille des frühen Nachmittags da. Plötzlich erstarrte Rupert. Ein junges Mädchen in einem dunklen Mantel und Rock eilte auf der gegenüberliegenden Seite zielbewußt vorüber; ihr rascher, leicht beschwingter Schritt war ihm nur allzu vertraut. Jetzt ging sie langsamer, zögerte, blieb stehen und sah am Fenster eines Ladens empor. Rupert kniff die Augen zusammen, um die Aufschrift drüben zu entziffern.

Der Bürodiener kam mit einer Archivschachtel zurück, die er auf den Tisch stellte. Mr. Frisby öffnete sie und begann in den Akten zu suchen . . .

Anna war in den Laden hineingegangen. Die Tür hatte sich hinter ihr geschlossen. Minuten vergingen.

»Ah, hier ist das gesuchte Dokument, glaub ich«, sagte der Anwalt und zog ein Blatt Kanzleipapier heraus. »Wenn Sie bitte einen Blick auf Paragraph drei werfen würden, Mylord. Meiner Ansicht nach –«

Über alle Maßen erstaunt, unterbrach er sich. Der stets so höfliche Graf von Westerholme war bereits an der Tür und lief, ohne ein Wort der Entschuldigung oder Erklärung, hinaus auf die Straße.

René war fertig damit, Annas Haar auszukämmen.

»Bis hierher?« fragte er und zeigte auf die Höhe von Annas Halsansatz.

»Kürzer«, sagte Anna und legte zwei Finger auf ihre Wange gerade unterhalb des Ohrläppchens. »Bis hier.«

René nickte und ergriff eine Schere.

Im selben Augenblick wurde die Ladentür heftig aufgestoßen, und eine gebieterische Stimme ertönte: »Aufhören! Hören Sie sofort auf!« Gleichzeitig kam ein offensichtlich geistesgestörter Mann mit zwei Riesenschritten quer durch den Laden und riß Renés Arm zurück, so daß die Schere klappernd zu Boden fiel.

René blieb erstarrt stehen. Es dauerte einen Augenblick, bis er in dem atemlosen jungen Mann mit dem irren Blick den gutaussehenden Grafen von Westerholme erkannte. Da er nicht den geringsten Wunsch verspürte, sich diesem zu widersetzen, zog er sich in die hinterste Ladenecke zurück. Seine spitze Nase zuckte vor lauter Neugier und in Erwartung eines Skandals.

»Ich habe Proom klar und deutlich gesagt, daß ich Ihnen nicht erlaube, Ihre Haare abzuschneiden.«

Anna, die in den Mantel ihres offenen Haares eingehüllt wie eine Gefangene dasaß, wandte den Kopf, um zu sehen, ob das verrückte Bild im Spiegel Wirklichkeit sein konnte. Mit vor Erstaunen weit offenen Augen redete sie jetzt ihren Arbeitgeber an.

»Ach, wirklich? Sie verbieten es mir?« Ihr Gesicht war bleich geworden vor verhaltenem Zorn. Selina Strickland hatte sich verflüchtigt. »Würde es Ihnen etwas ausmachen, mir zu sagen, warum?«

»Sie sind meine Angestellte«, erwiderte Rupert, der wohl wußte, daß er nicht bei Sinnen war, was ihn aber in diesem

Augenblick nicht weiter kümmerte. »Keiner meiner Angestellten in Mersham ist es gestattet, kurzes Haar zu tragen. Es ist gegen die Vorschriften.«

»Was für Vorschriften?« fragte Anna honigsüß.

»Die Vorschriften, die ich erlassen habe. Sie werden morgen bekanntgegeben.«

»Also schön«, sagte Anna. »Ich kündige. Ich werde einen Wochenlohn verwirken und morgen weggehen.«

»Oh, Gott!« Der Wahnsinn begann von Rupert zu weichen. Plötzlich sah er aus wie ein Mensch, der am Ende seiner Belastbarkeit war. Als er wieder zu sprechen begann, geschah es mit so leiser Stimme, daß Anna meinte, ihn falsch verstanden zu haben.

»Ich muß doch *irgend etwas* haben, Anna«, sagte der Graf von Westerholme.

Sie hatte das Gefühl, als ob die Erde sich unter ihren Füßen auftäte. Verzweifelt suchte sie ihre Wut wieder anzufachen, den Weg zu einem normalen Benehmen zu erkämpfen. »Kurzes Haar ist sehr modern. Man muß mit der Zeit gehen«, sagte sie und fuhr dann beinahe flehend fort: »Ich möchte doch für Ihre Hochzeit hübsch aussehen. Ist denn das ein Verbrechen?« Sie sah ihm ins Gesicht.

»Ach ja, meine Hochzeit.« Das Wort stand riesengroß da und verbannte auch den letzten Rest von Unzurechnungsfähigkeit. »Sie werden sehr anziehend für meine Hochzeit sein«, sagte er leichthin. »Für meine Beerdigung auch, *je vous assure.*« Er hob eine Hand, legte sie einen Augenblick auf ihr volles dunkles Haar; dann drehte er sie und fuhr mit der Rückseite seiner Finger an den glänzenden Wellen empor. Einen kurzen Moment spürte sie seine Berührung auf ihrer Wange; dann wandte er sich ab und ging hinüber zu René. »Ich entschuldige mich, daß ich Sie unterbrochen habe«, sagte er und nahm einen Sovereign aus der Tasche. »Würden Sie dies bitte als Entschädigung für die Unannehmlichkeiten betrachten, die ich Ihnen möglicherweise bereitet habe.«

»Danke, danke, Euer Lordschaft. Vielen Dank.« René, jetzt hoch erfreut, erging sich nur noch in unterwürfigen Verbeugungen.

»Sie werden jetzt bitte Mademoiselle das Haar genau nach ihren Anweisungen schneiden«, sagte der Graf von Westerholme – und war im nächsten Augenblick gegangen.

Potter war es, der Anna nach ihrer Rückkehr aus Maidens Over als erster antraf. Er fand sie im Stall bei der weißen Stute. Einen Arm hatte sie um den Hals des Pferdes gelegt, ihren Kopf eng an seine Schulter gedrückt. Ihr Hut lag dort, wo er hingefallen war, und sie stand da wie versteinert.

Potter warf einen langen Blick auf das Mädchen. Dies war eindeutig ein Fall für Mrs. Park oder Luise. Er hob Annas Hut aus dem Stroh auf und machte sich daran, das benommene und willenlose Mädchen ins Haus zu führen.

»Sie scheint einen kleinen Schock erlitten zu haben«, sagte er leise zu Mrs. Park, als sie in die Küche kamen, wo sich bereits eine Schar aufgeregt schwatzender Hausangestellter versammelt hatte.

Doch das hatte die gutherzige Köchin bereits erkannt. »Jetzt habt ihr genug gelärmt«, beschwichtigte sie die Mädchen. »Mildred, setz den Wasserkessel auf!« Dann zog sie einen Stuhl heran und wandte sich an Anna. »Kommen Sie her, mein Kind, und setzen Sie sich. Sie brauchen jetzt erst mal eine Tasse Tee.«

Das Abendessen im Angestelltenzimmer wurde an diesem Tag fast schweigend eingenommen. Niemand stellte Fragen. Anna saß zwischen Peggy und Luise, kaute bedächtig auf kleinen Stücken Roastbeef und schluckte sie ebenso bedächtig runter. In den Pausen zwischen zwei Bissen machte sie überaus höflich nichtssagende Konversation.

Mühsam erschöpfte sie das Thema der Friedensfeierlichkeiten in London, der Selbstverwaltung für Irland und ging dann über zur Erörterung des Wetters.

»Ich glaube, es wird morgen regnen«, sagte Anna.

Und Luise, die für einmal ihre scharfe Zunge im Zaum hielt, pflichtete ihr bei, daß es aller Wahrscheinlichkeit nach morgen regnen würde.

Während die Angestellten zu Abend aßen, bereitete Muriel sich darauf vor, ihren Verlobten auf ein Thema von besonderer Wichtigkeit anzusprechen.

Seit einer ganzen Weile fragte sie sich schon, wann sie Rupert am besten gewisse Dinge von intimer Natur eröffnen könnte, die Dr. Lightbody ihr während ihres kürzlichen Mittagessens bei Fortman's mit äußerstem Takt erklärt hatte. Jetzt war ihr der Gedanke gekommen, daß ihr Verlobter, wenn er von seinem Anwalt in Maidens Over zurückkehrte, der ihn an ihre finanzielle Großzügigkeit erinnert hatte, sicher in entsprechend empfänglicher Stimmung sein würde.

Rupert war jedoch noch nicht nach Hause gekommen, und so konnte sie, um ihrer Worte bei seinem Eintreffen ganz sicher zu sein, nur zu seinem leeren Stuhl sprechen.

»Liebster«, begann sie probeweise, »ich habe dir etwas ... ziemlich Persönliches zu sagen. Es betrifft unser Intimleben.« Sie machte eine Pause, ehe sie stockend fortfuhr. »Ich möchte ... wir beide möchten ... wünschen uns ... perfekte Kinder ...«

Baskerville, der draußen auf dem Korridor auf die Rückkehr seines Herrn wartete, stieß ein lautes, verzweifeltes Jaulen aus. Muriel runzelte die Stirn. Wo blieb Rupert nur? Er hätte jetzt längst dasein müssen.

Sie räusperte sich und setzte wieder an: »Es gibt gewisse Zeiten, die mit den Mondphasen in Zusammenhang stehen ... die für die Empfängnis eugenisch einwandfreier ...«

Wieder heulte Baskerville auf, was Muriel erneut aus dem Konzept brachte. Wutentbrannt riß sie die Tür auf, und als der Hund sich zu ihr umwandte und seine flehenden, blutunterlaufenen Augen auf sie richtete, versetzte sie ihm mit ihrem spitzen Absatz einen heftigen Tritt.

Anna hatte jetzt das Thema des Wetters mit seinen möglichen Folgen für Mr. Camerons Begonien und der Wahrscheinlichkeit nachfolgender Überschwemmungen erschöpft, doch das Essen war noch nicht beendet.

»Beginnt jetzt nicht bald die Saison der Moorhuhnjagd?« fragte sie und wurde sogleich durch einen wuchtigen Schlag gegen die Tür des Angestelltenzimmers unterbrochen. Dann flog die Tür auf, und in gemeinsamem Staunen sah die gesamte Dienerschaft auf die soeben aufgetauchte Gestalt.

»Daß ich das erleben sollte!« rief James. »Daß dieser große, sabbernde Snob sich hier unten zeigen würde!«

Vor ihnen stand, zwischen Verzweiflung und Verlegenheit, zwischen Einsamkeit und Scham hin- und hergerissen, der Hund des Grafen und schaute sich mit seinem mächtigen Kopf suchend im Raum um. Dann hatte er sie erblickt. Sie war hier. Sie würde ihn über die Abwesenheit seines Herrn hinwegtrösten, würde verstehen, daß er jetzt sogleich hinter dem Ohr gekrault werden mußte. Er lief auf sie zu, und Anna konnte gerade noch ihren Stuhl zurücksetzen, ehe er an ihr hochsprang, sie anstieß und anschnaufte und endlich seinen Kopf mit einem erleichterten Stöhnen auf ihren Schoß sinken ließ.

Sie streckte die Hand aus, um ihn zu kraulen, und als sie sich vorbeugte, lösten sich die Haarnadeln, die der gereizte René ihr hastig wieder auf den Kopf gesteckt hatte, und eine Strähne ihres ungeschnittenen Haars fiel nach vorn über ihre Schulter.

»Ach, Baskerville«, sagte Anna – und erst da brach sie in Tränen aus.

12

Anna hatte den Grafen nicht mehr zu Gesicht bekommen, seit er den Laden von René in Maidens Over verlassen hatte, was sie vermuten ließ, daß auch er jeden Ort mied, wo sie einander hätten begegnen können. Zusätzlich zur Hausarbeit, die sie wie alle anderen Angestellten bis zum Umfallen müde machte, mußte Anna auch noch Muriel als Kammerzofe dienen und ihr bei der unaufhörlichen Körper- und Gesichtspflege behilflich sein, mit der diese sich auf den großen Tag vorbereitete. Eine verwirrende Folge von Körperpackungen, Gesichtsmasken, Kopfmassagen und Schönheitsbädern hielt sie von morgens bis abends in Trab. Im übrigen behielt sie ihre Gedanken für sich. Nur ihre Augen verrieten ihre Verwunderung darüber, daß die Liebe, wenn sie sich endlich einstellte, so physische, anstrengende und traurige Formen annahm.

Nichts von der Übermüdung der Angestellten noch von der Besorgnis der Gräfin, die sich fragte, ob der in den letzten Wochen um etliche Jahre gealterte Onkel Sebastian es in die Kirche schaffen würde, um die Braut zum Altar zu führen, wirkte sich auf Muriel aus. Sie fühlte sich großartig. Es waren nur noch fünf Tage bis zur Hochzeit, und sie war sicher, daß ihre Entscheidung, sich in einer kleinen Zeremonie in Mersham trauen zu lassen, sich bezahlt machte. Keiner der zweifelhaften Verwandten ihres Vaters hatte irgendein Lebenszeichen von sich gegeben, und jetzt würde bald Dr. Lightbody eintreffen, um dabeizusein, wenn sie ihren Aufstieg in die Aristokratie vollendete.

Doch zur selben Zeit, da Muriel der Ankunft des Doktors

so freudig entgegensah, saß dieser mit einem Schock in einem Wartezimmer des Samariterkrankenhauses.

»Ich kann es nicht fassen«, sagte er kopfschüttelnd. »Es ist doch nicht möglich. Doch nicht Doreen ...«

»Wir hatten schon damit gerechnet, Dr. Lightbody«, sagte die ältere Schwester, die mehrfach versucht hatte, dem starrköpfigen Mann einen Begriff vom Zustand seiner Ehefrau zu geben. »Wie Sie wissen, war sie sehr krank, als sie bei uns eingeliefert wurde. Es war nur eine Frage der Zeit.«

Als er am Abend allein in seiner Wohnung war, ließ der Doktor sich erschöpft in einen Sessel sinken. Er war jetzt Witwer. Doreen hatte das Unglaubliche getan; ohne ihm etwas zu sagen, sozusagen ohne seine Erlaubnis, war sie gestorben.

Und in zwei Tagen sollte er nach Mersham fahren zu Miss Hardwickes Hochzeit und dem vorangehenden Ball.

Das würde er natürlich absagen müssen. Doch wie schrecklich enttäuscht würde Miss Hardwicke sein. Sie hatte sich ja so interessiert gezeigt, als er andeutete, daß er gewillt wäre, nach Mersham zu kommen und dort zu arbeiten. Was für eine Tortur war es für ihn, sein Wort zu brechen.

Doch würde er wirklich sein Wort brechen müssen? Der Doktor erhob sich und ging zum Spiegel hinüber. Wenn man den Schock bedachte, den er gerade erlitten hatte, sah er eigentlich bemerkenswert gut aus. Angenommen, er ginge ganz ruhig zu der Hochzeit? Mit einer schwarzen Armbinde als Zeichen, daß er in Trauer war, was seine Wirkung auf Miss Hardwickes weiches Herz nicht verfehlen konnte. In gewissem Sinn war es sogar seine Pflicht, hinzufahren. Schließlich konnte er ja das genaue Datum von Doreens Tod offenlassen.

Ja, er würde zur Hochzeit gehen. Letzten Endes war es eine religiöse Feier. Doch nicht so der Ball. Wenn er mit einer schwarzen Armbinde zum Ball käme, würden die Leute dies wirklich für merkwürdig halten. Außerdem würde ein solcher Trauerflor schlecht zu der weißen Tunika, dem goldenen Lorbeerkranz und der Leier des Apolls passen.

Mit einem Seufzer ging der Doktor zu seinem Kleiderschrank und öffnete ihn. Eine Weile besah er sich die Falten des weißen Gewands und die schön geflochtenen Sandalen. War es nicht vielleicht sehr selbstsüchtig, anderen seine Trauer aufdrängen zu wollen? Warum sollte er überhaupt eine schwarze Armbinde tragen? Und warum sollte er eigentlich irgend jemand sagen, daß Doreen gestorben war? Hinzugehen, seine Trauer für sich zu behalten, zu tun, als ob man lache, tanze und fröhlich sei, während einem doch das Herz brach – war das nicht wahrhaft edel?

Natürlich war da noch Doreens Begräbnis. Doch ihre Eltern, zu denen sie die Beziehung nie ganz abbrechen wollte, obwohl er sie oft genug darum gebeten hatte, würden sich nur allzugern darum kümmern, ohne daß er sich einmischte. Die eigentliche Beisetzung würde ja frühestens in einer Woche stattfinden, und bis dahin wäre er wieder zurück.

Ja, es war keine einfache Entscheidung, denn die Aufgabe verlangte seine ganze Selbstbeherrschung, aber er wollte sie übernehmen. Er wollte zur Hochzeit gehen und zum Ball – und es irgendwie fertigbringen, beides zu genießen. Infolgedessen wollte er, da er ohnehin zum Gärtner gehen und einen Kranz bestellen mußte, sich gleich erkundigen, ob er zu dem gemieteten Cutaway eine weiße Nelke haben könnte – oder vielleicht lieber eine weiße Gardenie, falls Gardenien bei ländlichen Hochzeiten am Vormittag getragen wurden . . .

Mittlerweile hatten die Herings einen perfekten Plan ausgeheckt, wie sie mit einem Minimum an finanziellem Aufwand nach Mersham gelangen könnten. Es war ein komplizierter Plan, und obgleich Melvyn ihn seiner Frau mehrmals erklärt hatte, war Myrtle einigermaßen begriffsstutzig.

»Sieh mal, es geht so«, erklärte Melvyn geduldig. »Ich kaufe nur ein Billett für uns beide.«

»Womit?« fragte Myrtle, während sie ihr Korsett aufhakte, da sie sich anschickten, zu Bett zu gehen.

»Das kannst du ganz mir überlassen, bitte. Ich kaufe eine Hin- und Rückfahrkarte. Verstanden? Dann wartest du, bis sich eine Menge Leute durch die Sperre drängen, und du gehst mit durch und gibst deine Hälfte der Fahrkarte ordnungsgemäß dem Kontrolleur. Sobald du durch bist, schiebst du mir den unteren Teil der Karte, den für die Rückfahrt, zu. Dann gehe ich weiter, und wenn der Kontrolleur sagt: ›Ihre Fahrkarte, bitte!‹, dann sage ich: ›Die hab ich Ihnen schon gegeben.‹«

»Aber das hast du doch gar nicht«, sagte Myrtle und rieb sich die Striemen, die die Korsettstangen auf ihrem Fleisch hinterlassen hatten.

»Natürlich nicht, Myrtle, das weiß ich doch. Weil du sie ihm gegeben hast. Ich sage bloß in aller Unschuld: ›Die hab ich Ihnen schon gegeben‹, und er sagt dann: ›Nein, das haben Sie nicht‹, und ich sage: ›Doch, das hab ich, und wenn Sie nachsehen, werden Sie feststellen, daß es stimmt, weil ich nämlich hier den Abschnitt für die Rückfahrt habe mit der Nummer, und wenn Sie nachsehen, finden Sie dieselbe Nummer auf einer der Fahrkarten, die Sie in der Hand halten.‹ Und dann sieht er nach, und natürlich findet er die Karte.«

»Wie geht es mit den Zwillingen?« fragte Myrtle.

»Mit denen machen wir dasselbe. Kaufen bloß eine Karte für alle beide.«

»Na schön, aber *du* mußt ihnen erklären, was sie zu tun haben.«

Melvyn stand auf, öffnete die Tür zum Nebenzimmer und warf einen Blick hinein. »Sie schlafen jetzt. Ich erkläre es ihnen morgen. Aber du wirst sehen, es klappt. Es wäre nicht gegangen, wenn wir bis ganz nach Mersham hätten fahren müssen. Aber sie schicken uns einen Wagen nach Maidens Over. Dort wird das Gedränge an der Sperre groß genug sein.«

Myrtle kam ins Bett und langte nach dem Topf Cold Cream. »Ich glaube, so ist es besser, als sich im Klo einzusperren«, sagte sie. »Aber deine Tante Mary soll uns gefälligst ordentlich unterbringen, wenn wir erst mal dort sind.«

»Das wird sie. Sie hat eine Schwäche für mich, weil ich ihrem Rupert ähnlich sehe. Ich hab die typischen Templeton-Augen.«

Für einmal prahlte Melvyn nicht. Sowohl aus seinen Zügen wie aus den schwammigen Gesichtern der Zwillinge traten unerwartet die großen grauen Augen mit der goldgesprenkelten Iris hervor, welche die Gräfin ihrem Sohn vererbt hatte.

»Es ist dir wohl klar, daß ich an dem alten Rindvieh von Butler vorbei muß«, sagte Melvyn.

»Oh, den überlaß mir«, sagte Myrtle. »Wenn er ein Mann ist, krieg ich ihn in den Griff.«

Melvyn war da weniger zuversichtlich. Nach dem, was er noch von Cyril Proom wußte, war er für Myrtle verlorene Liebesmüh.

Prinz Sergei Tschirkowsky, der in seiner schmucken grauen Uniform hinter dem Steuer des pflaumenfarbenen Daimler mit dem Wappen der Nettlefords auf der Tür saß, fragte sich, wie lange er es wohl an seinem gegenwärtigen Posten aushielte.

Er war der umgänglichste Mensch, und seine unglaublich gute Erscheinung wurde noch unterstrichen durch die gelassene, anspruchslose Hinnahme dessen, was das Leben brachte. Doch Sergei, der klaglos die Entbehrungen der Verbannung aus dem geliebten Vaterland akzeptiert hatte, würde unter der Fuchtel von Honoria Nettleford und ihren »Mädchen« unweigerlich sein Waterloo erleben.

Der Hochmut und die Schäbigkeit der Herzogin, die Grobheit, mit der sie ihn als Untergebenen behandelte, waren unangenehm, aber nicht unerwartet. Es war eher das, was er sich von Hermione und Priscilla, Gwendolyn und Beatrice gefallen lassen mußte, die er alle miteinander jetzt nach Süden zur Hochzeit des Grafen von Westerholme fuhr, was ihn überlegen ließ, wie lange er es noch aushalten würde.

Sein Leben lang war Sergei von Frauen verfolgt worden. Aber er hatte schon sehr früh gelernt, ihre Aufmerksamkeiten da mit Dankbarkeit und Freude anzunehmen, wo dies angebracht war, sie jedoch mit Takt und Freundlichkeit zurückzuweisen, wo Zustimmung unpassend gewesen wäre oder anderen weh getan hätte. Er hatte jedoch noch nie etwas so Primitives und Unangenehmes erlebt wie die Annäherungsversuche dieser snobistischen, lüsternen Mädchen.

Lady Lavinia war die weitaus schlimmste. Wenn sie an der Reihe war, vorne zu sitzen, gab es nichts, wozu sich diese hochwohlgeborene Dame nicht erniedrigt hätte; wenn jedoch irgend jemand zusah, sprach sie mit ihm in einer Weise, wie es seinem reaktionären alten Großvater niemals eingefallen wäre, mit dem niedrigsten seiner Leibeigenen zu sprechen. Er konnte hören, wie ihre vier Schwestern auf dem Rücksitz des Wagens kicherten und sich kabbelten, wer als nächste an der Reihe war. Wie hatte Hudson es bloß gedreht, fragte Sergei sich, daß er vorausfahren und nur den Herzog und die Herzogin und das Gepäck mitnehmen konnte?

Sergei tat einen tiefen Atemzug und half Lady Lavinia, die sich in der letzten Kurve gegen ihn hatte sinken lassen, sich wieder aufzurichten. Mit Bangen dachte er daran, daß es in Heslop, wo er drei Nächte verbringen würde, zu seinen Pflichten gehörte, Lady Lavinia in Mersham, wo sie wohnen sollte, abzuholen und wieder dorthin zu bringen. Außerdem war Mersham der Ort, wo Anna ebenfalls als Gast weilte, wie ihm Pinny gesagt hatte. Er würde sehr vorsichtig sein müssen, damit sie ihn nicht in seiner Rolle als Chauffeur sah. Anna war ja nicht imstande, vernünftig zu handeln und ihn einfach zu schneiden.

Anna ... Wenn er doch nur eine Arbeit finden könnte, die es ihm ermöglichen würde, für sie zu sorgen und auch für Petja. Sie hatte so müde ausgesehen, als er ihr neulich im Russischen Klub begegnet war, und sie war so dünn geworden. Oder sollte er vielleicht doch Larissa Rakow heiraten, wie es die Großfürstin gerne gesehen hätte? Er hatte die blasse, unattraktive Baronesse und ihre langweilige Konversation gemieden; aber verglichen mit den Nettleford-Töchtern erschien ihm die pummelige Hofdame der Großfürstin geradezu als ein Ausbund an Sittsamkeit und Intelligenz, und sie war sicherlich sehr reich. Ihr Vater, ein Bankier, hatte die Katastrophe lange vor allen anderen kommen sehen und sein gesamtes Vermögen nach London transferiert. Wenn er Larissa heiratete, würde er seinen Eltern ein Zuhause bereiten können – und auch den Gratzinskys.

Sie waren jetzt in York angelangt, und den Anweisungen folgend, fuhr Sergei in den Hof des »King's Hotel«, wo Hudson bereits geparkt hatte. Er öffnete die Wagentüren, und die Mädchen rauschten hochnäsig an ihm vorbei und begaben sich ins Restaurant.

»Wir haben hier bei den Wagen zu warten, hat Ihre Gnaden angeordnet«, sagte Hudson. »Keine Rede davon, herumzuspazieren.«

Sergei nickte. Er war noch keine sechs Wochen in Diensten der Nettlefords, jedoch lange genug, um zu wissen, daß ihre Chauffeure nicht etwas so Profanes wie ein Mittagessen erwarten durften.

»Sie kommen zu spät«, sagte Hawkins, Heslops ehrfurchtgebietender Butler, und blickte mißbilligend in seiner ganzen beachtlichen Größe auf Anna herab.

Es war der Abend des Balls. Anna war vom Fuhrmann, einem Onkel von Peggy und Pearl, nach Heslop gebracht worden und stand jetzt nervös und mit niedergeschlagenen Augen vor Hawkins. Sie hatte schon ein paar Tage nicht mehr an Selina Strickland gedacht, doch jetzt wünschte sie sich sehnlichst das »Große Lehrbuch« herbei. Denn Heslop mit seinem Labyrinth an Korridoren, dem zahlreichen Personal und dem strengen Protokoll war eine gänzlich andere Welt als die in Mersham.

Und sie hatte sich wirklich verspätet. Wütend darüber, daß sie Annas Dienste entbehren mußte, hatte Muriel sie bis zur letzten Sekunde aufgehalten, indem sie ein Dutzend überflüssiger Aufgaben fand, die noch zu erledigen waren, und wäre nicht Alice, die Zofe der Gräfin, gewesen, die sie geradezu zur Tür hinausschob, dann hätte Anna überhaupt nicht herkommen können.

»Es tut mir sehr leid, Sir«, sagte sie – und geriet sogleich ins Feuer der anderen Hälfte der Hesloper »Doppelmonarchie«, der furchterregenden Hausdame, Miss Peel.

»Binden Sie Ihr Haar zurück, Mädchen! Wir gestatten keine Locken!«

Anna strich sich folgsam das Haar nach hinten. Von Luise, die sich im Krankenhaus mit Mrs. Bassenthwaite beraten hatte, war sie in die Uniform gesteckt worden, die man anläßlich des einundzwanzigsten Geburtstags von Lord George für alle Hausmädchen hatte machen lassen: ein knöchellanges schwarzes Seidenkleid mit einem weißen, über Schultern und Brust geschlungenen Dreieckstuch, eine kurze, mit Spitzen eingefaßte Schürze. Ein Rüschenhäubchen saß brav auf ihrem dunklen Haar.

Da sie nichts an Annas Erscheinung auszusetzen fand, aber dennoch das Gefühl hatte, daß das Mädchen nicht ganz so aussah, wie sie es gerne gehabt hätte, sagte Miss Peel: »Zeigen Sie mir Ihre Fingernägel!«

Anna streckte die Hände aus. Die offenbare Feindseligkeit, die sie vom Augenblick an gespürt hatte, als sie Heslop betrat, verletzte und verwirrte sie. Sie war zu unerfahren, um zu erkennen, was für eine Kränkung ihre Ankunft für die anderen, eifersüchtig auf ihre Rechte und Privilegien bedachten Angestellten bedeutete. Als hätten sie nicht selber den Ball mit allem Nötigen versehen können, ohne daß man ihnen eine hergelaufene Ausländerin aufhalste! Und nicht nur das, sie würde auch noch oben bei den Herrschaften zu tun haben, im Vordergrund stehen, da sie in der großen Halle beim Eintreffen der Gäste Getränke zu servieren und die Damen in die Garderoben- und Toilettenräume zu führen hätte. Da sie ihren Unmut nicht an Lady Byrne auslassen konnten, die die Anweisungen gegeben hatte, waren sie entschlossen, dieser Ausländerin kein Pardon zu gewähren, die nach allem, was man hörte, in Mersham gehörig verwöhnt worden war.

»Ich nehme sie gleich mit, damit sie anfangen kann«, sagte Hawkins jetzt. »Für den Tee ist sie zu spät, die anderen sind schon fertig.«

Anna, die wegen Muriels Schikanen nichts zu Mittag gegessen hatte, unterdrückte einen Seufzer, knickste vor der Hausdame und folgte Mr. Hawkins eine Treppe hinunter und durch verschiedene Korridore. An der Tür zu einem großen Anrichtezimmer blieb er stehen. Unter einem Trommelfeuer von Ermahnungen des Ersten Dieners waren drei Mädchen dabei, Tabletts mit Gläsern und Besteck vorzubereiten.

»Hier ist die Russin, Charles«, sagte Mr. Hawkins und schob Anna in den Raum. »Sie muß um acht Uhr nach oben gehen, aber bis dahin ist noch reichlich Zeit, daß sie sich nützlich machen kann.«

»Allerdings«, antwortete der Erste Diener mit einem säuerlichen Lächeln. Er wandte sich zu Anna um. »Sie können schon mal anfangen, alle Messer in heißem Wasser zu spülen und zu polieren. *Heißes* Wasser, wenn ich bitten darf, und kein Getue, daß es Ihren Händen schadet. Das Spülbecken ist da drüben.«

Unter den feindseligen Blicken der anderen Mädchen machte Anna sich an die Arbeit.

Im oberen Stock zeigte sich Heslop in seiner ganzen Pracht. Die große Halle strahlte im Lichterglanz, Schalen mit Poinsettien und Kamelien hoben sich leuchtend gegen die dunklen Wandbehänge ab. Im Ballsaal selber mit seiner dreifachen Reihe von Kronleuchtern hatte Minna den Blumenschmuck ganz in Weiß gehalten: Delphinien, Lilien, Rosen und mexikanischer Mohn. Weiße Girlanden schmückten die Spiegel, und an diesem lieblichen Sommerabend standen die bis zum Boden reichenden Fenster zur Terrasse mit ihren plätschernden Brunnen offen.

Minna hatte sich schon früh umgezogen und ging nun ruhig von einem Raum zum anderen, um überall nach dem Rechten zu sehen. Sie trug das Kleid, das ihre puritanische Urgroßmutter zu ihrer Quäkerhochzeit angehabt hatte: taubengraue Seide mit einem breiten weißen Kragen. Genau wie ihrem Mann lag auch Minna nicht viel an einem ausgefallenen Kostüm, aber sie war froh, daß ihr das altmodische Kleid Würde verlieh. Wenn sie Muriel Hardwicke so willkommen heißen wollte, wie es sich schickte, dann brauchte sie alles, was sie in einem selbstsicheren Auftreten unterstützte. Als sie jetzt einen Augenblick an der Tür des großen Eßzimmers stehenblieb, wo zwei flüsternde Diener gerade einem überwältigenden kalten Büfett den letzten Schliff gaben, konnte sie hocherfreut nicken. Es hatte unten in Küche und Keller Katastrophen und Krach gegeben, der Koch hatte nicht weniger als siebenmal gekündigt, doch jetzt war Heslop bereit – gleich einer Primadonna, die alle Wutanfälle bei den Proben vergessen hat. Die Vorstellung konnte beginnen.

Minna ging hinauf ins obere Stockwerk und lächelte, als sie am Ankleidezimmer ihres Mannes vorbeikam und die Kraftausdrücke hörte, welche die Bemühungen des Kammerdieners begleiteten, Seine Lordschaft in die Paradeuniform eines Husaren aus dem 18. Jahrhundert zu knöpfen. Rasch ging sie an der Suite, die sie den Nettlefords zugeteilt hatte, vorüber und trat in Ollies Zimmer.

»Sieh mal, Mami, sieh dir Hugh und Peter an. Sind sie nicht elegant?« Ollies Augen leuchteten vor Stolz, als sie auf ihren Bruder und seinen Schulfreund, den er aus Craigston mitgebracht hatte, zeigte. Wahrhaftig, die beiden Jungen, die nebeneinander in ihrer Kadettenuniform auf der Fensterbank saßen, waren ganz ungewöhnlich gut geschrubbt und gekämmt. »Peter sagt, er wird sich mit mir auf die Musikantengalerie stellen, wenn's losgeht, damit wir die Gäste ankommen sehen, und nachher schleicht er zu mir und bringt mir was zu essen. Ich darf doch so lange aufbleiben, Mami? Bitte!«

Minna nickte. Mit einem Lächeln sah sie Hughs neuen Freund an, den Ollie bereits nach zwei Tagen als ihren Helden verehrte. Nicht nur die Nationalität des Jungen, sondern sein ganzes Wesen hatte Minna überrascht und entzückt. Peter war, wie Hugh sagte, ein erstklassiger Boxer und hatte nur wenige Wochen nach seinem Eintritt in die Schule den Juniorenpokal im Degenfechten gewonnen. Und gestern, als die beiden Jungen ausgeritten waren, hatte Tom, für den Pferde geradezu heilig waren, Peter angeboten, daß er sein Jagdpferd reiten dürfe, wann immer er wolle. Und bei alledem interessierte er sich auch für Dinge, die die meisten jungen Engländer für verweichlicht oder peinlich angesehen hätten: die Beschaffenheit von Dingen, schöne Stoffe, ja selbst für Blumen. Peter war es, dem Ollie, die langsam die Verletzung überwand, die Muriel ihr zugefügt hatte, ihr Brautjungfernkleid zeigte, und sein aufrichtiges Interesse, seine Unterstützung bei der Hauptprobe am vorangegangenen Tag hatten bewirkt, daß Ollie ihren Kopf hoch trug und ihre Rolle ausgezeichnet spielte. Daß sich Ollie wieder auf Muriels Hochzeit freute, war weitgehend dem russischen Jungen zu verdanken.

In ihr Zimmer zurückgekehrt, blieb Minna einen Augenblick nachdenklich sitzen und tupfte sich etwas Parfum hinter die Ohren. Wenn die Dinge ein wenig anders gelegen hätten, könnte sie sich in späteren Jahren eine Heirat zwischen Ollie und genauso einem Jungen wie Hughs neuer Freund erhofft haben. So aber . . .

Es klopfte an der Tür, und Peters blonder Kopf tauchte auf. »Es hat ein Malheur gegeben mit dem Kopf von Johannes dem Täufer«, sagte er und mußte grinsen. »Lady Hermione, pardon, Salome hat sich draufgesetzt und möchte jetzt gerne wissen, ob –« Er unterbrach sich und trat ganz ins Zimmer. »Sind Sie traurig?«

»Nein . . .« Minna schüttelte den Kopf. Dann erinnerte sie sich, daß die »Mir-fehlt-gar-nichts«-Technik ihr von den ihr bekannten Russen noch nie abgenommen worden war. »Aber für Ollie wird es später nicht leicht sein . . . beim Tanzen . . . bei Bällen . . .«

Der Junge schloß die Tür und stellte sich neben ihren Stuhl. »Wir haben ein Sprichwort in Rußland«, sagte er. »Es lautet: Der Fuchs versteht sich auf viele Sachen, der Igel nur auf eine einzige. Ich glaube, Ollie ist ein Igel – wie ihr Alexander.«

»Und was ist es, worauf sie sich versteht?«

»Wie man es macht, daß die Menschen einen lieben«, sagte Peter ganz ruhig.

Anna stand seit einer Stunde in der Anrichte über das Spülbecken mit kochendheißem Wasser gebeugt. Nach reichlichem Gekicher hatten die gehässigen Mädchen, mit denen sie zusammenarbeitete, es darauf angelegt, jedesmal, wenn sie das Spülwasser wechselte, eine dreifache Ladung Soda hineinzukippen, so daß ihre ohnehin schon aufgesprungenen, rauhen Hände sie so schmerzten, daß sie sich beherrschen mußte, um nicht aufzuschreien. Doch sie hielt durch, bis schließlich auch Hawkins ihren Abgang in die obere Etage nicht länger hinauszögern konnte.

Der Haupteingang in Heslop führte in ein mit einer Kuppel versehenes Vestibül, von dem aus eine breite Treppe nach oben ging, wo sich zur Rechten die original elisabethanische Halle mit den alten Balken und der umlaufenden Galerie öffnete. In dieser Halle sollten die Gäste begrüßt werden und eine kleine Erfrischung zu sich nehmen, ehe sie in den Ballsaal hinaufgingen, einen späteren Anbau, in den man über eine kurze, bequeme Treppe am anderen Ende gelangte.

Während Anna hinter Hawkins die Dienstbotentreppe hinaufstieg, bekam sie von ihm über seine Schulter hinweg noch einen Schwall von Verhaltensregeln. »Zwei Diener stehen beim Eingang und zwei am Fuß der Treppe, und ich werde die Gäste ankündigen. Damit Sie in der großen Halle nicht im Weg sind, stellen Sie sich neben den Serviertisch. Für den hat Mr. Briggs die Verantwortung«, sagte er und meinte damit den tyrannischen, griesgrämigen Charles. »Er sagt Ihnen Bescheid, wenn Sie ein Tablett nehmen und Getränke anbieten sollen. Es kommt nicht in Frage, daß Sie sich selbst vordrängen – und getrödelt wird auch nicht. Und denken Sie dran: Zum Ballsaal haben Sie keinen Zutritt, es gibt keinerlei Grund –«

Er hielt mit einem Ausruf von Verärgerung inne, da er merkte, daß Anna nicht mehr hinter ihm war. Sie war plötzlich gestolpert, hatte eine Hand nach der Wand ausgestreckt und versucht, ihren Halt wiederzufinden.

»Was, in aller Welt, machen Sie da?« fragte er scharf, war aber zugleich beunruhigt. Was, wenn das dumme Ding ihm hier ohnmächtig wurde? Vielleicht hätte er sie doch eine Tasse Tee trinken lassen sollen ...

Was Anna zum Stolpern gebracht hatte, war nicht mehr Hunger oder Erschöpfung, obgleich sie sehr, sehr müde war. Es waren vielmehr ein paar Takte, ein kleines Stück einer sehnsüchtigen, heimtückischen Melodie, die durch das Treppenfenster des Hofs zu ihr gedrungen war, als sich plötzlich drüben eine Tür geöffnet hatte. Es war eine Melodie, die sie seit ihrer Kindheit kannte und liebte und die sie jetzt, wie nur Musik dies vermag, die Fassung verlieren ließ und sie mit solcher Sehnsucht erfüllte, mit einem so quälenden Verlangen nach der für immer verlorenen Welt, daß sie meinte, sterben zu müssen.

»Wozu haben Sie denn das bloß mitgebracht?« fragte der Erste Geiger des kleinen für den Abend engagierten Orchesters und setzte seinen Bogen ab. »Das ist doch ein uraltes Stück.«

»Ach, das weiß ich auch nicht«, antwortete der Dirigent. »Ich hab's im letzten Augenblick noch dazugetan.« Er zuckte die Achseln und legte die vergilbten Notenblätter des »Blumenwalzers« aufs Klavier. Dann verteilte er die schön gebundenen Notenhefte mit den neuesten Erfolgsstücken – Two-steps und Tangos – an seine Musikanten, die sich jetzt an ihren Plätzen auf der Galerie einrichteten.

»Der Graf von Westerholme, Lady Lavinia Nettleford, die Gräfin von Westerholme, Miss Muriel Hardwicke, Miss Cynthia Smythe, Dr. Ronald Lightbody«, verkündete Hawkins, und die ganze Gesellschaft aus Mersham trat in die Halle und begab sich zu dem großen Kamin, wo Lord und Lady Byrne zusammen mit Tom warteten, um ihre Gäste zu begrüßen.

Minna umarmte die Gräfin, die als Mary Stuart auf dem Weg zum Schafott gekleidet war, was sie selber als überaus passend empfand und was ihr sehr gut stand. Dann wandte sie sich einer Art Kabeljau zu oder vielleicht auch einer Forelle.

»Lavinia kennst du natürlich«, half ihr die Gräfin weiter. »Und dies ist Cynthia Smythe, Muriels andere Brautjungfer.«

Cynthia, die als Elfenkönigin daherkam, was niemanden überraschte, schwebte voller Überschwang auf ihre Gastgeberin zu.

Doch jetzt trat der Graf von Westerholme vor, der seine Verlobte begleitete. Ruperts Anweisung an seinen Butler, ihm um Himmels willen etwas zum Anziehen zu beschaffen, hatte eine perfekte, vor Jahren für eine Theatervorstellung gebrauchte Kopie des Kostüms seines übelbeleumundeten Vorfahren Sir Montague Frayne zutage gefördert, in dem dieser für die Ahnengalerie gemalt worden war. Die samtenen Kniehosen, das Rüschenhemd und die Perücke paßten glänzend zu ihm, und während sie ihn auf sich zukommen sah, dachte Minna, daß er noch nie so gut ausgesehen hatte – und noch nie so müde.

Muriel, der Ehrengast, aber war diejenige, die alle Blicke auf sich zog, und das zu Recht. Ihr Kleid war blau und silbern. Auf dem Satinoberteil glänzten eine Unzahl von Schleifen; winzige Sträußchen von Gazerosen und Vergißmeinnicht waren auf den kunstvoll mit Volants besetzten Rock aufgenäht. Kostbare Spitzen säumten die Ärmel und das tiefe Dekolleté, Diamanten glitzerten auf der hohen weißen Perücke und an den Absätzen ihrer silbernen Sandaletten – und um den Hals trug sie, perfekt abgestimmt auf das Blau ihres Kleides und ihrer Augen, die Saphire, die das Geschenk des Bräutigams an die Braut waren.

»Was für ein unwahrscheinlich schönes Kleid, meine Liebe!« sagte Minna, die ehrlich beeindruckt war. »Sie stellen alle anderen in den Schatten.« Dann wandte sie sich an Rupert. »Ich fürchte, du wirst sie für den ersten Tanz abtreten müssen. Harry wird bestimmt den Ball mit ihr eröffnen wollen, und danach ...«

Anna, die ihre Anweisungen beherzigte, hatte die ganze Zeit unsichtbar hinter einer Topfpalme neben dem Serviertisch gestanden, den James, der Erste Diener, beaufsichtigte.

»Was stehen Sie eigentlich da und träumen?« zischte er sie jetzt an. »Sehen Sie denn nicht, daß die Gesellschaft aus Mersham eingetroffen ist? Warum sind Sie nicht drüben und bieten ihnen Getränke an?«

Anna nahm ein Tablett und trat hinaus in die Halle.

»Ah, da kommt Anna, um uns eine Erfrischung zu bringen«, sagte Minna. »Muriel, in den hohen Gläsern ist Orangensaft.«

Rupert hatte ein wenig abseits im Schatten eines hohen, geschnitzten Wandschirms gestanden. Als er Annas Namen hörte, blickte er rasch auf und wurde sogleich von einer ebenso heftigen wie absurden Freude überwältigt.

Sie hatte ihr Haar nicht abgeschnitten. Trotz seines unentschuldbaren und schon tausendfach bereuten Benehmens in Maidens Over hatte sie ihm dieses unverdiente Geschenk gemacht!

»Hallo, Rupert!« Der Graf wandte sich um und sah Hugh, der mit einem hübschen, etwas größeren blonden Jungen die letzten Stufen der Musikantengalerie herabkam. Der Junge blieb plötzlich reglos stehen, dann stürzte er ihnen mit einem Freudenschrei entgegen.

»Annuschka! Du bist wirklich da! Wie wunderbar! Ich hatte ja so gehofft, daß du kämst. Pinny sagte, du wohntest in der Nähe, und ich wollte schon fragen, ob ich zu dir fahren könnte.« Er merkte gar nicht, daß Anna ihn voller Bestürzung anblickte und nach Luft ringen mußte, sondern küßte sie über das Tablett hinweg und lief dann bewundernd um sie herum. »Du siehst ja so schön aus! Das Kleid steht dir wunderbar. Wie klug von dir, etwas ganz Einfaches anzuziehen. Erinnerst du dich noch an den Ball bei den Antschikows, von dem Mama uns erzählte, zu dem die Prinzessin Saritzin als Nonne kam, so daß alle anderen auf einmal *overdressed* wirkten?«

Unwillkürlich richteten sich die Blicke aller Frauen auf Muriel Hardwicke. Doch Petja, der nichts von alledem merkte, redete eifrig weiter. »Es ist bloß dumm von dir, ein Tablett zu tragen. Nuschka, wie kannst du mit einem Tablett tanzen?«

»Allerdings, wie kann sie das?« erklang eine amüsierte Stimme in Petjas unmittelbarer Nähe. »Vielleicht solltest du uns deine Schwester vorstellen«, fuhr der Graf von Westerholme fort. »Nicht alle Leute, die hier sind, kennen sie.«

»Nein, Petja, bitte nicht.« Annas Hände umklammerten verzweifelt die Griffe des Silbertabletts.

Doch Petja war nur betroffen über seinen Verstoß gegen die guten Manieren. »Es tut mir leid«, sagte er mit einer charmanten Verbeugung zu seinem Gastgeber und der Gastgeberin. »Darf ich Ihnen meine Schwester vorstellen, die Komtesse Anna Petrowna Gratzinsky.«

Muriel stieß ein Zischen aus; der Fischmund des Wassergeists Undine blieb offenstehen, und Lord Byrne, der nicht damit gerechnet hatte, sich zu amüsieren, strahlte vor Vergnügen.

»Aber ich dachte, sie wäre –« setzte Cynthia Smythe an und spürte, daß ihr die Gräfin von Westerholme kräftig auf den Fuß trat.

»Petja, ich bitte dich inständig«, flüsterte Anna und fügte noch ein paar flehende Worte auf russisch hinzu, er solle sie in Ruhe lassen.

Alle Zuversicht und Freude wich aus dem Antlitz des Jungen. Er blickte die feindselige Frau in dem silbernen Kleid an, sah Annas verzweifelte Augen ... Hatte er einen Fehler gemacht? War es denn möglich? ... Aber das konnte doch nicht sein. Er wußte zwar, daß Onkel Kolja Portier im »Ritz« war. Aber Anna? Bruchstücke aus Unterhaltungen in Paddington fielen ihm jetzt ein und quälten ihn. Wenn sie als Dienstmädchen arbeitete, während er hier fürstlich lebte ... *Wenn ...*«

Der Graf von Westerholme war aus dem Schatten getreten. Der zärtlich amüsierte Blick, mit dem er Anna ansah, zerstreute einen Teil von Petjas Zweifeln. Doch Hawkins, der noch an der Flügeltür wartete, um die nächsten Gäste anzukündigen, hatte Charles ein wütendes Zeichen gegeben. Jetzt kam der Erste Diener herbei mit einem Gesicht so rot wie seine Livree. Was machte diese unmögliche Person? Stundenlang hatte sie Getränke serviert, und jetzt unterhielt sie sich tatsächlich auch noch mit den Gästen!

Lord Byrne war schon drauf und dran, sich in seiner freundlich rauhbeinigen Art einzuschalten. Es war unnötig. Anna hatte ebenfalls das Gesicht ihres Bruders gesehen. Sie hob den Kopf, drehte sich um, und als der tyrannische Diener auf sie zutrat, sagte sie mit einem gelassenen, reizenden Lächeln: »Ah, Charles, wie nett von Ihnen. Sie sind gekommen, um mich von meiner Last zu befreien.«

Und ehe er wußte, wie ihm geschah, stand der Diener, der instinktiv auf den Befehlston in ihrer Stimme reagiert hatte, mit dem vollen Tablett in der Hand da.

»Nun, was stehen Sie noch herum?« sagte Lord Byrne zu dem glotzenden Charles. »Sie haben gehört, was die Komtesse zu Ihnen sagte. Bringen Sie das Ding weg!«

»Ah, das ist schon besser!« Anna hatte ihren Rock ausgeschüttelt, die Schürze geglättet, ihr Häubchen ein wenig schräg gesetzt – und plötzlich war es ganz klar, daß sie in einem Kostüm steckte. »Wie schön, wieder einmal tanzen zu können!«

»Mit mir?« fragte Petja aufgeregt. »Tanzt du mit mir?«

»Aber natürlich, *golubtschik*!«

»Nein«, sagte Tom Byrne, »zuerst mit mir.«

»Es tut mir leid, euch beide enttäuschen zu müssen«, schaltete sich der Graf ein, »aber als Annas Gastgeber in Mersham habe ich zweifellos als erster Anspruch auf sie.«

Petja strahlte vor Stolz und Glück. Das war wie in alten Tagen, als die Männer sich darum gerissen hatten, mit Anna zu tanzen. Was für ein Dummkopf war er doch gewesen, daß er auch nur einen Augenblick hatte annehmen können ...

»Sie ist eine wundervolle Tänzerin«, sagte er zum Grafen, der ihm als Partner für seine Schwester ausgezeichnet paßte. »Besonders, wenn es ein Walzer ist. Sie dreht sich und dreht sich, und nie wird ihr schwindlig.«

Rupert sah seine Gastgeberin mit einem fragenden Lächeln an. »Könnte man vielleicht einen Walzer spielen?«

»Ohne weiteres, denke ich«, sagte Minna, die nichts von alledem, was geschehen war, überrascht hatte.

Rupert wandte sich Anna zu. »Dürfte ich Sie um das Vergnügen des ersten Tanzes bitten, Komtesse?«

Sie blickte ihm gerade ins Gesicht und versuchte gar nicht, ihre überwältigende Freude zu verbergen. »Sehr gerne, Mylord.«

Und so gingen sie zusammen in den Ballsaal, um zum ersten und letzten Mal in ihrem Leben den »Blumenwalzer« miteinander zu tanzen.

13

Rupert und Anna tanzten. Sie gaben sich keinen Illusionen hin. Mochten die funkelnden Kronleuchter, die goldenen Spiegel und die schwermütigen Geigenklänge auch zu romantischen Liebesgeschichten gehören, dies hier war keine Romanze. Es war ein Augenblick in einem Rettungsboot, ehe es in den Wogen unterging. Dieser Walzer war alles, was sie hatten.

Und so tanzten sie, und keiner von ihnen sprach ein Wort. Als die Musik einsetzte und er seine Arme um sie legte, hatte er gespürt, wie sie erschauerte. Dann nahm die Melodie sie gefangen, und sie bewegte sich mit ihm, so leicht, so völlig eins mit ihm, daß er sie mit nur einem Finger führen konnte.

Er hielt ein, drehte sich dann in der anderen Richtung, und sie folgte exakt allen seinen Bewegungen. Während die Musik sich emporschwang, ließ er seinen Gedanken freien Lauf und stellte sich ein gemeinsames Leben mit ihr vor.

Er hatte Mersham nicht haben wollen, war nur zögernd dorthin zurückgekehrt wie zu einer Last, die er zu tragen hatte. In den wenigen Wochen, seit Anna da war, hatte sich das alles geändert. Ihr Gefühl für sein Haus war unfehlbar, war etwas Angeborenes wie das absolute musikalische Gehör. Wenn sie sich über eine Vase beugte, um Rosen einzustellen, wenn sie mit dem Staubwedel in der Hand versunken einen Tizian im Morgenzimmer bewunderte oder bei Tagesanbruch die Stute in den Stall zurückbrachte, jedesmal war es so, als mache sie ihm sein Erbe zum Geschenk. Jede von Annas Gesten sagte ihm: »Sieh her!«

Anna in seinen Armen hing gar keinem Gedanken, keinerlei Träumen nach. Sie hatte ihre ganze Seele in seine Obhut gegeben – und tanzte nur.

»Mein Gott«, sagte die Gräfin leise und wandte sich dann an Minna, die neben ihr stand. »Hast du es gewußt?«

»Daß Peter ihr Bruder ist? Ich hatte es fast von dem Augenblick an, als er kam, erraten. Oder wolltest du etwa sagen ...«

Sie beendete ihren Satz nicht. Noch war es nicht zum Skandal gekommen, nur zu einem Schauspiel, wie es das Herz jeder Gastgeberin erfreuen mußte. Ihr Harry hatte Muriel als erster auf die Tanzfläche geführt; Tom, der gutmütige Kerl, tanzte mit Lavinia, und weitere Paare hatten sich rasch hinzugesellt. Trotzdem schien es Minna und der Gräfin, daß niemand anders im Ballsaal war als jene zwei.

Nur Muriel, die sich schwerfällig in den Armen ihres Gastgebers drehte, ging in ihrem geharnischten Zorn über Annas Anmaßung nicht im geringsten auf, was geschehen war.

»Was für eine ungewöhnliche Geschichte«, sagte Lady Lavinia und drängte sich in ihrem Kabeljaukostüm enger an den schwergeprüften Tom. »Ist sie wirklich eine Komtesse?«

»Ja.«

Tom hatte Susie eintreten sehen. Sie war als Zigeunerin angezogen und kam in Begleitung ihrer Mutter im Kostüm einer vornehmen Spanierin und des beleibten Toreros Leo Rabinowitsch. Wenn er doch nur zu Susie gehen könnte! Dann würde er leichter ertragen, was er in Ruperts Gesicht gelesen hatte.

»Muriel paßt das ganz und gar nicht«, fuhr Lavinia befriedigt fort. »Sie sieht aus, als hätte sie ein Stachelschwein verschluckt.«

Tom blickte hinüber zu Ruperts Verlobter. Muriel sah zwar verärgert aus, aber irgendein Zeichen von Kummer oder Schmerz konnte er in ihrem Gesicht nicht entdecken.

Die Musik wurde jetzt etwas rascher und lauter und

näherte sich ihrem Höhepunkt. Der Dirigent gab sein Bestes. Mit seinem feinen gesellschaftlichen Gespür hatte er sehr wohl begriffen, was sich hier abspielte. Zwar mochte der Ball für die steife Dame in Silber mit der weißen Perücke gegeben werden, in Wirklichkeit galt er dem leidenschaftlichen jungen Mädchen mit den byzantinischen Augen, die eins zu sein schien mit dem Grafen von Westerholme. So hatte er die erste Reprise gespielt und auch die zweite und dann, zum Erstaunen seines Orchesters, die Wiederholung des ganzen Stücks verlangt. Doch noch mehr konnte er jetzt nicht tun. Noch einmal schwang sich die Melodie zu ihrem Höhepunkt empor, die Tänzer drehten sich schneller und schneller . . . und mit einem letzten, überwältigenden Crescendo ging die Musik zu Ende.

Es war vorbei.

Sie trennten sich, und einen Augenblick blieb Anna stehen und sah, von der Stille überwältigt, zu ihm auf.

Dann machte sie zum letztenmal einen Knicks.

Wäre dieser Knicks nicht gewesen, so hätte Rupert sie auf der Stelle gehen lassen. Er erwartete keine weiteren Wunder. Was sie jedoch aus dieser Geste gemacht hatte, in der sie ihren früheren Respekt und ihre Bescheidenheit mit der Eleganz und Leichtigkeit des Ballsaals verband, war mehr, als er ertragen konnte.

»Kommen Sie einen Moment mit nach draußen. Es muß Ihnen sehr warm sein.«

Sie schüttelte den Kopf. »Nein, Rupert.«

Nicht ihre Weigerung hörte er, nur daß sie ihn bei seinem Vornamen genannt hatte – und unter den Blicken aller im Saal Anwesenden führte er sie, die immer noch protestierte, durch eines der französischen Fenster hinaus auf die Terrasse. Er blieb auch dort nicht stehen, sondern geleitete sie eine Reihe niedriger Stufen hinunter zu einer Laube mit einem Seerosenteich und einer Steinbank, die hinter einer hohen, schützenden Eibenhecke stand.

»Anna«, sagte er und führte sie zu dem Sitzplatz. »Ich werde tun, was recht ist, und Muriel nicht sitzenlassen. Der Fehler ist mein eigener, und ich muß damit leben. Aber wenn Sie ein wenig Erbarmen mit mir haben, dann sagen Sie mir nur ein einziges Mal, daß Sie dasselbe empfinden wie ich. Daß Sie, wenn die Dinge anders gelegen hätten ...« Er atmete tief ein und setzte noch einmal an. »Daß Sie mich lieben, Anna. Ist es Ihnen möglich, mir das zu sagen?«

Sie schwieg, und plötzlich hatte er größere Angst als je zuvor in seinem Leben. Dann wandte sie sich ihm zu, streckte ihm beide Hände entgegen, damit er sie halten konnte, und sagte sehr leise: »Ich habe kein Recht, Ihnen so etwas zu sagen. Sie gehören einer anderen. Aber ich will es trotzdem tun. Nur will ich es in meiner eigenen Sprache sagen, damit Sie es nicht verstehen. Oder gerade *damit* Sie es verstehen. Also höre, *miljenki,* höre gut zu«, sagte Anna – und dann begann sie zu reden. Und er verstand alles, was sie ihm in ihrer wundervollen, verwünschten Sprache sagte, mit ihrem Tonfall, der wie eine Liebkosung war, ihrer wilden, brennenden Zärtlichkeit.

»Hast du mich verstanden?« fragte sie, als sie geendet hatte.

»Ich habe alles verstanden«, sagte Rupert, als er seiner Stimme wieder trauen konnte.

Dann neigte er sich vor, küßte sie sehr rasch auf die Lippen und ging ins Haus zurück, um seine Braut zu suchen.

Muriel war jedoch nirgends zu finden. Sie war weder im Ballsaal noch in der großen Halle, und Tom, der zuletzt mit ihr getanzt hatte, sagte, sie habe sich entschuldigt und sei nach oben gegangen.

Die plötzliche Erhebung ihrer Zofe in den Stand eines Gastes hatte Muriel wütend gemacht, doch irgendwelche persönlichen Befürchtungen hegte sie nicht. Der Gedanke, daß man ihrer Person eine andere vorziehen könnte, war ihr noch nie in den Sinn gekommen. Nachdem sie sowohl mit dem sie bewundernden Dr. Lightbody als auch mit dem pflichtbewußten Tom getanzt hatte, schien ihr, da Rupert eine Weile abwesend war, der geeignete Augenblick gekommen, um ihren Plan auszuführen.

Zuerst holte sie in der Garderobe ein großes Paket, das sie dort hinterlassen hatte. Sie öffnete die in Zellophan eingehüllte Schachtel und betrachtete den Inhalt mit einem zufriedenen Lächeln. Ja, die Puppe war ein Prachtstück! Weiße Augenlider aus Porzellan mit dichten blonden Wimpern, die sich mit einem Klicken über großen blauen Augen schlossen; goldene Locken, die unter einem Musselinhäubchen hervorguckten, und wenn man sie vor- und zurückneigte, sagte sie fein und deutlich: »Mama!« Eine solche Puppe mußte Ollie lieben, und Dr. Lightbody hatte bestimmt recht gehabt, als er ihr neulich bei Fortman's den Vorschlag machte. In einem Fall wie diesem war diplomatisches Vorgehen nötig – schließlich hatte sie ja nicht mit Dienstboten zu tun. Wenn sie Ollie vorsichtig erklärte, wie anstrengend die ganze Hochzeitszeremonie sein würde, wie sehr es ihrem kranken Bein schaden könnte, so lange stehen zu müssen, und wieviel besser es wäre, wenn sie sich zu Hause ausruhte und mit dieser hübschen Puppe spielte, wäre Ollie sicher einverstanden.

Ollies rötlicher Schopf war schon eine Weile auf der Musikantengalerie nicht mehr zu sehen gewesen. Das Kind mußte inzwischen im Bett sein. Muriel hatte herausgefunden, wo sie schlief. Das Problem war jetzt nur, wie sie es anstellen mußte, die Kleine allein zu sehen.

Bis jetzt hatte Tom gewissenhaft seine Pflicht erfüllt. Er haßte es, sich zu kostümieren, hatte sich aber den Marinepullover und die nach unten ausgestellten Matrosenhosen der Königlichen Marine angezogen. Ihm lag nicht viel am Tanzen, doch er hatte sich mit der schrecklichen Lady Lavinia im Walzer gedreht und Muriel den Armen von Dr. Lightbody entwunden, als die Musik zu spielen aufhörte, damit er Rupert noch ein paar letzte Minuten des Glücks ermöglichte.

Jetzt aber glaubte er, Anspruch auf etwas Trost zu haben, und für Tom bedeutete dies – und zwar bereits seit zwei Jahren – das Zusammensein mit der molligen, bebrillten Susie Rabinowitsch.

Er fand sie, wie erwartet, bei ihrer Mutter, der sie durch ihre unbeschwerte Gegenwart das erste, gefühlsbeladene Zusammentreffen mit der Gräfin seit jenem Tag in Maidens Over erleichterte.

»Ich hätte es ja wissen müssen«, sagte Hanna. »Ich hätte wissen müssen, daß Miss Hardwickes kurzer Brief nichts mit dir zu tun hatte. Es war so töricht von mir ...«

»Ach, meine Liebe!« Die Gräfin, die bereits erschüttert war durch das, was sie soeben über ihren Sohn erfahren hatte, drückte ihrer Freundin die Hand. »Was für ein schreckliches Durcheinander das alles ist! Ihr kommt hoffentlich trotzdem zur Hochzeit? Es würde alles etwas erträglicher machen –« Sie unterbrach sich. »Ah, da kommt Tom. Willst du Susie zum Tanzen holen?«

»Holen auf jeden Fall. Ich dachte, sie möchte vielleicht eine Limonade trinken.«

Susie lächelte und folgte ihm. Aber eine Limonade sollte sie an diesem Abend nicht bekommen. Tom führte sie aus dem Ballsaal in ein Vorzimmer, wo sie alleine sein konnten.

»Susie«, begann Tom, und sie sah, daß er in ungewöhnlich grimmiger, todernster Stimmung war. »Wie viele Male habe ich dich schon gebeten, mich zu heiraten?«

»Siebzehnmal, glaube ich«, antwortete Susie mit ihrer ruhigen, pedantischen Stimme und blickte ihm dabei ins Gesicht. Wenn er doch nur nicht ganz so gutaussehend gewesen wäre, wünschte sie sich zum x-tenmal. »Vielleicht waren es auch erst sechzehn, das weiß ich nicht so genau.«

Tom hatte einen silbernen Aschenbecher gefunden, den er in die Hand nahm und wieder hinstellte.

»Du hast sicher Rupert und Anna eben gesehen?«

»Ja, das hab ich. Kann man da gar nichts machen? Sie sind so völlig füreinander geschaffen.«

»Gar nichts«, sagte Tom vehement. »Muriel wird ihn niemals freigeben. Sie ist hinter dem Titel her wie ein wildgewordener Büffel. Und Rupert wird sie niemals sitzenlassen, weil er ein Gentleman ist und weil er seinem Bruder George vor dem Tod irgendein idiotisches Versprechen wegen Mersham gegeben hat.«

Susie schwieg und Tom stand vor ihr und blickte auf sie hinunter. Seit dem Tag, an dem er sie in dem mit Möbeln vollgestopften Wohnzimmer ihres Elternhauses zum erstenmal gesehen hatte, wie sie ihn durch ihre Brillengläser wie eine rundliche Eule anblinzelte und resolut mit dem Finger auf einzelne Stellen in ihrem Buch hinwies, hatte er unaufhörlich mit ihr zusammensein wollen. Bislang hatte er sich in Geduld gefaßt. Jetzt aber, da er gesehen hatte, was mit Rupert geschehen war, wollte er nicht länger warten.

»Susie, willst du wirklich unser Glück zunichte machen, nur wegen der dummen religiösen Vorurteile deiner Eltern? Und obgleich ich dir hundertmal gesagt habe, du könntest unsere Kinder so erziehen, wie du es möchtest?«

Susie zögerte. Auch sie hatte der Anblick von Rupert und Anna, als sie tanzten, erschüttert. »Das ist es nicht. Meine Eltern sind nicht mehr so streng orthodox. Sie würden ein bißchen jammern, aber sie würden mich niemals enterben oder verstoßen. Sie sind viel zu gut, und es liegt ihnen zuviel an meinem Glück.«

Erstaunt blickte Tom sie an. »Aber warum dann, Susie? Warum sagst du immer wieder nein?«

Susie betrachtete ihn aufmerksam. »Tom, hast du mich jemals richtig angesehen? *Mich*, meine ich. Nicht jemanden, den du dir in deinem Kopf vorstellst.«

Sie trat auf ihn zu, so daß das Licht der Deckenlampe ihr voll ins Gesicht schien. Das Zigeunerinnenkleid stand ihr, wie sie sehr wohl wußte, außerordentlich schlecht, und ihr Gesicht war gerötet und gefleckt von der Hitze.

»Jetzt bin ich mollig«, fuhr sie mit ihrer gleichmäßigen, sachlichen Stimme fort. »In zehn Jahren werde ich dick sein, sosehr ich auch beim Essen aufpasse. Meistens muß ich eine Brille tragen. Mein Haar ist kraus, und meine Ohren –«

»Was fällt dir eigentlich ein!« Tom hatte sie bei den Schultern gepackt; er schüttelte sie, tat ihr weh. Das berühmte Temperament der Byrnes, das schon die Geißel seiner rothaarigen Vorfahren gewesen war, flammte in seinen Augen auf. »Wie wagst du, so mit mir zu sprechen? Du beleidigst mich!«

»Was meinst du damit?«

»Wie kannst du nur annehmen, ich wüßte nicht, wer du bist und was du bist? Ich begriffe nicht, was ich sehe? Hältst du mich für eine Art verknallten Schuljungen? Es ist nicht zu sagen! Du könntest soviel wiegen wie ein Nilpferd und dir den Kopf kahlscheren. Für mich würde das keinen Unterschied machen. Ich habe nie gesagt, daß du schön wärst. Ich habe es auch nie gedacht. Ich habe gesagt, du seist du.«

Susie nahm seine Hände von ihren Schultern. Dann sah sie ihn an mit ihrem zärtlichen, weisen Lächeln, das ihre Häßlichkeit Lügen strafte, und sagte: »In diesem Fall können wir nur hoffen, daß unsere Kinder nicht dein schreckliches Temperament erben – oder meine Nase.«

»Oi, Gewalt«, entfuhr es der vornehmen Spanierin beim Anblick ihrer Gesichter, als sie in den Ballsaal zurückkehrten. »Sieh mal, Leo, es ist passiert! Was soll ich Mosche und Rahel sagen? Und unserer Kusine Steffi? Du weißt doch, daß sie Susie für ihren Isaak haben wollte.«

»Daß sie sich um ihre eigenen Angelegenheiten kümmern sollen«, sagte der stämmige kleine Stierkämpfer und zog seinen Kummerbund hoch. »Das kannst du Rahel und Mosche und der Kusine Steffi ausrichten.« Damit ging er gefaßt seinem zukünftigen Schwiegersohn entgegen.

Mit ganz ungewöhnlichem Wohlwollen beobachtete die Herzogin von Nettleford die Tänzer. Es sah aus, als würden sich die Dinge für ihre Töchter gut entwickeln. Tom hatte den Ball mit Lavvy eröffnet und zeigte eindeutiges Interesse. Beatrice tanzte mit einem jungen Offizier, mit dem Minna sie bekannt gemacht hatte, und Gwendolyn war ebenfalls auf dem Parkett. Hermione und Priscilla hatten zwar noch keine Tänzer gefunden und saßen neben ihr, die eine mit dem Haupt Johannes des Täufers auf dem Schoß, die andere mit einem Schlangenstab in der Hand. Tom Byrnes jüngerer Bruder war leider eine Enttäuschung gewesen, aber mit dreizehn war er wirklich zu jung, selbst für Beatrice. Alles in allem nahm das Fest einen befriedigenden Verlauf. Den kleinen Zwischenfall am Anfang, als irgendein Dienstmädchen sich als Komtesse entpuppt hatte oder vielleicht auch umgekehrt, hatte sie kaum beachtet, höchstens mit Genugtuung bemerkt, wie wütend darüber die Tochter des Kolonialwarenhändlers war, die sich den jungen Westerholme geangelt hatte.

»Nun, Lavvy«, sagte die Herzogin zu Lavinia, die mit selbstgefälliger Miene auf sie zukam. »Wie läuft's denn so?«

»Sehr gut, Mutter«, sagte Lavinia mit einem breiten Grinsen. »Tom sagt, er wisse, daß er sich darauf verlassen könne, daß ich mich in der Kirche um Ollie kümmere.«

»Aha, er weiß also, daß er sich auf *dich* verlassen kann!« Die Herzogin war entzückt. »Hast du ihm ... du weißt schon, ein bißchen zu verstehen gegeben ...?«

Lavinia schlug die Augen nieder. »Also, Mutter ... weißt du ...«

»Seht mal, da kommt ja Tom«, sagte Priscilla und deutete mit ihrer Uräusschlange auf ihn. »Was will er denn mit dieser pummeligen kleinen Jüdin?«

»Die Byrnes sind eben sehr demokratisch«, bemerkte Hermione gelangweilt. »Lady Byrne küßt sie sogar!«

Lavinia, äußerst zuversichtlich, wartete. Und sie sollte

recht haben mit ihrer Zuversicht. Tom, der sich jetzt seines tiefen Glücks sicher war und den die ehrliche Freude seiner Stiefmutter rührte, war entschlossen, alles zu tun, damit der Ball zu einem Erfolg wurde. Was jetzt nottat, wie Minna ihm gerade versichert hatte, war, daß jemand – irgend jemand – mit den Nettleford-Mädchen tanzte.

Also begab sich der glückstrahlende Tom in die Schlangengrube, und da er sich bewußt war, daß er bereits mit der ältesten und häßlichsten von ihnen getanzt hatte, verbeugte er sich vor derjenigen, die aussah, als sei sie in mehrere Schichten von Musselinwindeln gehüllt, und einen in Tomatensaft getauchten Pappmachekopf vorsichtig auf dem Schoß hielt.

Hermiones Triumph sollte jedoch von kurzer Dauer sein. Sie hatten kaum ein halbes dutzendmal den Ballsaal umrundet, als die Musik plötzlich aufhörte und gleich darauf einen Tusch spielte. Als die Tänzer zur Galerie hinaufblickten, sahen sie Lord Byrne neben dem Dirigenten stehen und beide Hände emporhalten.

»Meine Damen und Herren«, sagte er. »Ich habe Ihnen eine Neuigkeit bekanntzugeben. Eine Neuigkeit, die bestimmt allen Anwesenden Freude machen wird . . .«

Anna blieb noch eine Weile im Garten, mit dem Rücken an eine große Zeder gelehnt. Sie war so kalt, so unbeweglich, als sei sie aus Stein.

Rupert war weggegangen. Sie mußte ohne ihn leben. Es gab nichts anderes.

Ein paar Dinge waren noch zu erledigen, ehe sie verschwinden konnte. Sie wollte der Gräfin erklären, daß sie fortging, wollte den Byrnes danken, Ollie auf Wiedersehen sagen . . . Danach mußte sie in Mersham ihre Sachen holen und auf den Morgenzug nach London warten. Von Heslop nach Mersham waren es fünfzehn Kilometer auf der Straße, doch von ihren morgendlichen Ausritten auf der Stute kannte sie eine Abkürzung, die querfeldein verlief und die sie selbst im Dunkeln finden würde. Bis die anderen Angestellten erwachten, wäre sie bereits verschwunden.

Doch zuerst kam noch Petja. Sie hatte ihm einen Tanz versprochen. Also mußte sie zurück in den Ballsaal gehen, koste es, was es wolle ...

Er hatte schon nach ihr gesucht. »Da bist du ja, Annuschka!« sprudelte er auf russisch hervor. »Du hast etwas Aufregendes verpaßt. Tom hat sich mit Susie Rabinowitsch verlobt, und das Orchester hörte auf zu spielen, als es verkündet wurde, und alle haben geklatscht. Aber weißt du, das als Fisch verkleidete Mädchen hat einen komischen Schrei losgelassen, als Toms Vater es verkündete, und sie ist ganz rot geworden und rausgerannt! Tom ist so glücklich, und Susie ist wirklich nett, und jetzt gibt es ganz, ganz viel Champagner. Und Lady Byrne will dich bitten, doch hierzubleiben, statt wieder nach Mersham zu gehen; sie sagt, du warst drüben lange genug zu Gast und jetzt ist sie an der Reihe, also komm bitte her, Nuschka, sie sind wirklich furchtbar nett, und ihre Pferde sind einfach fabelhaft ...«

»Petja, ich muß zurück in die Stadt«, sagte Anna. »Ich bin jetzt so lange fortgewesen, und es ist einfach nicht recht wegen Mama.«

»Ach, nein. Wir hätten es bestimmt so lustig miteinander! Es gibt auch noch die Hochzeit – so lange mußt du dableiben.«

»Es geht nicht, mein Schatz. Vielleicht komme ich wieder«, log sie. »Aber nächste Woche hat Pinny Geburtstag, und da möchte ich bei ihr sein; sie hat soviel für uns getan. So, und jetzt wollen wir tanzen, und danach gehe ich ganz still weg. Hör mal! Eine Polka! Jetzt werden wir es ihnen mal zeigen!«

Und das taten sie. Aber dann war es vorbei, und Anna wollte gerade versuchen, zur Flügeltür zu gelangen, als sie plötzlich aufgehalten wurde. Mit viel Gelächter über Hawkins' Bemühungen, ihre Namen auszusprechen, strömte das ganze Russische Ballett in den Ballsaal.

Sie hatten Kostüme aus dem »Feuervogel« und »Scheherazade« angezogen, und alle anderen Kostüme wirkten sofort farblos und uninteressant. Sie waren als Gäste gekommen, nicht als Tänzer, aber sofort zogen sie alle Blicke auf sich.

Sie eilten auf ihre Gastgeber zu, um sie zu begrüßen, umarmten auf dem Weg dorthin jedermann, an dem sie vorbeikamen, und ergriffen im Vorübergehen Champagnergläser, die von Dienern auf Tabletts angeboten wurden. Die Stimmung der Gesellschaft schnellte in die Höhe. Plötzlich blieb La Slavina, die Primaballerina, stehen, warf einen Arm in die Höhe und stieß einen hohen, bezaubernd klingenden Freudenschrei aus:

»*Mon Dieu! C'est la petite Gratzinsky!*« Dann schloß sie Anna in die Arme. »Es ist ja *magnifique,* Sie hier zu sehen, *ma chère.* Und sieh mal an, da ist auch der kleine Bruder!« Sie wandte sich Lady Byrne zu. »Sie wissen gar nicht, wie gut die Gratzinskys in St. Petersburg zu uns waren. Solche Wohltäter, solch eine Gastfreundschaft! Natürlich haben sie das Ballett immer geliebt. Erinnern Sie sich noch, Komtesse, wie Sie von zu Hause weggelaufen sind? Sie waren sieben Jahre alt, und die ganze Polizei in St. Petersburg suchte nach Ihnen. Was für eine Geschichte! Und wo war sie?« wollte sie von den Umstehenden wissen. »In der Theaterstraße, in der Ballettschule, wo sie aufgenommen werden wollte.«

»Und wie sie versuchte, ihre Rubine zu verkaufen, um Diaghilews erste Europatournee zu bezahlen«, erzählte jetzt der Choreograph. »Wissen Sie das noch? Ganz allein ging sie zum alten Oppenheim in der Morskaja. Wie oft hat er die Geschichte später erzählt: Da kommt eines Tages ein kleines Mädchen, das nicht einmal über seinen Schreibtisch gucken kann, und streckt eine Hand empor, die einen Schuhsack hält, und heraus fällt ein Kollier, das mit fünfzigtausend Rubel versichert ist!«

»Ich habe gehört, Sie hätten alles verloren«, sagte La Slavina mit leiser, teilnehmender Stimme.

Anna zuckte die Achseln. »Es geht uns ganz gut.«

»Oh, Sie haben Mut. Und einen feinen Bruder!« Sie zwickte Petja in die Backe. Dann wurde ihre Stimme um eine halbe Oktave tiefer, als sie fortfuhr: »Sagen Sie, was ist mit Ihrem schönen Vetter Sergei geschehen? Wie ich hörte, soll er in Sicherheit sein, aber niemand hat ihn in London gesehen, und die Baronesse Rakow ist *désolée.*«

»Er arbeitet irgendwo im Norden«, sagte Anna vorsichtig.

»Als Chauffeur, heißt es. *Est-ce possible?*«

Natürlich hatte sich eine kleine Schar Zuhörer um sie versammelt, darunter auch die Mitglieder der Familie Nettleford, die sich nach der Hiobsbotschaft von Toms Verlobung eng zusammengeschlossen hatten und die wie vor den Kopf geschlagene Lavinia zum Essen geleiteten.

La Slavina machte eine große Geste, die die ganze Gesellschaft einschloß. »Ah, wenn Sie den Prinzen sehen könnten! Nie, gar nie habe ich einen so gutaussehenden Mann getroffen. Und einen so furchtlosen. Aber alle Tschirkowskys waren so. Von Sergeis Vater habe ich meine ersten Brillanten bekommen. Ich war damals noch in Cecchettis Klasse in –« Sie unterbrach sich und fuhr mit ihrem bezaubernden Lächeln fort: »Ich bitte um Verzeihung, Mademoiselle.«

Aber die Schuld lag gar nicht bei der Primaballerina. Ein großes, gierig aussehendes Mädchen in einem Schuppenkostüm war mit ihr zusammengeprallt, als es auf das französische Fenster zustürzte, durch das es jetzt verschwunden war. Einen Moment herrschte Ruhe, dann rannten vier weitere Mädchen in unbeschreiblicher Aufmachung mit verschiedenen Wutschreien hinter ihr her.

»Drôle«, sagte La Slavina und zog erstaunt die Augenbrauen hoch. Dann hakte sie sich bei Anna ein und führte ihre ganze Gesellschaft ins Speisezimmer.

Sergei, der darauf bedacht war, den Aufenthaltsraum der Dienerschaft mit seinem Klatsch und seinen Verleumdungen zu meiden, hatte den Abend unten im Dorf im »King's Head« verbracht. Jetzt rauchte er in aller Ruhe eine Zigarette auf dem Reitplatz, der neben den Stallungen lag, und wartete, bis er aufgefordert würde, Lady Lavinia und die andere Brautjungfer wieder nach Mersham zu bringen.

»Sergei! Sergei, wo sind Sie?«

»Hier, Mylady.«

Lady Lavinia schoß im Eiltempo um die Stallecke und kam keuchend auf ihn zu.

»Möchten Sie früher nach Hause fahren, Mylady? Der Wagen steht bereit.«

»Nein, nein, Sergei. Die Nacht ist noch jung.« Sie kam näher. »Ich bin aber sehr böse mit Ihnen, Sergei. Sehr, sehr böse«, sagte Lavinia und wedelte mit einem knochigen Finger vor seinem Gesicht herum.

»Es tut mir leid, das zu hören, Mylady.«

Sergei sah sich nach einem Fluchtweg um, aber etwas anderes, als über den Zaun zu springen und über den Reitplatz davonzulaufen, gab es nicht.

»Warum haben Sie uns Ihren richtigen Namen nicht gesagt?« fragte Lavinia, die seinen Arm jetzt mit eisernem Griff umklammerte.

»Das habe ich doch, Mylady.«

»Nein, nicht den *ganzen* Namen.«

»Ich fürchte, ich verstehe Sie nicht.«

»Oh, Sie sind ein ganz Schlimmer!« sagte Lavinia, die von der Nähe dieses hinreißenden Mannes völlig überwältigt war. »Was ist denn mit dem Prinzen, he? *Prinz* Sergei Tschirkowsky. Das haben Sie uns nicht gesagt.«

»Ich hielt es nicht für wichtig, Mylady.«

»Nicht wichtig! Ach, Sie sind ein komischer Mensch.« Sie rückte ihm noch näher und preßte ihre Schulter in seine Seite. »Sehen Sie denn nicht, daß Sie damit jederzeit Ihren Platz in der Gesellschaft einnehmen können, wenn Sie es wünschen? Das heißt, falls Sie jemand haben, der Sie unterstützt und –«

»Lavvy! Lavvy, wo bist du?«

Die Meute holte sie ein. Wütend über Lavinias Vorsprung, waren ihre Schwestern über die Terrasse davongestürzt und hatten die Verfolgung aufgenommen. Beatrice hatte die Stallungen als erste erreicht.

»Da bist du also. Hast ihn gefunden. Du hinterlistige Person! Kaum hast du erfahren, daß er ein Prinz ist, bist du ihm schon nachgerannt. Nehmen Sie keine Notiz von ihr, Sergei. Es ist alles nur Getue!«

»Weil Tom ihr nämlich entgangen ist«, setzte Beatrice hinzu, deren Boshaftigkeit einen Grad erreicht hatte, der selbst für eine Nettleford bemerkenswert war.

»Jetzt will sie also Prinzessin sein, nicht wahr, Lavvy?«

Doch nun reichte es Sergei. Er verbeugte sich und sagte mit seinem starken Akzent: »Meine Damen, ich habe Ihnen zwei Sachen zu sagen. Erstens trete ich mit sofortiger Wirkung von meinem Posten als Chauffeur Ihrer Familie zurück, was Sie bitte dem Herzog und der Herzogin ausrichten werden. Zweitens bin ich verlobt.«

Und noch ehe die Mädchen sich fassen konnten, hatte er sich über das Gatter geschwungen und war zwischen den Bäumen jenseits des Reitplatzes verschwunden.

Nach Eintreffen der Russen konnte niemand mehr daran zweifeln, daß der Ball ein Riesenerfolg war. In seinem Mittelpunkt stand jedoch nicht die steife und mißbilligende Muriel Hardwicke in ihrem anspruchsvollen Kostüm; im Mittelpunkt stand Anna, deren Flucht vereitelt worden war. Sie wurde belagert von Partnern, die mit ihr tanzen wollten, und sie blickte nicht ein einzigesmal, keine einzige Sekunde zu Rupert hinüber, der sich seinerseits kein einzigesmal, keine Sekunde nach ihr umsah.

»Das Mädchen hat es offenbar darauf angelegt, sich unmöglich zu benehmen«, sagte Muriel, die kühl einen Twostep in den Armen ihres Verlobten ausführte. »Du erwartest hoffentlich nicht von mir, daß ich sie nach alledem wieder in Mersham haben will.«

Rupert antwortete nicht. Anna machte gerade am Ende eines Tanzes eine kleine Pause, um ihrem Partner zu danken. Nur ganz kurz hatte Rupert sich nicht in der Gewalt und blickte sie an, just in dem Moment, als auch ihre Selbstbeherrschung nachgab und sie die vor Müdigkeit und Erregung glänzenden Augen hob, so daß ihre Blicke sich trafen.

In diesem Augenblick aber wußte er mit unfehlbarer, eindeutiger Sicherheit, daß er ohne sie nicht leben könnte und daß er seine Verlobung lösen mußte, selbst wenn dies Schande und Ruin bedeutete – und daß er es noch an diesem Abend tun mußte.

Sergei hatte sich in den italienischen Garten geflüchtet, dessen Statuen und Lauben selbst im hellen Mondlicht Schutz boten. Hier wollte er ganz still warten, bis die Nettleford-Töchter in den Ballsaal zurückgekehrt wären, um dann seine Sachen in der Remise zu holen und sich auf den Weg zum Bahnhof zu machen. Glücklicherweise hatte er den letzten Wochenlohn noch nicht ausgegeben; so hätte er jedenfalls genug Geld für die Fahrkarte.

Er wollte eben zurückgehen, als er einen kurzen, unendlich traurigen, verzweifelten Laut vernahm. Es hörte sich genauso an, als versuchte jemand, um keinen Preis zu weinen. Als er um sich blickte, sah er, eingerahmt von einem Jasminbogen, ein Mädchen, das auf dem Rand eines Springbrunnens saß und den Kopf in beiden Händen hielt. Ein Mädchen, dessen Haltung, dessen schlanke Silhouette ihm schmerzlich vertraut waren.

Ruperts Blick hatte Annas seelische Verfassung wie ein Schwerthieb getroffen. Sie hatte sich bei ihrem letzten Tanzpartner entschuldigt, war unbemerkt hinausgeschlichen und wünschte sich nur noch, daß diese lange Nacht ein Ende nehmen möge.

»*Annuschka! Miljenkaja! Eto ti?*«

Die ihr seit ihrer Kindheit vertraute Stimme, die zärtlichen russischen Worte ließen sie aufspringen – und sich in die Arme des großen Mannes stürzen, der auf sie zukam.

»Serjoscha!«

Einen Augenblick hielten sie sich fest umschlungen, verbunden durch ihr gemeinsames Heimweh, ihre Liebe zueinander. Wenn es einen Menschen auf der Welt gab, den Anna in dieser Stunde brauchte, dann war es ihr Vetter, der jetzt für sie auch Vater, Bruder, Beschützer und Freund war. Und wenn es für ihn einen Menschen gab, der ihm seine Achtung vor Frauen zurückgeben konnte, dann war es dieses junge Mädchen mit ihrer Standhaftigkeit, ihrem Mut, ihrer seelischen Größe.

»Ich wußte gar nicht, daß du hier warst, Sergei. Warum bist du nicht ins Haus gekommen?«

»Ich bin doch kein Gast, du Närrin! Ich bin der Chauffeur der Nettlefords. Vielmehr, ich war's.« Rasch erzählte er ihr, was geschehen war, und unter Tränen lächelte sie. »Und du?« fragte er sie und blickte auf sie hinunter. »Bist du in einem Kostüm oder . . .« Seine Stimme nahm einen schärferen Ton an. ». . . oder hast du etwa auch gearbeitet? Sag mir die Wahrheit, Annuschka!«

Es hatte keinen Sinn mehr, daß sie ihm etwas verheimlichte. »Aber Petja darf es *nie* erfahren, Sergei«, sagte sie, als sie ihm die Vorkommnisse des Abends geschildert hatte. »Er würde sofort die Schule verlassen, wenn er wüßte, daß wir mittellos sind. Also hilf mir jetzt bitte, so rasch wie möglich von hier wegzukommen. Wenn ich bei Mama und Pinny gewesen bin, kann ich mir anschließend eine neue Stelle suchen.«

»Nein! Du wirst nicht wieder eine solche Arbeit machen. Ich verbiete es dir strikt!« Während er noch sprach, wußte

Sergei auf einmal genau, was er tun würde und daß die Lüge, die er den Nettleford-Mädchen erzählt hatte, prophetisch gewesen war. »Ich heirate Larissa Rakow«, fuhr er fort. »Sie ist ein liebenswürdiger, verständnisvoller Mensch. Du wirst sehen, daß alles gut wird. Du und Petja und eure Mutter werden bei uns wohnen und Pinny auch. Und wenn du ganz brav bist«, fügte er hinzu und wischte ihr vorsichtig eine Träne ab, »dann besorge ich dir einen reichen Ehemann, einen, der dich nur zweimal in der Woche verprügelt.«

Sie zwang sich zu einem Lächeln. »Nein, Serjoscha . . . Ich will keinen reichen Mann. Ich will überhaupt keinen Mann außer . . .«

Sergei zog ein Taschentuch hervor. Er hatte die Augen zahlloser weinender Frauen getrocknet, aber keine liebevoller als die Augen dieses Mädchens. »Arme *kukuschka*«, sagte er und zog ihren Kopf an seine Schulter. »Nun erzähl mir bitte alles. Wenn er dir etwas angetan hat, dann bringe ich ihn selbstverständlich um, wer immer er sein mag«, setzte er ganz sachlich hinzu. »Andernfalls kann man vielleicht etwas tun.« Er gab einen letzten Tupfer auf ihr Gesicht. »Putz dir die Nase, *duscha*«, befahl er, »und dann fang an.«

Sie erzählte ihm alles, gab immer sich die Schuld, daß sie nicht rechtzeitig erkannt hatte, was geschah. Und während er sie festhielt und ihr Haar streichelte, entnahm er ihrer Stimme das ganze Ausmaß ihrer unendlichen Liebe und ihre gänzliche Hoffnungslosigkeit.

Und so fand Rupert, der im Garten nach Anna suchte, die beiden. Aneinandergelehnt standen sie da, der Mann über sie gebeugt und sie an sich drückend, während sie in völligem Vertrauen zu ihm aufsah.

14

Es dauerte eine Stunde und zwanzig Minuten, bis die Nachricht von Annas plötzlichem Aufstieg beim Ball die Angestelltenzimmer von Mersham erreichte. Einer der Chauffeure aus Heslop, der noch späte Gäste von der Bahn abholen mußte, hatte die Geschichte dem Stationsvorsteher gegenüber erwähnt, und dieser hielt sie immerhin für so interessant, daß sie einen Telefonanruf bei seinem alten Freund Mr. Proom verdiente.

Trotz der vorgerückten Stunde waren die meisten Angestellten noch in der Küche mit Vorbereitungen für das Hochzeitsessen beschäftigt. Mrs. Park glasierte geduldig ihre köstlichen kleinen Törtchen und Blätterteigschnitten; James und Sid polierten die venezianischen Karaffen auf Hochglanz; Peggy und Pearl falteten Damastservietten zu komplizierten Blumengebilden, und Mr. Cameron gab Luise Anweisungen, wie seine Orangenbäumchen aufgestellt werden sollten.

Mr. Prooms Eintreten brachte alle diese Aktivitäten zum Stillstand.

»Eine *Komtesse*!« sagte Mrs. Park und mußte sich setzen. »Wer hätte das gedacht!«

»Das Gesicht von diesem Charles hätte ich sehen mögen«, brummte James, der unter der Fuchtel des Ersten Dieners von Heslop hatte leiden müssen.

»Stellt euch vor, sie hat mit Seiner Lordschaft getanzt!« sagte Peggy. »Das ist ja wie im Kino ...«

Mr. Proom und Mrs. Park wechselten Blicke. Gewisse Dinge in Annas Benehmen in letzter Zeit wurden ihnen jetzt klar.

»Soso, eine Komtesse.« Mr. Cameron, dem man die Neuigkeit in sein Hörrohr geschrien hatte, begann zu schnaufen und still in sich hineinzulachen. Er wußte jetzt, wie er seine neue Rose nennen wollte, und freute sich über seinen ganz privaten Witz.

»Erinnert ihr euch noch, wie sie am ersten Tag, als sie kam, sich gleich ans untere Ende des Tisches setzte?« fragte Pearl. »Sogar noch nach Win?«

Einen Augenblick schwiegen alle, und jeder erinnerte sich auf seine Art an Anna.

»Und Baskerville, der verflixte Köter, der ihr ständig nachlief«, sagte Sid. »Der Snob scheint es gewußt zu haben.«

Doch die scharfsinnige Luise hatte noch eine andere Seite erkannt. »Sie wird nicht wieder herkommen, auf keinen Fall. Wir haben Anna zum letztenmal gesehen.«

»Anna ist nicht so«, ereiferte sich Peggy. »Sie würde niemals –«

»Es hat doch nichts mit Anna zu tun«, unterbrach Luise sie. »Es ist diese Miss Hardwicke. Sie wird Anna nicht im Haus haben wollen, nachdem Seine Lordschaft soviel Wirbel um sie gemacht hat. Nie und nimmer!«

Proom senkte nur den Kopf zum Zeichen, daß er Luise recht gab.

»Mrs. Proom wird sie vermissen«, sagte er mit Nachdruck.

»Sie ist nicht die einzige«, bemerkte Mrs. Park und wischte sich eine Träne ab.

In den frühen Morgenstunden nach dem Ball schlug das Wetter um. Ein unangenehmer Wind raschelte in den Blättern; Wolken trieben von Westen herbei, und es begann zu regnen.

Das Mädchen, das in einem zerrissenen Sackleinengewand den grasbewachsenen Weg entlangstolperte, der vom Wald her zum Küchengarten in Mersham führte, achtete nicht auf den Regen. Sie war am Ende ihrer Kräfte. Ihr Haar war verfilzt und dreckig; ihre bloßen Füße bluteten, und an ihrem Handgelenk hing noch ein durchgescheuertes Band mit einer aufgestempelten Nummer. Immer wieder blieb sie stehen, um nach Atem zu ringen und sich mit ihrem geschundenen, ausdruckslosen Gesicht nach dem Wald umzublicken und zu lauschen, ob sie verfolgt würde. Dann rannte sie weiter, und während sie lief, schluchzte sie unaufhörlich wie ein Kind.

Sie hatte den Küchengarten erreicht, schlüpfte durch die Tür in der Umfriedung und durchquerte den Obstgarten. In ihrem umnebelten Hirn stand nur ein deutliches Bild: ein Zimmer, eine Person, der sie jedoch keinen Namen mehr zu geben wußte.

Dem Zusammenbruch nahe, stolperte sie über den Seitenhof und schleppte sich an den feuchten Mauern entlang, hinter denen die Küchenräume lagen. Sie streckte eine Hand aus, um nach einem Fenster zu tasten – jenem einzigen Fenster, hinter dem ihre Zuflucht lag.

Sie hatte es gefunden. In einer letzten verzweifelten Anstrengung beugte sie sich über die Regentonne und klopfte einmal an die Fensterscheibe, hinter welcher Mrs. Park schlief, ehe sie zurückrutschte und bewußtlos auf dem Kopfsteinpflaster zusammenbrach.

Win war zurückgekehrt.

»Man muß eine Untersuchung einleiten, Rupert«, sagte die Gräfin zu ihrem Sohn. »Dr. Marsh hegt keinen Zweifel, daß Win mißhandelt worden ist. Es muß ein absolut teuflischer Ort sein. Sie war in Sackleinwand gekleidet – buchstäblich! Außerdem ist sie halb verhungert und völlig verängstigt. Wenn du zu ihr kommst, hebt sie, obwohl sie kaum richtig bei Bewußtsein ist, sofort abwehrend die Arme, als erwarte sie, geschlagen zu werden. Ich werde die Anstalt schließen lassen, und wenn es meine letzte Handlung ist! Und noch etwas, Rupert – du mußt mit Muriel reden. Die Angestellten sind sehr aufgebracht. Mrs. Park hat gekündigt. Sie will Win, sobald es ihr etwas besser geht, zu ihrer Schwester mitnehmen. Ich weiß gar nicht, wie Muriel überhaupt einen solchen Ort aussuchen konnte. Er liegt, zum Glück, weit weg von hier, soll aber, soviel ich gehört habe, berüchtigt sein.«

»Muriel hat sich bestimmt erkundigt«, sagte der Graf, der sich mühsam aus seiner privaten Hölle löste, um sich seiner Mutter anzunehmen.

»Sie wäre besser hingefahren und hätte es sich selber angesehen, Rupert. Du machst dir keine Vorstellung, wieviel Schaden die Sache bei den Angestellten anrichtet. Sie sind schon sehr bestürzt, daß Anna weggeht, was zwar sehr nobel, aber ganz unnötig ist, denn Minna hat sie eingeladen, dazubleiben, und auch die Rabinowitschs –«

»Nobel?« Ruperts Stimme zerrte schmerzhaft an den schon zum Zerreißen gespannten Nerven der Gräfin. »Das ist köstlich. Das ist wirklich köstlich! Anna ist nicht alleine weggegangen, das kann ich dir versichern. Sie ist durchgebrannt! Ich hab sie im Garten gefunden, wo sie sich wie ein Straßenmädchen mit einem der Chauffeure aufführte.«

»Der Chauffeure?« Die Stirn der Gräfin glättete sich. Dann lächelte sie. »Ach, ich habe ganz vergessen, daß du ja nicht da warst, als es sich herausstellte. Offenbar war einer der Chauffeure der Nettlefords Annas Vetter Sergei, eben der, den sie so gerne hat. Du kannst dir denken, was für ein Theater Honoria machte, als sie feststellte, daß sie sich einen echten Prinzen hatte entgehen lassen.«

»Ach so. Das erklärt alles.« Ruperts Stimme war noch grimmiger als vorher. »Jedenfalls dürften sie ein sehr schönes Paar abgeben – und uns bleibt zumindest die Belastung erspart, daß wir uns die Kohlen von einer Prinzessin nach oben tragen lassen müssen.«

»Nein, mein Lieber, ich bin sicher, daß Anna –«

Rupert fuhr so heftig herum, daß die Gräfin einen Schritt

zurücktrat. In ihrem ganzen Leben hatte sie ihn noch nie so gesehen.

»Du wirst bitte Anna mir gegenüber nicht mehr erwähnen«, sagte er. »*Nie* mehr!«

Als Rupert schließlich zu Muriel kam, war diese sehr schlechter Laune. Luise, nach der sie geschickt hatte, damit sie Anna ersetzte, hatte sich geweigert, sie zu bedienen, so daß Muriel gezwungen gewesen war, sich selber anzuziehen, und dies an einem Morgen, an dem sie ganz besonders beeindrucken wollte.

»Sie muß weggeschickt werden, Rupert«, sagte sie jetzt und erzählte ärgerlich ihre Leidensgeschichte.

»Es kann überhaupt nicht die Rede davon sein, daß Luise weggeschickt wird«, sagte Rupert kühl. Er hatte gerade eine halbe Stunde damit verbracht, seinen Butler ins Kreuzverhör zu nehmen. Prooms Versuche, den Fragen auf achtbare Weise auszuweichen, hatten sich rasch als untauglich erwiesen gegenüber der Taktik, die Rupert in vier Jahren des Umgangs mit seiner Besatzung vervollkommnet hatte. Der Graf war jetzt voll über die Situation unter seinen Angestellten informiert, und sein Ärger, den er zwar im Zaum hielt, überstieg den von Muriel bei weitem. »Luise war aufgebracht darüber, wie du Win behandelt hast, und das war, wie ich mich nicht zu sagen scheue, monströs. Soweit ich weiß, hast du das Mädchen an seinem freien Tag regelrecht entführen lassen.«

»Was fällt dir ein, Rupert! Wie wagst du es, so mit mir zu sprechen?«

»Ich werde dich nicht beschämen und die Anweisungen widerrufen, die du bereits gegeben hast«, fuhr Rupert fort, gerade so, als hätte sie nichts gesagt. »Aber es wird keine weitere Einmischung in Prooms Angelegenheiten geben. Was Mrs. Proom betrifft, so ist Mersham ihr Zuhause und wird es auch bleiben, bis sie stirbt.«

»Mersham!« zischte Muriel. »Sprich mir nicht von Mersham! Dein heißgeliebtes Mersham wäre schon unter dem Hammer, wenn ich nicht wäre.«

»Ja«, antwortete Rupert ganz ruhig. »Und das wäre auch besser gewesen, als daß es durch die Ideen zerstört wird, die dein Freund Dr. Lightbody propagiert. Wenn George noch lebte, würde er derselben Meinung sein.«

»Ach, was hast du gegen Dr. Lightbodys Ideen einzuwenden? Zufällig bin ich nämlich gerade dabei, ihn hierher einzuladen, damit er hier arbeiten kann.«

Rupert blickte sie erstaunt an. »Du glaubst doch nicht, daß ich das erlauben würde?«

»Erlauben?« rief Muriel, die jetzt vor Wut schnaubte. »Erlauben! Wer, glaubst du eigentlich, daß du bist?«

Rupert sprach seine nächsten Worte ganz sanft. »Der Besitzer von Mersham, Muriel«, sagte er.

Und während des darauffolgenden verblüfften Schweigens fuhr er noch freundlicher fort: »Du dachtest doch sicher nicht, daß dein Reichtum es dir erlauben würde, mich herumzukommandieren. Was Dr. Lightbody betrifft, so steht es dir natürlich völlig frei, deine eigenen Freunde zu wählen, nur ist es lächerlich, anzunehmen, ich würde es zulassen, daß ein Mann, dessen Ideen mir zutiefst zuwider sind, in Mersham eine Praxis eröffnet.« Sein Gesicht verzog sich zu einem Lächeln. »Etwas anderes sind natürlich deine Verwandten.«

»Meine . . . Verwandten«, stammelte Muriel.

Rupert nickte. »Zum Beispiel deine Großmutter. Sie wäre uns absolut willkommen, wenn sie gerne bei uns wohnen möchte«, fuhr er mit sanfter Stimme fort. »Oder dein Onkel Nat.«

»Du . . . willst doch wohl nicht«, sagte Muriel, die kreidebleich geworden war.

»Nicht, wenn du es nicht willst. Aber denke dran, was ich gesagt habe.« Plötzlich ergriff er ihre Hand. »Sieh mal, Muriel, du liebst mich doch gar nicht. Du bist schön und tüchtig und reich; du könntest jeden heiraten. Es ist noch nicht zu spät, dich zu lösen. Überleg es dir gut, meine Liebe – es liegen eine Menge Jahre vor uns. Könntest du wirklich glücklich sein mit einem Mann, der das meiste von dem, was dir teuer ist, nicht leiden kann?«

Muriel wurde von Panik ergriffen. Nur noch zwei Tage; übermorgen wäre sie buchstäblich eine Gräfin! War es denn möglich, daß ihr dieser verlockende Preis noch entgehen sollte? Sie hatte beabsichtigt, Rupert an diesem Vormittag zu sagen, zu welchen Zeiten er sich ihr körperlich nähern dürfte. Daß er von sich aus auf die Idee käme, sich ihr überhaupt nicht zu nähern, wäre ihr nie in den Sinn gekommen. Sie preßte die Augenlider fest aufeinander, und es gelang ihr wirklich, eine echte Träne herauszuquetschen.

»Bitte, sprich nicht so mit mir, Liebster«, sagte sie, und zum erstenmal sah er, daß sie wirklich Angst hatte. »Ich bin dir ... über alle Maßen ergeben.« Und als er weiterhin schwieg: »Du würdest mich doch nicht sitzenlassen?«

Rupert schüttelte den Kopf.

»Nein, Muriel«, sagte er und versuchte, sich seinen Überdruß nicht anmerken zu lassen. »Das würde ich nicht tun.«

Als er auf dem Weg nach draußen mit seinem Hund durch die Halle kam, fand der Graf ein Grüppchen seiner Angestellten vor der nur angelehnten Tür zur Bibliothek versammelt.

Er trat näher und hörte, daß eine hohe, den Ton modulierende, selbstsichere Stimme herausdrang.

»Kann jemand ernsthaft bezweifeln, meine Damen und Herren, daß unsere Gesellschaft von allem, was krank, verkrüppelt oder unschön ist, ein für allemal befreit werden kann, ja, befreit werden *muß* ...«

Beim Anblick Seiner Lordschaft huschten die Angestellten davon, um in Deckung zu gehen. Rupert stieß die Tür auf. Auf dem Podium am anderen Ende der leeren Bibliothek, eine Hand auf die Büste des Herkules gelegt, stand Dr. Lightbody und überprüfte die Akustik seines neuen Heims.

Rupert trat ein, und Baskerville folgte ihm auf den Fersen. Die Tür schloß sich hinter ihnen. Vorsichtig kamen die Angestellten wieder näher – bis die Tür aufflog und ein zerzauster blonder Mann in die Halle geschossen kam und auf dem Mosaikboden zusammensackte ...

Am folgenden Tag, dem letzten vor der Hochzeit, erhielt Mr. Proom einen Telefonanruf. Er kam vom Stationsvorsteher in Maidens Over, der ihm mitteilte, daß eine Familie namens Hering gefaßt worden sei, als sie versuchte, die Eisenbahngesellschaft um zwei Fahrkarten zu betrügen.

»Wo sind sie jetzt?« fragte Proom, als er die Neuigkeit etwas verdaut hatte.

»Sie sind in meinem Büro eingesperrt, Mr. Proom, bis weitere Ermittlungen stattfinden. Was möchten Sie, daß ich mit ihnen mache?«

»Seien Sie so freundlich und behalten Sie sie da, Mr. Fernby«, sagte Proom. »Behalten Sie sie einfach. Und lassen Sie sie auf gar keinen Fall heraus, bis ich komme.«

»Es wird mir ein Vergnügen sein, Mr. Proom«, sagte der Bahnhofsvorstand.

Doch als er den Hörer eingehängt hatte, begab sich Proom nicht zum Grafen oder zur Gräfin. Statt dessen stand er längere Zeit gedankenverloren da. Mr. Proom erinnerte sich an Melvyn Hering. Er erinnerte sich nur allzugut.

»Es ist unmöglich«, sagte Mr. Proom nach einer Weile zu sich selbst. Und setzte dann hinzu: »Es ist lächerlich. Ich muß den Verstand verloren haben, an so etwas überhaupt zu denken. Einfach lächerlich und von überaus schlechtem Geschmack. Aber könnten die Dinge denn überhaupt noch schlechter werden, als sie jetzt schon sind?«

Sie konnten es nicht. Und nun ging Proom zuerst zu James, um ihm zu sagen, daß er ihn für ein paar Stunden vertreten müsse, und danach zu Mr. Potter, um zu fragen, ob er einen seiner Wagen entbehren könne.

Leo Rabinowitsch war in seinem Arbeitszimmer beschäftigt, als ihm eine Hausangestellte mit großen, erstaunten Augen Cyril Proom anmeldete. Proom war zum Vordereingang gekommen, etwas, das ihm selber Schweißtropfen auf die Stirn getrieben hatte und das Dienstmädchen fast in Ohnmacht fallen ließ. Nicht, weil sie ihn am Hintereingang erwartet hätte, sondern weil sie annahm, er sei ein für allemal in Mersham, sozusagen fest dort eingepflanzt.

Leo Rabinowitsch blickte auf, und ganz kurz schoß ihm der Gedanke durch den Kopf, den er jedoch sogleich wieder verwarf, Proom könnte gekommen sein, um ihm seine Dienste anzubieten.

»Möchten Sie sich setzen, Mr. Proom?« lud er ihn ein.

»Nein danke, Sir.« Die bloße Vorstellung ließ Proom zurückschrecken. Er war jetzt in größter Verlegenheit und fragte sich, wieso er hergekommen war. Um den Augenblick, da er seine Bitte vorbringen mußte, noch etwas hinauszuschieben, sagte er: »Darf ich mir erlauben, Ihnen zu der Neuigkeit von Miss Rabinowitschs Verlobung zu gratulieren? Die Nachricht hat die gesamte Dienerschaft mit großer Befriedigung erfüllt.«

»Ich danke Ihnen, Proom. Wie stehen denn die Dinge in Mersham?« erkundigte sich Rabinowitsch.

Da Proom einen Plan verfolgte, machte er keinen Versuch, der Frage höflich auszuweichen.

»Schlecht, Sir«, sagte er mit Entschiedenheit.

Rabinowitsch nickte. »Wissen Sie, wir werden keine Besuche mehr dort machen.«

»Das habe ich gehört, Sir. Es wird eine ganze Reihe von Veränderungen geben – und keine davon zum Besseren.«

Rabinowitsch wartete. »Kann ich Ihnen vielleicht helfen?«

Proom räusperte sich. »Vor längerer Zeit haben Sie mir einmal gesagt, Sir, daß ich, falls ich jemals Hilfe brauchte, einfach zu Ihnen kommen dürfte.«

Leo nickte. »Das habe ich gesagt, und es stimmt. Ich werde Ihnen nie vergessen, was Sie für Susie getan haben.«

Der Vorfall, auf den Rabinowitsch anspielte, hatte sich kurz nach ihrem Einzug in das herrschaftliche Haus ereignet. Sie waren mit einer ganzen Gesellschaft zu einem Pferderennen in der Nähe gefahren und hatten die zwölfjährige Susie mitgenommen. Susie hatte sich drei Rennen angeschaut und danach ein Buch aus ihrer Tasche geholt und sich auf einem Klappstuhl niedergelassen, um zu lesen. Sie war ganz in ihre Geschichte vertieft, als ein schlecht geparkter Bugatti die abschüssige Straße hinunterzurollen begann, direkt auf Susie zu. Proom, der in der Nähe stand und die Picknickkörbe bewachte, hatte gesehen, was geschah, und Susie vor der drohenden Gefahr gerettet.

Proom hatte sich durchgerungen. »Ich brauche eine beträchtliche Summe Geld. Sofort. Und in bar.«

Er nannte den Betrag, und Rabinowitsch zog überrascht die buschigen Augenbrauen in die Höhe. Die Summe hätte ausgereicht, um einen Mann und seine Familie ein Jahr lang sehr gut zu ernähren.

»Sie sollen sie bekommen, Mr. Proom. Ich frage mich aber, ob es klug ist, sie in bar haben zu wollen. Falls Sie zum Beispiel den Kauf eines kleinen Hauses für Mrs. Proom ins Auge fassen, könnte es vernünftiger sein –«

»Es ist nicht für mich, Sir«, sagte Proom schockiert. »Ich würde nie etwas für mich erbitten. Ich kann für mich selber sorgen. Ich habe etwas Erspartes.«

»Wofür denn dann?« fragte Leo überrascht. »Oder möchten Sie es lieber nicht sagen?«

»Es geht nicht darum, daß ich es nicht möchte, Sir. Aber ... ich habe da einen Plan und möchte wirklich niemanden mit hineinverwickeln. Es ist ein ziemlich ungewöhnlicher Plan.«

»Sie möchten wohl jemand anderem helfen?«

»So könnte man sagen.« Eine Pause trat ein. »Die Dinge in Mersham könnten nicht schlechter stehen, Sir. Lady Westerholme weiß keinen Rat mehr, und Mr. Rupert ... ich habe ihn im Krankenhaus besucht, als sie ihn gerade aus Frankreich herübergebracht hatten, und da sah er besser aus als heute morgen. Anna ist auch nicht mehr da.«

Leo lächelte. »Sie haben gehört, was beim Ball passiert ist?«

Proom senkte den Kopf. »Ja, Sir. Der Bericht hat die ganze Dienerschaft sehr gefreut. Aber eigentlich war es das, was Win angetan worden ist«, fuhr er fort, »was mich auf den Gedanken brachte, daß man nichts unversucht lassen dürfe.«

»Win? Wer ist Win?« fragte Leo.

Proom erzählte ihm die Geschichte, während Leo hörbar Anteil nahm.

»Wenn ich Ihnen sage, was ich beabsichtige, Sir«, sagte Proom, dem klar wurde, wie unfair es war, jemanden um Hilfe zu bitten, ohne ihm volles Vertrauen zu schenken, »werden Sie wahrscheinlich denken, ich hätte den Verstand verloren.«

Behutsam und sehr verlegen wegen der damit verbundenen Theatralik, erläuterte Proom seinen Plan. Als er geendet hatte, blickte Leo ihn ungläubig an.

»Ich glaube, Ihr Plan wird nicht gelingen. Es gibt zu viele Leute, die sich nicht so verhalten werden, wie Sie es erhoffen. Wenn er aber doch gelingt, dann ruinieren Sie sich ebenfalls. Ist Ihnen das klar? Die finanziellen Folgen für Mersham wären katastrophal.«

»Das weiß ich, Sir. Aber ... wissen Sie, ich habe Mr. Rupert das Radfahren beigebracht. Es wurde nie so viel Theater um ihn gemacht wie um seinen älteren Bruder, Lord George. Aber es gibt keinen Zweifel, wer der größere Gentleman war. Und ihn jetzt so sehen zu müssen ...«

Wieder machte er eine Pause. Jetzt nickte Leo. »Sie sollen das Geld haben, Mr. Proom. Sofort. Und in bar.«

Anna ging es unterdessen gut. Es ging ihr sehr gut. Sie hatte sich, wie sie Pinny immer wieder wissen ließ, noch nie in ihrem Leben besser gefühlt.

»Das bezweifle ich gar nicht, mein Liebes«, sagte Pinny. »Ich wünschte nur, du würdest etwas essen. Seit 24 Stunden bist du zu Hause und hast noch keinen Bissen angerührt.«

Anna besah sich folgsam den im Wohnzimmer gedeckten Frühstückstisch, nahm ein Stück Toast und schob es sich in den Mund.

»Es geht einfach nicht runter«, sagte sie mit ratloser Stimme, genauso, wie sie es schon als Fünfjährige tat, als sie Mandelentzündung hatte.

Pinnys Herz krampfte sich zusammen vor Mitleid und Hilflosigkeit. Aus Annas Erzählungen von Mersham, das von so ziemlich allen Menschen bewohnt wurde außer von seinem Besitzer, hatte Pinny ihre eigenen Schlüsse gezogen.

»Ich habe nachgedacht«, sagte Anna, »und ich glaube, daß es am besten wäre, wenn ich nach Paris ginge. Kira hat geschrieben, sie könne mir in ihrem Salon eine Arbeit besorgen – Parfum verkaufen und ähnliches. Das wäre doch sehr interessant«, setzte sie etwas trübselig hinzu.

Da keine von ihnen das Fahrgeld bis nach Pimlico, geschweige denn nach Paris hatte, machte es Pinny nichts aus, ihr zuzustimmen, daß es wirklich nach einem interessanten Leben klang.

»Ach nein, mein kleiner Floh«, sagte die Gräfin und tätschelte ihrer Tochter die Hand. »Paris ist so weit weg! Bald ergibt sich etwas anderes, du wirst schon sehen. Dunja hat einen neuen Plan«, fuhr sie fort, wobei sie sich auf ihre Schwägerin bezog, die Prinzessin Tschirkowsky, die nicht unterzukriegen war. »Wir werden in Miss Kings Küche eine Menge Kwaß herstellen – sie hat es uns erlaubt – und es in

Teestuben von Lyons verkaufen, denn in England kennt man Kwaß überhaupt noch nicht –«

»Glücklicherweise«, murmelte Pinny für sich.

Anna versuchte zu lächeln. Doch zu ihrem unaufhörlichen, brennenden Liebeskummer kamen jetzt neue Befürchtungen wegen Sergei. Wenn sie nicht sehr bald eine passende Arbeit fand und ihre Familie unterstützte, wäre Sergei imstande, sich zu opfern und Larissa Rakow zu heiraten. Eine Ehe ohne Liebe kam Anna in ihrer gegenwärtigen Verfassung als die größte Hölle vor.

»Es passieren immer noch gute Sachen«, sagte die Gräfin, die fest entschlossen war, ihre Tochter abzulenken. »Hast du, zum Beispiel, schon die Geschichte mit Pupsik gehört?«

»Nein.« Diesmal mußte Anna kein Lächeln vortäuschen. Die Schwierigkeiten der Baronin de Wodzka lagen ihr sehr am Herzen. »Hat er womöglich . . .?«

»Nein«, antwortete die Gräfin. »Das nicht. Aber die Tochter von Oberst Terek hat einen sehr reichen Mann mit vielen Fabriken geheiratet, und der Oberst war der Baronin schon immer zugetan; darum hat er Pupsik in eine sehr teure Klinik in der Harley Street geschickt, und sie haben Röntgenbilder gemacht und eindeutig herausgefunden, daß der Rastrelli-Diamant sich in einem Körperteil befindet, der, glaub ich, mit K anfängt.«

»Wie wunderbar! Jetzt können sie ihn also operieren?«

»Sie könnten«, gab die Gräfin zu. »Aber sie werden es nicht tun, weil die Baronin nicht erlauben will, daß Pupsik leidet, und deshalb hat sie lieber eine Stelle in einer Wäscherei angenommen, wo sie die Wäschepakete in Empfang nimmt. Aber du siehst, es gibt immer noch wundervolle Dinge.«

»Ja, Mama«, sagte Anna zärtlich und stand auf, um ihrer Mutter einen Kuß zu geben.

Sie ging langsam zum Fenster hinüber. In drei Stunden würden Rupert und Muriel Mann und Frau sein. »Hilf mir, es zu ertragen«, betete sie. »Bitte, hilf mir.«

»Es gibt immer noch wundervolle Dinge«, hatte ihre Mutter gesagt. Nun gut, irgendwie müßte sie sie finden, vielleicht sogar bei dieser Hochzeit. Und plötzlich, unvermittelt, fand sie tatsächlich etwas: Ollies Stolz und ihre Freude, wenn sie in dem rosa Kleid den Mittelgang der Kirche hinuntergehen und Muriels Schleppe tragen würde. Ollie ging es jetzt bestimmt wieder gut, denn Anna hatte, als sie hinaufgeschlichen war, um ihrer kleinen Freundin auf Wiedersehen zu sagen, gesehen, wie Muriel mit einer wunderschönen Puppe ins Kinderzimmer ging. Offenbar bedauerte Muriel, was sie gesagt hatte, und war jetzt gekommen, um dafür zu sorgen, daß nichts mehr die Freude des kleinen Mädchens an ihrem großen Tag verdarb.

Ganz in ihren Tagtraum verloren, achtete Anna zunächst nicht auf den großen schwarzen Wagen, der bei ihrem Haus vorgefahren war. Ein Wagen mit einem Stander auf der Kühlerhaube und zwei ernst dreinblickenden Männern in dunklen Anzügen, die ausgestiegen waren, um einer in unzählige Schals gewickelten Gestalt herauszuhelfen – einer alten Frau mit einem Kopftuch . . .

Anna verschlug es den Atem. »Mama! Pinny!«

Doch als sie bei ihr waren, konnte sie nicht sprechen, und so war es die Gräfin, die laut ausrief, während ihr die Tränen über die Wangen liefen:

»Das ist Njanka! Mein Gott, Njanka ist wieder da!«

Die Männer vom Außenministerium waren wieder abgefahren, nachdem sie in strengem Ton darauf hingewiesen hatten, daß sie die alte Frau zwar hergebracht hatten, daß diese aber de facto staatenlos war, weder Papiere noch irgendeine Genehmigung hatte und die Behörden deshalb mit ihnen in Verbindung bleiben würden. Irgendwelche Dankesbezeugungen waren bei ihrer Abfahrt auch von seiten Njankas nicht erfolgt, denn diese hatte das Gefühl, daß die Männer, als sie sie vom Orientexpreß abholten und in Windeseile durch den Zoll brachten, lediglich ihre Pflicht getan hatten. Jetzt saß sie auf dem Sofa und verbreitete den vertrauten Geruch von Kampfer und Schafwolle; zahnlos, abgemagert, stolz wie ein Adler erzählte sie ihnen in ihrem rauhen georgischen Dialekt ihre Geschichte.

Auf dem Weg zu ihrem vereinbarten Treffpunkt war sie bei einer der sinnlosen Razzien, die damals so sehr an der Tagesordnung waren, verhaftet worden. Drei Wochen lang hatte man sie zusammen mit einer von der Straße aufgelesenen Schar von Leidensgenossen hinter Stacheldraht in einem Lager unweit von Tschudowo festgehalten. Von dort aus wurden einige Unglückselige für immer ins Gefängnis oder in den Tod geschickt; andere, willkürlich ausgesuchte, wurden entlassen, erhielten ihre Habseligkeiten zurück und wurden weggeschickt.

Njanka war entlassen worden, doch als sie beim Bahnhof in Tschudowo eintraf, um ihre Dienstherren zu treffen, waren die Gratzinskys bereits weitergereist. Da diese selbst nicht gewußt hatten, welches ihr Ziel war, hielt Njanka es für das einzig richtige, nach Petersburg zurückzufahren und dort im Palais auf Nachricht zu warten.

Das Palais der Gratzinskys war jedoch von der Metallarbeitergewerkschaft beschlagnahmt worden, einer Organisation, die ihr klarmachte, daß sie besser daran täte zu verschwinden. Als sie nicht fortgehen wollte, holten sie die Rote Garde. Beim erstenmal, als die Soldaten sie über die Antschikowbrücke führten, waren sie freundlich und scherzten mit der alten Frau. Beim zweitenmal waren sie weniger belustigt. Beim drittenmal drohten sie ihr mit Erschießung, falls sie noch einmal versuchen würde, ins Palais zurückzukehren.

»Darum fuhr ich nach Hause, *barynja*«, sagte Njanka und tat die zehn Tage dauernde Reise in einem unbeschreiblichen Eisenbahnwagen durch das vom Krieg zerrissene Land und den Treck ohne Nahrung übers Gebirge mit einem Achselzucken ab.

Ihre Verwandten waren nicht gerade erfreut, sie zu sehen, doch Njanka beschlagnahmte eine benachbarte Höhle, verstaute ihre Reisebündel und bereitete sich darauf vor zu warten, bis Väterchen wieder seinen Thron bestieg und die Gratzinskys zurückkehrten.

Eines Tages war im Dorf eine Gruppe Engländer mit Maultieren und Trägern erschienen, angeführt von einem Mann so hager wie ein Storch, der begonnen hatte, sie auszufragen. Zuerst hatte sie so sehr über sein ungewöhnliches Russisch lachen müssen, daß sie kaum hörte, was er sagte. Als sie jedoch verstand, daß er wußte, wo die Gratzinskys waren, hörte sie sofort auf zu lachen.

»Aber ich war natürlich nicht dumm«, sagte sie und tippte sich an den Nasenflügel. »›Wie soll ich wissen, ob Sie mir die Wahrheit sagen?‹ habe ich ihn gefragt.«

Doch dann, erzählte die alte Frau weiter, hatte er die Gratzinskys – insbesondere Annuschka – so erstaunlich ausführlich beschrieben, daß ihre Zweifel rasch beschwichtigt waren. »Er wußte nämlich alles, *duschenka*«, sagte sie, zu Anna gewandt. »Wie dein Haar hinter den Ohren hervorspringt und daß du nur auf der Nasenspitze Sommersprossen hast. Er kannte sogar die Stelle, wo das Huhn ein Loch in deinen Daumen gepickt hat, weißt du das noch?«

Sobald sie also im Kloster gewesen war, um dem heiligen Nino zu danken, hatte sie ihre Habseligkeiten zusammengepackt und sich für die Reise durchs Tal auf dem Maultier bereit gemacht, um einen Zug nach England zu erreichen. Doch hier, berichtete Njanka weiter, hatte der Engländer sich als sehr begriffsstutzig erwiesen und nicht einsehen wollen, daß es für sie notwendig war, *sofort* weiterzureisen, daß es für sie nicht in Frage kam zu warten, bis die Expedition bereit war, nach Hause zurückzukehren. Mehrere Tage hatte sie sich auf seine Tasche mit den Werkzeugen gesetzt, die er für seine Ausgrabungen brauchte, um ihm dies klarzumachen. Schließlich hatte er verstanden und war mit ihr hinunter nach

Batumi gefahren, wo er ein paar Telegramme aufgegeben und sie zum Schiff nach Konstantinopel gebracht hatte ...

»Und nun bin ich hier«, beendete sie ihre Erzählung, »und bereit, zu arbeiten.« Ihre scharfen Augen wanderten in dem kleinen Zimmer herum und suchten die fehlende Ikone. »Doch zuallererst, *barynja,* muß ich Sie um Verzeihung bitten.«

Tränen schossen ihr erneut in die Augen, als sie sich zu entschuldigen begann. Es war ihr nicht möglich gewesen, sagte sie, die Krone von Kasan mitzubringen. Sie war so sperrig und so schwer, daß sie bestimmt Verdacht erregt hätte. Darum hatte sie sie, kurz bevor sie in ihr Dorf gelangt war, unter einigen Steinbrocken vergraben. Sie wußte noch genau die Stelle und würde sie hinführen, sobald Väterchen auf den Thron zurückgekehrt wäre. Wenn nur die *barynja* ihr nicht zürnte! Alles andere hatte sie natürlich mitgebracht.

»Alles andere?« fragte die Gräfin zaghaft.

Njanka beugte sich hinab zu ihrer übelriechenden, schlammbespritzten Reisetasche, die die ganze Zeit wie ein krankes Tier an ihren Rock gelehnt dagelegen hatte. Dann stand sie auf und trug sie hinüber zu dem mit grünem Fries bespannten Kartentisch und begann sie auszupacken, während alle Anwesenden einschließlich des Wellensittichs ihr stumm dabei zusahen. Sie zog ein Paar wollene Strümpfe heraus, einen Flanellunterrock, ein Kruzifix ... Es folgten ein Holzkamm, eine zusammengerollte Daguerreotypie des heiligen Xaver vom blutenden Herzen ... Danach kam ein großes, flaches, mit einem Pappdeckel verstärktes Stück Filz, der falsche Boden der Tasche, zum Vorschein. Darauf zusammengeknülltes Zeitungspapier. Wieder kamen ihre Hände heraus, diesmal hielt sie darin einen ganzen See von einem blendenden, tiefen Blau ...

»Meine Saphire!« rief die Gräfin. »Oh, Njanka, meine Saphire!«

Njanka nickte und wühlte erneut in ihrer Tasche. Gleich

darauf ließ sie mit einem befriedigten Grunzen das berühmte dreireihige Perlenkollier auf den grünen Fries fallen. Unbeeindruckt von den freudigen Ausrufen der anderen und den Tränen der Gräfin, packte sie den Potemkinanhänger, ein Diamantdiadem, eine Schmetterlingsbrosche, drei Paar Ohrringe aus ... Dann kamen das Pektorale der Zarin Sophia und die Rubine, die Anna von ihrer Großmutter zur Taufe bekommen hatte. Und ganz zum Schluß legte Njanka ehrfurchtsvoll, doch ohne unziemliche Hast, gleichsam als vollende sie nur die Lieferung einer Bestellung notwendiger Lebensmittel, Stück für Stück das vor sie hin, was wohl am allerkostbarsten war: die Smaragdgarnitur.

15

Baskerville war der erste, der am Hochzeitsmorgen erwachte. Er streckte sich und gähnte in dem kleinen Zimmer im Junggesellenflügel, das Rupert auch diese letzte Nacht noch bewohnte. Dann trottete er zu den beiden Koffern, die schon mit Lederriemen zugeschnallt und mit Schildchen an eine Adresse in der Schweiz versehen waren, und begann zu heulen, so wie Hunde seit eh und je neben dem Gepäck ihres Herrn geheult haben.

Nach Baskerville war Proom auf den Beinen.

Er überwachte das Ausrollen des roten Teppichs von der Eingangstür die Treppe hinunter sowie das Aufstellen des gestreiften Baldachins. Er sorgte dafür, daß die eintreffenden Telegramme auf ein Silbertablett neben dem Stuhl des Brautführers gelegt wurden und daß das Messer aus Damaszenerstahl am richtigen Platz neben der Hochzeitstorte war. Er kümmerte sich darum, daß genügend Tische für die Pächterfamilien aufgestellt wurden und daß die Wagen wußten, in welcher Reihenfolge sie zur Kirche fahren sollten.

Niemand, der Proom sah, hätte ahnen können, wie schwer sein Herz war, denn sein Plan war gescheitert. Er hatte Rabinowitschs Geld vergeudet.

Es war nötig gewesen, die langjährigen Angestellten ins Vertrauen zu ziehen, und sie hatten allesamt ihre Rolle gut gespielt. Als Proom am Abend zuvor in Dr. Lightbodys Zimmer gegangen war und um eine Unterredung unter vier Augen mit dem bedeutenden Eugeniker gebeten hatte, war alles vorbereitet gewesen. Doch obgleich Proom seine Enthüllungen hatte untermauern können und obgleich der Doktor überaus erregt und aufgebracht gewesen war, hatte er nicht gehandelt. »Er hat kein Auge zugetan«, berichtete Sid, der ihm das warme Wasser für die Rasur hatte bringen müssen, »aber er hat nichts unternommen.«

Und jetzt war es zu spät.

»Kein Glück gehabt?« erkundigte sich Mr. Potter, der die weißen Bänder abholte, die den Daimler schmücken sollten. Die Frage wurde noch mehrmals, mit zunehmender Hoffnungslosigkeit, wiederholt, zuerst von Luise, welche die aus dem Dorf als Aushilfen zugezogenen Frauen anwies, die Pasteten und Terrinen und die Schüsseln mit Götterspeise und Weinschaumcreme nach oben zu tragen; dann von James, der mit den Weinkühlern beschäftigt war; schließlich von Mr. Cameron, der das Ansteckstäußchen für die Gräfin und die Knopflochblumen für den Bräutigam und die Gäste brachte.

Als es elf Uhr geworden war, mochte niemand mehr fragen, und auf Anweisung von Mr. Proom gingen alle hinauf in ihre Zimmer, um sich für die Kirche umzuziehen. Doch als die Mädchen in ihren getupften Musselinkleidern und den mit Kirschen verzierten Hüten wieder herunterkamen, fanden sie Mrs. Park noch in ihrer Kittelschürze.

»Ich komme nicht mit in die Kirche«, erklärte sie mit Bestimmtheit. »Ich kann Win nicht allein lassen.« Das kleine Küchenmädchen, das Mrs. Park in ihr eigenes Bett gelegt hatte, erholte sich langsam, war jedoch noch sehr schwach.

»Oh, Mrs. Park!« jammerte Peggy. »Und Ihr neues Halstuch – und überhaupt!«

»Das ist mir egal«, sagte Mrs. Park. »Ich bin nicht so wild darauf. Nur Miss Ollie hätte ich sehr gerne gesehen.«

Oben, im Zimmer der Gräfin, war Alice gerade dabei, das von Mrs. Bunford genähte graublaue Seidenkleid ihrer Herrin über den Kopf zu ziehen. »Es ist gar nicht schlecht«, sagte sie. »Mit Ausnahme der Ärmel, natürlich.« Sie seufzte angesichts der dunklen Schatten unter den Augen der Gräfin und der tiefen Furchen um den Mund. Es war jetzt nichts mehr zu ändern. Ihre Sachen waren gepackt, und sie waren bereit, am nächsten Tag ins Mill House umzuziehen, ein feuchtes, düsteres Loch, wie es Alice vorkam, und der denkbar schlimmste Ort für das Rheuma der Gräfin. Doch wo Lady Westerholme hinging, dahin würde Alice Spinks ihr folgen. »Mr. Cameron wartet draußen mit den Ansteckblumen, Mylady. Er wollte sie Ihnen gerne selber geben.«

»Oh, Mr. Cameron, wie wunderschön! Sie haben auch Ihre neue Rose dazugetan!« Die Augen der Gräfin verschleierten sich. Der Garten bei ihrem neuen Haus war nur klein und schattig, und sie und dieser finstere alte Schotte hatten ihre Freude an Blumen dreißig Jahre lang geteilt. »Haben Sie schon einen Namen für sie gefunden?« fragte sie in sein Hörrohr, das sich standhaft als Muriel-undurchlässig erwiesen hatte. »Anna sagte mir, Sie hätten daran gedacht, sie nach Miss Hardwicke zu nennen.«

Das Gesicht des alten Mannes verzog sich zu einem listigen Lächeln. »Ja, ich werde sie ›Countess‹ nennen.«

»Einfach ›Countess‹?« fragte die Gräfin etwas verwundert.

Der Gärtner nickte und brach in sein höchst privates, keuchendes Gelächter aus. »Einfach ›Countess‹«, sagte er und verabschiedete sich.

»Es ist Zeit, aufzubrechen, Mylady«, sagte Alice sanft.

»Ja.«

Nun, dachte die Gräfin, während Alice ihr den Hut zurechtrückte, wenigstens sind mir die Herings erspart geblieben.

Proom, der zur Bahnstation geschickt worden war, um die fehlenden Fahrkarten zu bezahlen und die Herings nach Mersham mitzubringen, war nämlich ohne diese zurückgekommen. Wie es schien, hatten sie die Sache übelgenommen und waren nach Birmingham zurückgekehrt. Manchmal tat Gott so etwas, hatte die Gräfin bemerkt; er trieb einen bis zum äußersten und erwies einem dann eine ganz kleine Wohltat – in diesem Fall war es eine Hochzeit ohne Melvyn, Myrtle und die Zwillinge.

Im Ostflügel war James, der sich Onkel Sebastian als Kammerdiener zur Verfügung stellen wollte, von der sauertöpfischen Pflegerin zurückgewiesen worden, die dem alten Mann jetzt half, sich fertigzumachen, wobei sie mit schrecklich schelmischer Geziertheit auf ihn einredete wie auf ein Kind: »Wir werden heute sehr wichtig sein, nicht wahr? Wir führen die Braut zum Altar, nicht wahr? Dann wollen wir doch keine häßliche Zigarettenasche auf unseren hübschen sauberen Kleidern haben, nicht wahr?«

Und in ihrem Gastzimmer ließ die um ihren vermeintlichen Verehrer gebrachte Lady Lavinia wütend das Schloß des Goldarmbands über ihrem knochigen Handgelenk zuschnappen, welches das Geschenk des Bräutigams für die Brautjungfern war, und begab sich zu Queen Carolines Schlafgemach.

Doch beim Anblick der Braut verging selbst Lavinias schlechte Laune und sie stieß einen unwillkürlichen Schrei der Bewunderung aus. So wie sie aufrecht und ohne eine Spur von Nervosität dastand, flankiert von der unterwürfigen Cynthia und der neuen, zum Glück rechtzeitig eingetroffenen schweizerischen Zofe, war die zukünftige Gräfin von Westerholme ganz einfach atemberaubend.

»Mein Gebetbuch und die Handschuhe, bitte!« befahl sie. »Cynthia, nimm meine Schleppe! Ich bin bereit.«

Mr. Morland, der im Talar in der Sakristei wartete, kam mit ausgestreckten Händen auf den Bräutigam zu, um ihn zu begrüßen.

»Leider ist Mr. Byrne noch nicht da«, sagte er und verbarg sein Erstaunen, denn der Brautführer war bisher peinlich genau in der Erfüllung seiner Pflichten gewesen.

Er ging zur Tür und blickte einen Moment hinaus auf die

Gemeinde. Schade, daß die Braut gar keine Angehörigen hatte. In der vollbesetzten Kirche war ihre Seite der Familie nur durch die ehemalige Anstandsdame vertreten. An der Orgel blickte Miss Frensham mit ihren halbblinden Augen angestrengt auf die Tasten und versuchte besorgt, sich das seltsame Stück zu merken, das Miss Hardwicke anstelle des »Lohengrin« bestellt hatte. Die Vasen mit den Lilien, die Gardenien und Nelken, welche die statt Miss Tonks und Miss Mortimer beauftragten Londoner Floristen, mit Draht versteift, an den Enden der Kirchenbänke befestigt hatten, verbreiteten einen geradezu betäubenden Duft.

Mr. Morland runzelte die Stirn. Irgend etwas empfand er als sehr ungewöhnlich. Aber was?

Und dann wurde es ihm klar. Niemand, aber auch gar niemand weinte! Seltsam, dachte Mr. Morland, der sich nicht erinnern konnte, so etwas schon einmal erlebt zu haben. Äußerst seltsam.

Wenn auch niemand weinte, so gab es unter der versammelten Gemeinde doch ein Mitglied, das offensichtlich in höchster Not war. Dr. Lightbody, der neben der alten Lady Templeton in der Kirchenbank hinter der Gräfin saß, befand sich in einem mitleiderregenden Zustand. Der Schweiß stand ihm auf der Stirn, seine Hände zitterten, und einmal stand er von seinem Platz auf und hob den Arm, als sei er drauf und dran, eine gequälte Verlautbarung von sich zu geben.

»Ist Ihnen nicht gut?« flüsterte Lady Templeton, die ein solches Benehmen im Hause Gottes nicht billigen konnte. »Möchten Sie hinausgehen?«

Es gelang dem Doktor, den Kopf zu schütteln, doch in seinem Hirn randalierten die Schreckgespenster, die ihn heimsuchten, seit der Butler von Mersham, der wie so manches Faktotum einen alten Groll gegen die Familie hegte, zu ihm gekommen war. Denn das Schicksal, das Muriel Hardwicke erwartete, war viel zu schrecklich, als daß er es sich vorstellen mochte. Diese weiße Göttin, dieses Gefäß der

Vollkommenheit würde noch am selben Abend von der satanischen Bestie, die sie sich zum Ehemann auserwählt hatte, auf die scheußlichste Weise befleckt werden. Und er war zu schwach gewesen, um sie zu retten. Doch nun war es zu spät. Er schloß die Augen, vergrub sein Gesicht in den Händen. Er wollte es wenigstens nicht mit ansehen.

Fünf Minuten vergingen, zehn ... Die Gemeinde wurde jetzt etwas unruhig. Miss Frenshams Vorrat an einleitenden Musikstücken ging zu Ende. Aber es war nicht die Braut, die die Verzögerung verursachte. Es war der Brautführer, der schon seit Stunden hätte dasein sollen, um dem Bräutigam zu helfen und ihm beizustehen.

»Natürlich ist seine Anwesenheit nicht unerläßlich für die Trauung«, sagte Mr. Morland. »Selbst wenn er den Ring hat.«

Doch da kam Tom in gemessenem Schritt und mit grimmiger Miene in die Sakristei. Seine Entschuldigungen waren eine reine Förmlichkeit. Beinahe feindselig führte er Rupert, der sich mehr und mehr wie in einem Alptraum gefangen vorkam, aus dem er nicht erwachen konnte, bis zu den Stufen des Altarraums.

Und jetzt begann es. Miss Frensham fing an, das seltsame Stück zu spielen, das Miss Hardwicke verlangt hatte – und am Arm von Mr. Sebastian Frayne kam die Braut herein.

Ein Raunen allgemeiner Bewunderung begrüßte sie, das etwas gedämpfter wurde, als die beiden erwachsenen Brautjungfern in ihren rosa Rüschen und blütenkelchartigen Käppchen eingetreten waren. Doch dann begann ein Rascheln, ein erstauntes Flüstern, ein Murmeln der Enttäuschung, ratloses Umherblicken ...

Die Braut war jetzt beim Altargeländer angekommen und reichte Lady Lavinia ihr Gebetbuch; Mr. Morland räusperte sich, als man die Stimme des Bräutigams vernahm, der laut und herrisch sagte: »Halt! Wo ist die dritte Brautjungfer? Wo ist Ollie Byrne?«

Tom wandte sich seinem Freund zu. Alles in ihm drängte danach, hervorzustoßen, was Muriel getan hatte, drängte danach, Rupert zeigen zu können, in welchem Zustand er Ollie zurückgelassen hatte, blaß und verzweifelt in ihrem Bett liegend, da es keinen Grund mehr für sie gab, aufzustehen, keinen Ort, wohin sie gehen konnte. Ollie, die Muriels Besorgnis um ihre Gesundheit, ihre salbungsvolle Bestechung so klar und zutiefst verletzt durchschaut hatte; die dem Kindermädchen, das ihr die rötlich-goldenen Locken bürsten wollte, gesagt hatte, es sei überflüssig, da Krüppel nicht ordentlich auszusehen brauchten, und die jetzt mit dem Gesicht zur Wand dalag und nicht zu trösten war.

Doch Muriel, schockiert darüber, daß sich eine Stimme in der Kirche so laut erhoben hatte, flüsterte: »Pst, Rupert! Ollie fühlt sich offenbar nicht wohl . . .«, und Mr. Morland senkte den Kopf und begann die Worte zu sprechen, die sicherlich die am meisten geliebten Worte auf der Welt sind:

»Geliebte im Herrn, ihr steht hier vor Gott und vor christlichen Zeugen, um das Versprechen abzulegen, daß ihr in eurer Ehe nach Gottes heiliger Ordnung leben wollt . . .«

Toms Enthüllungen wären jedoch überflüssig gewesen. Rupert hatte schon verstanden, und so deutlich, als geschehe es gerade eben, erinnerte er sich an Ollies traurige kurze Frage im Taxi auf dem Rückweg von Fortman's und an seine eigene Antwort: »Wenn du bei meiner Hochzeit nicht Brautjungfer bist, dann wird es gar keine Hochzeit geben, das schwöre ich dir.«

Nur gab es jetzt eine Hochzeit. Und er war mittendrin. Er war dabei, Muriel Hardwicke zu heiraten.

»Darum höret, wie Gott selbst den Ehestand gestiftet und eingesetzt hat. Er spricht: Es ist nicht gut, daß der Mensch allein sei; ich will ihm eine Gefährtin machen, die um ihn sei. Darum wird ein Mann Vater und Mutter verlassen und an seinem Weibe hangen, und sie werden sein ein *Fleisch . . .«*

Dr. Lightbody in seiner Kirchenbank stöhnte auf. *Ein*

Fleisch! Doch was für Kinder würden aus dieser Vereinigung entstehen? Was für Ungeheuer, was für Scheusale in Menschengestalt, würde dieser lüsterne, heimtückische Graf im unbefleckten Körper seiner Braut zeugen? O Gott! War denn niemand da, der sie warnen, niemand, bei dem sie Hilfe suchen konnte?

». . . zu gegenseitiger Hilfe und zum Trost in guten wie in schlechten Tagen. Und so wollen wir denn diese beiden Menschen im heiligen Stand der Ehe verbinden. Sollte jedoch irgend jemand einen berechtigten Grund nennen können, warum sie rechtmäßig nicht verbunden werden dürfen, so möge er . . .«

Ich habe Ollie mein Wort gegeben, dachte Rupert und hob den Kopf. Es war jedoch nicht seine eigene Stimme, die plötzlich durch die Kirche hallte, die wahnsinnige Stimme einer gequälten menschlichen Seele, die schrie: »Halt! Halt! Diese Heirat darf nicht sein!«

Mr. Morland blickte auf. Die verstörte Stille, die eingetreten war, wurde nur von dem leisen Aufschrei unterbrochen, der Lady Templeton entfuhr, als der Doktor, der aus der Kirchenbank stolperte, ihr auf den entzündeten großen Zeh trat.

»Es darf nicht sein!« wiederholte Dr. Lightbody, dessen blasse Augen jetzt vor Sendungsbewußtsein glühten. Er schob Lady Lavinia brüsk beiseite und gelangte bis zum Altargeländer. »Diese herrliche Frau ist auf scheußlichste Weise getäuscht worden!«

Der Pfarrer blinzelte fassungslos. Die Gräfin in ihrer Kirchenbank schüttelte ungläubig den Kopf. Und Muriel, die nur noch Minuten von ihrem Ziel trennten, drehte sich wütend zu dem Doktor um.

»Sie haben wohl den Verstand verloren, Dr. Lightbody!« Dann wandte sie sich wieder an den Pfarrer: »Bitte, fahren Sie fort.«

»Nein! Nein!« Der Doktor war jetzt ganz außer sich. »Sie

müssen mich anhören, Miss Hardwicke. Sie sind in Gefahr! Die Westerholmes sind erblich schwer belastet!«

»Unsinn!« Aber Muriels Augen hatten sich in plötzlichem Schrecken geweitet. »Das ist doch nicht wahr, Rupert?«

»Natürlich nicht«, sagte Rupert verächtlich.

»Es ist wahr, es ist *doch* wahr!« schrie Dr. Lightbody. Mit zitterndem Finger deutete er auf den Grafen. »Fragen Sie ihn, was in dem Prunkbau im Park versteckt ist. Fragen Sie ihn, Miss Hardwicke. Fragen Sie!«

Das Flüstern und Murmeln der Gemeinde näherte sich einem Tumult.

»Fragen Sie ihn!« brüllte Dr. Lightbody. »Und wenn Sie mir nicht glauben, dann fragen Sie den da!« Damit fuhr er herum und deutete auf den Butler von Mersham, der gefaßt und untadelig in der hintersten Kirchenbank saß. »Los, fragen Sie Proom!«

Der Name, der gleichbedeutend war mit höchster Ehrbarkeit, schallte durch den Kirchenraum. Mr. Morland, der den Doktor schon aus der Kirche hatte weisen wollen, legte sein Gebetbuch hin. Und Mr. Cyril Proom stand langsam und majestätisch auf.

»Bitte, kommen Sie nach vorn, Mr. Proom«, sagte der Pfarrer. »Ich bin überzeugt, daß es eine achtenswerte Erklärung für die Bemerkungen dieses Herrn gibt.«

Ruhig, mit seinem gewohnt gemessenen Schritt ging Mr. Proom durch den Mittelgang der Kirche. Als er auf der Höhe der Gräfin war, warf diese ihm einen gänzlich konsternierten Blick zu, und einen längeren Moment sah er ihr fest in die Augen, ehe er bis vor den Altar weiterging und mit ehrfurchtsvoll gesenktem Kopf den Pfarrer ansprach.

»Ich fürchte, Dr. Lightbody hat absolut recht. In Anbetracht seines bekannten Interesses für Eugenik hielt ich es für ratsam, ihm gewisse Enthüllungen zu machen. Und jedenfalls schuldet mir die Familie noch mein Gehalt für mehrere Monate«, setzte er hinzu.

Diese Lüge, in ihrer ganzen sinnlosen Kraßheit, war für Rupert wie ein Schlag ins Gesicht, so daß er die Augen zusammenkniff.

»Was ist also in dem Haus im Park?« verlangte Muriel, die jetzt nicht mehr ruhig war, zu wissen. »Sag es mir sofort!«

»Schwachsinnige!« rief Dr. Lightbody. »Ich hab sie gesehen! Schreckliche, sabbernde Schwachsinnige. Und es sind seine Vettern. Ersten Grades. Blutsverwandte!«

»Das ist nicht wahr! Rupert, sag mir, daß es nicht wahr ist.«

»Er wird es Ihnen nicht sagen. Er wird es nicht zugeben, er will ja Ihr Geld! Aber ich sag Ihnen, ich hab sie gesehen! Gestern abend. Er hat sie in dem Turmhaus eingesperrt, und sie sind wie Tiere – schlimmer als Tiere.«

Mr. Morland war jetzt endgültig verwirrt. Seit dreißig Jahren war er Pfarrer in Mersham und hatte nie auch nur andeutungsweise von einem Skandal gehört. Aber konnte ausgerechnet Proom so lügen?

»Stimmt das wirklich?« fragte er den Butler über den wachsenden Aufruhr in der Kirche.

»Leider ja, Sir. Die Familie hat das Gerücht verbreitet, daß das Gespenst von Sir Montague Frayne in dem besagten Haus umgeht, darum getraut sich niemand in die Nähe. Aber die Schreie, Sir – also, das sind nicht die Schreie von Gespenstern, es sind die Schreie der Verwandten Seiner Lordschaft.«

Rupert hatte sich schweigend diesen Mischmasch von Unsinn angehört. Jetzt drehte er sich um und warf seiner Mutter einen fragenden Blick zu.

Die Gräfin stand auf und kam rasch aus der Kirchenbank. Dann vernahm man das Geräusch von zerreißender Seide, als sie ihrem Sohn die Arme um den Hals warf.

»Ach, Rupert, mein Lieber«, rief sie im Ton theatralischer Verzweiflung. »Merkst du es denn nicht? Das Spiel ist aus!«

Proom hatte erwartet, auf Schwierigkeiten zu stoßen, als er die Herings, während er sie auf Umwegen zum hinteren Tor von Mersham brachte, dazu überredete, bei seinem Plan mitzumachen. Natürlich konnten sie froh sein, daß sie nicht im Gefängnis gelandet waren. Aber schließlich hatten sie erwartet, zu einer Hochzeit zu kommen. Statt dessen schlug er ihnen vor, im Turmhaus im Garten ein regelrechtes Theater für Herrn Dr. Lightbody aufzuführen, die Nacht dort zu verbringen und – falls der Doktor sich entschloß zu reden – die Vorstellung noch einmal zu wiederholen.

Viel Überredung hatte es nicht gebraucht. Der Anblick von einhundert Pfund in Banknoten mit dem Versprechen weiterer dreihundert, falls es ihnen gelänge, Miss Hardwicke von der Echtheit ihres Wahnsinns zu überzeugen, hatte alle Zweifel ausgeräumt. Nicht nur das, sie hatten sich bei der Vorbereitung des Täuschungsmanövers sogar als hilfreich und erfinderisch gezeigt. Die Skrupel, die Proom und Mrs. Park hegten, ihre Selbstvorwürfe, zu leichtfertig mit einer Geisteskrankheit umzugehen, beunruhigten die Herings nicht. Bei der Aussicht auf vierhundert Pfund konnte die Herings nichts beunruhigen.

So begab sich jetzt die Hochzeitsgesellschaft zu dem im bewaldeten Teil des Anwesens gelegenen Turmhaus. Proom ging voran, mit ernstem Gesicht und in respektvoller Haltung. Ihm folgte Dr. Lightbody, der Überbringer der schrecklichen Nachricht, der Mann, der das Schicksal selber in die Hand genommen hatte und die jetzt drängende Entscheidung fast unerträglich schwer fand. Dann kam Muriel mit der Schleppe ihres Kleides über dem Arm, noch immer stattlich, aber nicht mehr gefaßt, und neben ihr ging Rupert, der überzeugt war, daß er die Wirklichkeit endgültig nicht mehr verstand. Die Gräfin, die alten Templetons und Mr. Morland in der Begleitung von Tom Byrne bildeten die Nachhut. Alle anderen hatte man dazu überredet, nicht mitzukommen.

Das Vorhängeschloß gab unter Prooms Fingern nach, und

die Tür öffnete sich knarrend. Ein Geruch nach Feuchtigkeit und Moder schlug ihnen entgegen, Spinnweben streiften ihre Gesichter . . .

»Das ist ja widerwärtig«, sagte Muriel. »Was –«

Sie wurde von einem schrillen Schrei unterbrochen. Ein wahrhaft entsetzlicher Schrei, dem ein Ausbruch von mekkerndem Gelächter folgte.

»Hier entlang, Miss«, sagte Proom und ging voraus auf der runden, feuchten Treppe, die zum ersten der Turmzimmer führte.

Das Wesen, das dort am Boden lag, mußte einmal ein Mensch gewesen sein, doch jetzt hatte es nicht mehr viel Menschliches. Das Gesicht war totenbleich und verzerrt; der Körper hatte sich wie ein Tier ins Stroh verkrochen, und die schmutzigen Finger waren in die in Fetzen hängenden Kleider verkrallt.

»Du lieber Himmel!« Die alte Lady Templeton war zutiefst schockiert. »Das ist doch nicht möglich . . . sollte das etwa der liebe, arme Melvyn sein?«

»So ist's, Mylady.« Proom wandte sich an Miss Hardwicke. »Dieser, äh, Herr ist der Vetter ersten Grades seiner Lordschaft, Mr. Melvyn Hering.«

»Großer Gott!« Endlich war es um Muriels Selbstsicherheit geschehen. Sie war so blaß wie ihr Hochzeitskleid. »Nein, ich kann es nicht fassen. *Ersten* Grades!«

»Ja, Miss, Sie werden sehen, daß er die Augen der Templetons hat und – oh, Vorsicht, bitte!«

Das Wesen hatte einen Buckel gemacht, Speichel tropfte ihm aus dem Mund – und plötzlich sprang es auf.

Dr. Lightbody war es, der Muriel rettete. Er riß sie zurück, ehe das wahnsinnige Wesen seine Zähne in ihre Hand schlagen konnte.

»Er benimmt sich schon eine ganze Weile so, Miss, und ich fürchte, es wird schlimmer mit ihm.«

»Aber es gibt noch andere!« schrie Dr. Lightbody. »Liebste Miss Hardwicke, es gibt noch mehr! Dieses Monstrum durfte sich verheiraten und weitere erblich belastete Kreaturen zeugen.«

Proom nickte mehrmals. »Es stimmt, was Dr. Lightbody sagt. Wenn Sie mir vielleicht folgen wollen.«

Sie stiegen noch eine dunkle, gebogene Treppe in das nächste Zimmer hinauf. Auf dem Fußboden lagen zwei gewaltige, vierzehn oder fünfzehn Jahre alte Jungen. Sie trugen jedoch Windeln, hatten die Finger im Mund, und der eine geiferte, der andere hatte Schluckauf.

»Master Dennis und Master Donald Hering«, verkündete Proom. »Wie Sie sehen, sind beide im infantilen Stadium zurückgeblieben. Der Arzt sieht keine Hoffnung auf Besserung.«

»Das ist doch nicht möglich!«

Noch während sie es aussprach, sah Muriel, daß es sehr wohl möglich war. Wie das irrsinnige Wesen, das ihr Vater war, hatten auch die beiden Jungen die grauen, goldgesprenkelten Augen und die kurze Nase der Templetons.

Noch eine letzte Treppe, und sie waren ganz oben im Turm.

Myrtle gab die glänzende Darbietung eines Huhns. Sie hatte Federn im Haar und einen Ausdruck völliger Hingabe an ihr Brutgeschäft im Gesicht. Dazu gab sie ein lautes, befriedigtes Gackern von sich.

»Und dies ist Mrs. Hering«, sagte Proom. »Sie ist natürlich keine Blutsverwandte«, fügte er gewissenhaft hinzu.

Aber Myrtle Hering war zuviel für Rupert gewesen. Er ließ sich gegen eine Wand sinken und brach in schallendes Gelächter aus.

Dieses Gelächter gab Muriel den Rest. Hysterie, eine andere gefährliche geistige Verwirrung, fing mit genauso einem ungezügelten Benehmen an – und so trat sie einen Schritt vor und versetzte ihm eine schallende Ohrfeige.

»Du Schwein! Du gemeines, intrigantes Erzschwein! Hast

versucht, an mein Geld zu kommen. Wolltest mich in eine Ehe locken, damit ich dir noch ein paar mißgestaltete, sich am Boden windende . . . Wesen gebären sollte. Das wirst du mir büßen, Rupert! Du wirst mir jeden Pfennig zurückzahlen, den ich in dein Gut gesteckt habe – alles, bis auf den letzten Heller, und dazu den Schadenersatz, auf den ich dich verklagen werde!«

»Ach, Miss Hardwicke, wenn Sie sich doch meinem Schutz anvertrauen würden!« rief der Doktor. »Wir könnten nach Amerika gehen. Ich würde Sie zur Priesterin der Neuen Eugenik machen. Sie wären eine Göttin für mich, mein Leben lang!«

»Und Ihre Frau?« fragte Muriel kalt.

»Sie ist tot.«

Muriel nahm diese Nachricht mit einem Flackern ihrer blauen Augen auf. Dann zog sie langsam ihren Verlobungsring vom Finger. Die blasse, schön manikürte Hand des Doktors, die wie ein Schraubstock den großen Brillanten umklammerte, hielt sie zurück. »Ich bin überzeugt, daß seine Lordschaft möchten, daß Sie ihn als Erinnerung behalten.«

Rupert, dem immer noch ganz schwach vor Lachen war, nickte.

»Ja, natürlich. Bitte behalte ihn, Muriel.«

»Nun gut.« Sie steckte den Ring wieder an den Finger und raffte ihre Schleppe zusammen. »Kommen Sie, Dr. Lightbody.«

»Ronald«, bat er.

»Komm, Ronald«, sagte Muriel Hardwicke, und mit angewiderter, verächtlicher Miene rauschte sie die Treppe hinunter.

16

Ich kann so einen Brief nicht schreiben, Mr. Proom«, sagte Mrs. Bassenthwaite. »Doch nicht an eine Komtesse!«

Zehn Tage waren seit der unterbrochenen Hochzeit vergangen, und Mrs. Bassenthwaite, die aus dem Krankenhaus entlassen war, ruhte sich auf dem Sofa im Zimmer der Hausdame aus.

»Ich würde ihn ja selber schreiben«, sagte Proom, »aber es wäre besser, er käme von Ihnen. Korrekter, da Sie zuständig sind für die Hausmädchen.«

Mr. Proom war aus der Geschichte als Held des Tages hervorgegangen, der sich mit Leo Rabinowitsch und den Herings den Beifall der Leute aus der Gegend teilte, die zusammengeströmt waren, um den Weggang Miss Hardwickes fröhlich zu feiern. Selbst die Tatsache, daß Mersham höchstwahrscheinlich verkauft werden mußte, um die Forderungen von Miss Hardwickes Anwälten erfüllen zu können, hatte die Freude der Dorfbewohner, der Pächter und der benachbarten Adelsfamilien nicht trüben können, eine so verhaßte Person losgeworden zu sein. Allerdings gab es eine Ausnahme in der allgemeinen Zufriedenheit: den Grafen selber, der Mershams Angelegenheiten seinem Makler anvertraut hatte und sich anschickte, in den Hindukusch aufzubrechen.

»Ich sag Ihnen, was Sie schreiben müssen«, beharrte Proom und ging hinaus, umTintenfaß und Papier zu holen.

»Es ist ein Brief für dich gekommen, Anna!« rief Pinny, die die Briefmarke besah und danach trachtete, sich die Erleichterung nicht in ihrer Stimme anmerken zu lassen.

Petja, der nach London gekommen war, um Njanka zu begrüßen und den Verkauf der Juwelen zu besprechen, hatte ihnen von der geplatzten Hochzeit erzählt. Dabei hatte Pinny beobachtet, wie Anna sich augenblicklich von einem blassen, niedergeschlagenen Geschöpf in ein strahlendes, bezauberndes junges Mädchen verwandelt hatte. Die Anna, die sich mit dem entzückten Mr. Stewart bei Aspell's, dem Juweliergeschäft, darüber unterhielt, was, wie er ihr versicherte, »die Auktion des Jahrhunderts« sein würde; die ihrer Mutter dabei half, Geschenke für die anderen russischen Emigranten zu kaufen, und die felsenfest überzeugt war, Njankas Wiederauftauchen sei nur Ruperts tatkräftiger Hilfe zu verdanken, das war wieder die alte Anna aus den Tagen in St. Petersburg, nur mit einem neuen, inneren Glühen, einer neuen Reife.

Doch das war nun schon wieder mehr als eine Woche her. Seither hatte Pinny zugesehen, wie das Glühen Tag für Tag weniger wurde, die Freude verebbte, als der Postbote noch immer keinen Brief brachte, die Hausglocke noch immer nicht den ersehnten Besucher ankündigte.

Anna hatte den Brief geöffnet und zu lesen begonnen, und während sie las, wich die erwartungsvolle Neugier in ihrem Gesicht einem Ausdruck von Verwirrung.

»Er ist von der Hausdame in Mersham«, sagte sie mit rauher Stimme. »Sie schreibt, ich hätte meinen Vertrag gebrochen. Ich war bis Ende Juli angestellt und bin ihnen noch fünf Arbeitstage schuldig. Sie weigert sich, mir meine Kleider und die Bücher von Selina Strickland zu schicken, solange ich die versäumte Zeit nicht nachgeholt habe.«

»Also wirklich!« Pinny war empört. »Ich habe noch nie so etwas Lächerliches gehört!«

»Nein, sie haben recht. Ich dachte, es sei in Ordnung, weil ich für die letzte Woche nicht bezahlt worden bin, aber sie sagt nein. Rup . . ., der Graf . . . ist schon nach Indien abgereist, und das Haus muß, ehe es zum Verkauf angeboten werden kann, noch hergerichtet werden. Es gibt also eine Menge zu tun.«

»Du wirst doch nicht hingehen, Anna?«

»Ich muß, Pinny. Petja ist im Ferienlager in Schottland, also kann ich ruhig von hier weg. Wenn ich noch Arbeit schuldig bin«, sagte Anna und hob das Kinn, »dann muß diese Schuld beglichen werden.«

»Ihr werdet sie genauso behandeln wie vorher«, hatte Proom seinen Untergebenen eingeschärft. »Sie mag eine Komtesse sein, aber solange sie hier ist, bleibt sie ein Hausmädchen.«

»Das kann ich nicht!« jammerte Pearl. »Ihr werdet schon sehen, ich mache einen Knicks vor ihr.«

»Du wirst nichts dergleichen tun«, sagte Mr. Proom, der gar nicht so gelassen war, wie er tat, und sich insgeheim recht unbehaglich fühlte bei dem, was er vorhatte.

Das Unbehagen und die Verlegenheit dauerten gerade so lange, wie Anna in einem blauen Baumwollkleid und mit einem Strohkorb am Arm brauchte, um quer durch die Küche zu gehen und in Mrs. Parks mütterliche Arme geschlossen zu werden. Doch als sie, nachdem die wortreichen Begrüßungen vorbei waren und sie ihre Arbeitsuniform angezogen hatte, von Mr. Proom ihre Anweisungen erhielt, traute sie ihren Ohren nicht.

»Sie möchten, daß ich *bei Tisch serviere*? Im Eßzimmer?«

Die Ansichten des Butlers darüber, daß Frauen bei Tisch servierten, waren wohlbekannt.

»Man muß mit der Zeit gehen«, sagte Mr. Proom bedeutungsvoll. »Es ist nur ein kleines Dinner: Lady Westerholme, Mr. Frayne, Lord und Lady Byrne und ein Mr. und eine Mrs. Clarke-Binningfold, die sich für den Kauf von Mersham interessieren. Seine Lordschaft ist, wie Sie wissen, bereits abgereist.«

»Ja«, sagte Anna, der es irgendwie gelang, ihre Stimme zu beherrschen. »Das hatte ich gehört.«

Denn nun wußte sie, daß sie Rupert gleichgültig war, daß er nicht gemeint hatte, was er zu ihr im Garten sagte, daß er sich nur von ihr und allen Verwicklungen befreien wollte.

»Es ist nur ein einfaches Essen«, fuhr Proom fort. »James ist an der Anrichte, und Sid wird die Teller mit dem Hauptgericht servieren. Sie haben ihm lediglich mit der Gemüseschüssel und der Sauce zu folgen und beim Abdecken zu helfen. Bringen Sie das fertig?«

»Ja, Sir«, sagte Anna, die sich wieder gesammelt hatte. »Es steht auch alles im ›Großen Lehrbuch‹. Daß ich von links servieren, aber von rechts die Teller wegnehmen muß und daß ich die Krümel mit einer Serviette wegwischen soll, weil eine Bürste *déclassé* ist, daß ich auch nicht heftig atmen und nicht mit den Gästen sprechen darf.«

»Das dürfen Sie selbstverständlich auf keinen Fall!« sagte Proom.

Das Abendessen, dessen Ende später von Sid und James in allen Einzelheiten einer gebannten Zuhörerschaft im Angestelltenzimmer berichtet werden sollte, begann ganz ruhig mit einer halben Grapefruit bei recht zwangloser Unterhaltung. Man sprach gerade über den Stapellauf des neuesten Luftschiffs, als die Tür aufging und Anna erschien, die in höchster Konzentration den Kopf über eine Terrine mit Mrs. Parks unvergleichlicher Hühnerbouillon gesenkt hielt.

Sich der Ehre bewußt, die Proom ihr angetan hatte, ging sie auf die Anrichte zu.

»Sie!«

Anna fuhr zusammen, hielt verzweifelt die Terrine fest – und erblickte, als sie aufsah, den angeblich im Hindukusch weilenden Grafen von Westerholme, der sie vom Kopf der Tafel her finster anstarrte.

»Was, zum Teufel, machen Sie hier?« fuhr der Graf fort, dessen übliche gute Manieren sich verflüchtigt hatten, als er zu seinem Schrecken dieses Mädchen eintreten sah, dessen

Verrat nichts daran geändert hatte, daß sie im Schlafen und im Wachen durch seine Träume geisterte, seitdem sie fortgegangen war.

Anna, die beharrlich schwieg, hatte jetzt das Allerheiligste der Anrichte erreicht, wo sie die Suppenterrine absetzte.

»Rupert, du darfst wirklich nicht so mit den Angestellten sprechen«, sagte die Gräfin, die auf einmal sehr glücklich aussah.

»Wer ist diese Person?« fragte Mrs. Clarke-Binningfold äußerst ungehalten.

»Eine ausgezeichnete Frage«, sagte Rupert. Er wandte sich Anna zu, deren Aufmerksamkeit ganz auf die Fingerschalen gerichtet war, die sie gerade abräumte. »Da Sie allem Anschein nach keinen Ehering tragen, dürfen wir wohl annehmen, daß wir es noch nicht mit der Prinzessin Tschirkowsky zu tun haben?«

James hatte die Suppe ausgeschöpft und Sid damit begonnen, die Teller zu verteilen. Anna, die noch immer eisern schwieg, nahm den Korb aus Silberfiligran mit den Brötchen und folgte ihm.

»Ich habe Sie etwas gefragt, Anna.«

Sie war bei Lady Byrne angelangt, die zu Ruperts Linker saß. »Es ist mir nicht erlaubt, mit den Gästen zu sprechen«, murmelte sie vor sich hin.

Rupert griff nach ihrem Handgelenk und umklammerte es fest. »Mit *diesem* Gast werden Sie sehr wohl sprechen! Beantworten Sie bitte meine Frage. Wann heiraten Sie? Wo ist Ihr Bräutigam ?«

Doch jetzt hatte Anna genug. Sie befreite sich aus seinem Griff, nahm den Brotkorb in beide Hände und holte tief Luft.

»Also gut. Sie haben natürlich die Abendgesellschaft verdorben, bei der ich korrekt servieren und dadurch mithelfen wollte, daß Frauen mehr Verantwortung übertragen wird. Darum sage ich Ihnen jetzt erstens, daß Sie verrückt sind, und zweitens, daß ich Sergei nicht heiraten werde, weil meine

Liebe zu ihm nicht diese Art von Liebe ist. Außerdem hat Sergei der Baronesse Rakow einen Heiratsantrag gemacht, obwohl ich ihm gesagt habe, das sei nicht nötig, weil wir ja jetzt reich sind und natürlich alles miteinander teilen, aber er sagt, sie sei *tranquille* und wird die anderen Frauen von ihm fernhalten. Und als letztes: Wenn man mir nicht versichert hätte«, sagte sie und funkelte James und Sid an, »daß Sie schon im Hindukusch seien, wo Sie absolut hingehören, weil er voller Steine und Eis ist, wäre ich niemals wieder hergekommen«, schloß sie – und brach in Tränen aus.

»Nicht doch, Anna! Bitte nicht, mein Liebling«, sagte Rupert. Er stieß seinen Stuhl zurück, nahm ihr unbeschreiblich behutsam den Korb mit den Brötchen aus den Händen, und ohne sich im geringsten um die Anwesenheit der Gäste zu scheren, schloß er sie in die Arme. »Aber weißt du, ich hab dich mit dem Prinzen im Garten gesehen. Du hingst so hingebungsvoll an seinem Arm wie –« Er brach ab; auch jetzt noch quälte ihn die Erinnerung.

Die Tür ging auf. Proom stand auf der Schwelle.

»Oh, Proom!« sagte der Graf. »Sie kommen wie gerufen. Wir brauchen Champagner. Den Veuve Cliquot '83, den Sie wie Ihren Augapfel gehütet haben.«

»Ich habe ihn hier, Mylord«, sagte Proom und trat ganz ein. »Da ich dachte, Sie könnten ihn benötigen, habe ich mir erlaubt, ihn schon früher am Nachmittag kalt zu stellen. Ich nehme an, Sie werden ihn gerade richtig finden.«

Annas und Ruperts Hochzeit im folgenden Juni war keine stille Hochzeit. Zum einen weinte einfach alles. Miss Frensham, die sich anschickte, kräftig den »Lohengrin« herunterzuhämmern, weinte, desgleichen Miss Tonks und Miss Mortimer, die die Altarstufen mit einem Feuerwerk von Rittersporn, Lupinen und Phlox geschmückt hatten. Das Russische Ballett weinte, und die Gräfin hatte bereits drei Taschentücher durchnäßt, ehe die Braut überhaupt die Kirche betrat. Kira, die mit ihrem Bräutigam, einem Bankier, aus Paris gekommen war, schluchzte elegant in ihren Muff. Susie Byrne weinte zwar nicht, fand es aber offenbar nötig, ihre Brille häufig zu putzen, und Hanna Rabinowitsch, die neben ihrer Tochter saß, war schlicht und einfach in Tränen aufgelöst.

Die Dienerschaft im hinteren Teil der Kirche beherrschte sich auch nicht besser. Mrs. Park mit der ihr treu ergebenen Win zur Seite hatte schon ein ganz fleckiges, verquollenes Gesicht; Peggy und Pearl, Luise und Florence sowie die beiden hübschen Hausmädchen, die Onkel Sebastian zuliebe engagiert worden waren, hatten mit ihrem Schneuzen und Schlucken schon die ganze Wirkung der Morgentoilette in den neuen Badezimmern im Dachgeschoß zunichte gemacht. Mrs. Proom im Rollstuhl hatte sich einen Schluckauf angeheult, und Baskerville, der draußen in der riesigen Limousine eingesperrt war, einem Verlobungsgeschenk der Baronesse Rakow für Sergei, wo er sowohl das soziale Ausgeschlossensein wie auch die Gesellschaft des Dackels Pupsik erdulden mußte, warf den Kopf zurück und jaulte jämmerlich.

In diesem ganzen Ausbruch von Gefühlen gab es eine bemerkenswerte Ausnahme: den respekteinflößenden Butler von Heslop, Hawkins, der angewidert neben der alten Njanka saß und mit Abscheu dem rauhen Gebrabbel dieser schlecht riechenden Ausländerin zuhörte, die jetzt für immer in Heslop untergebracht war, wo sie versuchte, Ikonen im Billardzimmer aufzuhängen, und ihn zum Wahnsinn trieb. Njanka hatte nämlich kurzen Prozeß mit dem freundlichen Zureden und den ärztlichen Ratschlägen gemacht, die auf Ollies verzweifelten Zusammenbruch gefolgt waren. Was genau geschehen war, als Anna ihre alte Amme zu Ollie mitgenommen hatte, wußte niemand. Die alte Frau hatte alle anderen aus dem Kinderzimmer verbannt. Sie hatte sich Wachs und Nadeln bringen lassen, und in der darauffolgenden Stille war Ollies Stimme zu vernehmen gewesen, die vergnügt in Njankas unbeschreibliches russisches Fluchen einstimmte. Minna, die bei ihrer Rückkehr ins Kinderzimmer eine mit gespreizten Gliedern am Boden liegende Puppe mit silberner Perücke vorgefunden hatte, unmißverständlich ein Ebenbild von Muriel Hardwicke, war schockiert und empört gewesen – bis sie Ollies strahlendes Gesicht sah. Seitdem konnte Njanka nichts falsch machen.

Jetzt fuhr die Brautkutsche vor, und am Arm von Petja, der mittlerweile fast so groß wie seine Schwester war, ging Anna auf die Vorhalle zu. Ihr Kleid war schlicht und schmucklos, und sie trug nur einen Strauß jener Rosen, die Mr. Cameron so listig nach ihr benannt hatte. Die Gräfin Gratzinsky, die darauf wartete, den Schleier ihrer Tochter zurechtzuziehen, mußte den Kopf abwenden, so überwältigt war sie von dem, was sie in Annas Gesicht las.

»Hier sind deine Handschuhe, mein Kind«, sagte Pinny, um einen forschen Ton bemüht, was ihr jedoch mißlang. »Es ist soweit.«

Doch als Anna die Kirche betrat, das Meer von Gesichtern erblickte, die dröhnende Musik hörte, da zögerte sie und blieb stehen. Es war zuviel . . . eine solche Freude würden die Götter nicht zulassen. »Ich habe Angst«, flüsterte sie, und alle Farbe wich aus ihrem Gesicht. »Ich habe schreckliche Angst.«

Eine kleine, frische, wunderbar mütterliche Stimme ertönte hinter ihr.

»Das ist albern, Anna«, sagte das gnädige Fräuleinchen. »Angst zu haben ist albern, das weißt du doch.«

Anna drehte sich um und sah in die leuchtenden blauen Augen ihrer einzigen und alleinigen Brautjungfer. Ollies Kleid war, ebenso wie das von Anna, von Mrs. Bunford angefertigt worden. Man hatte dem Kind freie Hand gelassen, denn sie war jetzt neun Jahre alt, und ihr natürlicher Geschmack begann sich herauszubilden. Sie hatte einen weißen Kranz im Haar, und ihr weißes Musselinkleid war so schlicht wie das von Anna. Doch wenn es je eine Brautjungfer gegeben hatte, der die reine Lebensfreude an einem so herrlichen überwältigenden Tag ins Gesicht geschrieben stand, dann war es Ollie Byrne.

Und Anna lächelte und legte kurz ihre Hand auf den hellen Lockenkopf. Dann wandte sie sich um und ging entschlossen dorthin, wo Rupert wartete: ein Mann, der alle Zweifel und Unsicherheiten hinter sich gelassen hatte – ein Mann, der heimgekehrt war.